NF文庫
ノンフィクション

ソ満国境1945

満州が凍りついた夏

土井全二郎

潮書房光人新社

ソ満国境1945——目次

第一章　笠戸丸がゆく

第二章　満州航空の翼

第三章　国境守備隊の最後

第四章　磨刀石の戦い

第五章　避難列車の悲劇

第六章　長期刑の不条理

第七章　水子地蔵の秘密

ソ満国境1945

満州が凍りついた夏

凡例

本文中、中国地名は当時の呼称、慣用で表記した。現代では差別用語、不快用語とされる表現も、当時の実相を伝える歴史的用語として一部使用した。資料によって混在する「滿洲」と「満州」は満州で統一した。登場人物名は原則として敬称を略させていただいた。

第一章　笠戸丸がゆく

獄舎に刻まれた遺書

昭和二十八年（一九五三年）七月七日付毎日新聞（名古屋本社版）は「七年前刻んだ獄中の消息」「悲願成り親元へ届く」「釈放船員写し帰る・特命で入ソの元将校」の三本見出しで次のような記事を大きく扱っている。

「〈岐阜発〉終戦直後カムチャッカの獄舎に投げ込まれた若い将校が悲憤の情を寝台に刻みつけた。ところが五年後、その同じ獄舎の同じ部屋につながれた捕獲船員がこれをそっと写して帰国。同将校のその後の消息が判明した。六日午後、第四管区海上保安本部（名古屋）から復員局を通じて岐阜県世話課へ『高山市出身の森下康平元陸軍少尉の最後の消息をお伝えする』とつぎのような電話があり、同課からさっそく家族あてに連絡された。

大阪商船時代の笠戸丸（商船三井提供）

同海上保安本部からの連絡によると、二十六年九月下旬、ソ連船にとらえられ最近釈放されて帰国した某船員がカムチャッカのペテロパウリフスク第一獄舎第十号に投込まれた時、折りたたみ式寝台の板に刃物で、

草莽の臣、陸軍少尉、森下康平は当地偵察の任を帯びてこの地に潜入したるも、敗戦の混乱にまぎれ国内より発覚せられ、この牢に座す。己が身の悲運はやむを得ざるも祖国の敗戦は情なし。七生報国を誓い祖国の再建を祈る。余の父母は岐阜県中城山高山にあり心あらば伝えられたし。昭和二十一年三月二十六日入牢。同年五月二十八日出る。

七年前刻んだ獄中の消息
悲願成り親元へ届く
釈放船員写し帰る　特命で入ソの元将校

【岐阜発】終戦直後カムチャッカの獄舎に投げ込まれた若い将校が悲憤の情を寝台に刻みつけた。ところが五年後その同じ獄舎の同じ部屋につながれた抑留船員がこれをそっと写して帰国、同将校のその後の消息が判明した。

六日午後節 四管区 海上保安本部（名古屋）から復員局を通じて岐阜県世話課へ「高山市出身の森下康平元陸軍少尉の最後の消息をお伝えする」と次のような電話があり同課からさっそく家族あてに連絡された。

同海上保安本部からの連絡によると二十六年九月中旬ソ連船にとらえられ最近釈放されて帰国した某船員がカムチャッカのペトロパウロフスク第一獄舎第十号室に投込まれた時、折たたみ式寝台の板に刃物で

草モウの臣、陸軍少尉、森下康平は当地テイ察の命を帯びてこの地へ潜入したるも敗戦の混乱にまぎれ国内より発覚せられこの牢に座す。身の悲運はやむを得ざるも祖国の敗戦は情なし。七生報国を誓い祖国の再建を祈る。余の父母は岐阜県中城山高山にあり心あらば伝えられたし。二十一年三月二十六日入る。同年五月二十八日出る。

〝北海の荒磯波にくだけ散る己が命をかえりみざるも〟

と涙とともに刻み込まれた一文を発見、これを紙片に写しとってこのほど帰国、ただちにこの情報を伝えたもの。

同課調べによると森下元少尉(三二)は高山市馬場町、森下新作さんの長男で二十年七月特殊任務をもち古川松男と変名、京都府宮津町敦路出身の森松大尉とともに日魯漁業の傭船笠戸丸に乗込み同月二十九日カムチャッカ西海岸ウトカに上陸、荷役作業中八月十一日ソ連軍に抑留され同年十一月末森下、森松両氏は日魯漁業職員一名とともにソ連官憲に連行され生死不明となっている。なお文中「国内より発覚」とあるは日魯漁業船員の密告によるものではないかと同課ではみている。

昭和28年7月7日付の毎日新聞

伝えられたし。

岡村恒昭

北海の荒磯波に砕け散る己が命をかへりみざるもと涙とともに刻み込まれた一文を発見、これを紙片に写しとってこのほど帰国。ただちにこの情報を伝えたもの。同課調べによると、森下元少尉（三二）は高山市馬場町、森下新作さんの長男で、二十年七月特殊任務をもち、古川松男と変名、京都府宮津町波路出身の森松大尉とともに日魯漁業の傭船笠戸丸に乗組み、同月二十九日カムチャッカ西海岸ウトカに上陸。荷役作業中、八月十一日ソ連軍に抑留され同年十一月末、森下、森松両氏は日魯《にちろ》漁業職員一名とともにソ連官憲に連行され、生死不明となっている」

地元岐阜タイムスも同様記事を同じ日付で報道しており、追加記事も見られる。

「（森下元少尉の）その後の生存については、歌からみればあるいは処刑されたともみられるが、行を共にした森松大尉が今なおソ連地区に抑留されていることが確認されているので、まだ抑留されているとも考えられる」「同氏は（地元）斐田中学を卒業後、名古屋帝室林野局に勤務。昭和十七年三月幹部候補生となって同年四月満州へ渡り、同年十月内地へ帰還。盛岡の戦車隊へ入り、十八年北海道札幌司令部付特務機関として千島へ渡った」

これら二紙をまとめてみると、終戦直前、密命を帯びた陸軍特務機関員が笠戸丸に乗ってソ連領カムチャッカに向かったが、不運にも身元発覚してソ連獄舎につながれた。特務機関員、いわゆるスパイに対する処遇は古今東西、厳しいものがある。このため、極刑を覚悟したこの機関員は獄舎の寝台に「遺書」を刻んで後世に託した——、ということになろうか。

それにしても、よくぞ、この遺書を見つけ、故国に伝えてくれたものである。

この貴重な情報をもたらしたソ連抑留から帰国の「捕獲船員」「某船員」の事情聴取に当たった一人に、北海道小樽市にある第一管区海上保安本部の海上保安官三等保安士、岡村恒昭（75）＝写真＝がいた。東京外語大ロシア語科卒。そのロシア語の実力を評価されての北海道勤務となっていた。


スパイ（日本人）送りこむ？

捕獲ソ連船 疑い深まる

捕獲されたソ連船

木箱の中に暗号書

四名のソ連人を送検

挙動疑われて

捕まった関三次郎

関三次郎事件を報じる昭和28年8月11日付の朝日新聞

そのころ、深刻化する東西冷戦のさなか、ソ連領土と海ひとつへだてて近接する北海道周辺の海は「謀略の海」と化していた。対立する米国、ソ連両国とも、それぞれの情報機関が日本漁船と漁船員を使って情報収集や工作員送り込みを図っていた。

ソ連スパイの関三次郎事件、米国情報機関がらみでは第十一あけぼの丸事件、美幸丸事件など、そのころ、オホーツク海を舞台とする奇怪な事件が続発している。とくにソ連の場合、いわゆる北方領土水域における越境操業の黙認と引き換えに日本漁船の「レポ船（レポート船）」を巧妙に操っていた。これらレポ船は次第に組織化されていき、四十三年（一九六八年）、べ平連（ベトナムに平和を！ 市民連合）の地下組織からの依頼を受け、脱走米兵九人以上をソ連領内に運び込むほどになっている。

北海道周辺海域を管轄する第四管区海上保安本部ではこれらレポ船の実態解明に躍起となっていたのだが、スパイ取締法といった直接規制する法律がないことや取り引きがソ連領海内で行なわれることから現行犯摘発が不可能とあって、捜査にも限界があった。

さて、岡村三等保安士の話だった。

いま、事情聴取を受けている「某船員」らは八人で、新潟県の同じ漁船の乗組員だった。連合国軍総司令部GHQ占領政策の一環として設けられていた漁業操業海域を制限するマッカーサー・ラインを越え、ソ連領海内でサケの密漁中、ソ連警備艇に拿捕された。そして約二年間、樺太やカムチャッカ半島の収容所で抑留生活を送っていたということだった。レポ船ではなかった。ソ連側がいう密漁容疑については彼らも否定しなかったし、当時の漁村の貧しさを知っている岡村らも心情的にも追い詰める気にはならなかった。

それよりもなによりも、じつは、今回の事情聴取には別のねらいがあった。ソ連各地に抑留されている旧日本軍将兵の消息を知ることだった。樺太やカムチャッカの監獄を「たらい回し」されていたさい、旧日本兵抑留者について何か見聞きしなかったか——。そのころともなると、かなりのソ連抑留将兵の復員が実現していたが、それでもまだ多くの人たちが残っているはずだった。しかし、ソ連政府はいわゆる「鉄のカーテン」を下ろして一切の情報流出を遮断していたのである。

「二五年四月二三日、ナホトカから舞鶴に入港した信濃丸をもって、ソ連からの帰国者は途絶えた。その前々日四月二一日には、タス通信は戦犯者一四八七人、病人九人、中共政府に引き渡す者九七一人を除き送還は終了したと発表し、抑留者の留守家族を不安と焦燥におとしいれた」「日本側の資料によれば、まだ三七万人がソ連領内に抑留されているはずであった。しかし、ソ連政府は、一切、これらの疑問に答えることなく沈黙を守るばかりで、年月ばかりがいたずらにたっていった」（若槻泰雄『シベリア捕虜収容所・下』）

――とりあえずの事情聴取が済んで、昼食時、岡村らの海上保安官らは手づくりの味噌汁を彼ら新潟漁船員に振る舞っている。彼らの緊張もゆるみ、雑談に移ったとき、そのうちの岡村が担当した若い漁船員が「カムチャッカ・ペテロパウリフスクの監獄でこんなものを見た」と話し始めている。

それが、冒頭に記した森下康平少尉が折れクギで刻した「遺書」だったのだ。

二段ベッドだった。下段に寝ていると、いやでも上段ベッドの裏板が目の前に迫ってくる。その裏板に「なにやら日本語の文字」があった。仲間全員が確かめ合い、イタズラなんかではなく、「たいへんなものだ」ということになった。

「日本人として、なんとしてでも故国に伝えるべきだと思いました」

紙も鉛筆も所持を許されていなかった。そこで、文章を八等分し、八人が分担して記憶することにした。「ですが、自分らは高等小学校しか出ていません」。漢字も意味もよく分からない。運動時間のとき、土の上に棒で書いて必死に覚えようとしたが、二、三日すると「全部忘れて」しまっている。で、せっぱ詰まったあげく、監獄事務所から紙片と鉛筆を盗んできて、これに全文を書き写した。日本兵抑留者とちがい、戦後新入りの抑留漁船員には監視の目が緩く、監獄内での行動も比較的自由に認められていたことがあった。

岡村はウナっている。

「自分らは無学だが」と言いながら「遺書」を故国日本に伝えようとした漁船員の健気なばかりのその努力。そして、聞くだに胸に迫ってくる森下少尉の痛憤の思い――。

岡村は大阪陸軍幼年学校（三年制）の一年生在学中に終戦を迎えていた。陸軍将校のタマゴを「純粋培養」するエリートコースの軍人学校である。海上保安官になった当時なお、軍人精神は尾テイ骨に残っていて、余計、こうしたハナシに身が入ったのだった。

それから一年後、岡村三等保安士はNHK（日本放送協会）に転職している。ロシア語使いのウデを買われ、海外放送要員として入局だった。やがて、岐阜県の飛騨高山に取材に出かけたのだが、そのさい、手伝いに来た地元青年に「森下少尉のその後について何か知っているか」と尋ねたことがあった。

「さあ、一向に……」「そんな具合だったら、もうとっくに処刑されていますよ」

そんな、あっけらかんとした返事が戻ってきて、すっかり岡村を嘆かせている。

神風特別輸送船隊の出港

終戦間際の昭和二十年（一九四五年）七月二十五日、日魯《にちろ》漁業の笠戸丸は僚船の第二龍宝丸と船団を組み、小樽港からソ連領カムチャッカ半島に向かっている。（出港日については諸説ある。ここでは船団を送り出した日魯漁業社史『日魯漁業経営史』の記述に従う）

七月二十五日といえば、日ソ中立条約を一方的に廃棄宣言したソ連による対日参戦の十五日前に当たる。もちろん、当時はそんなことは知る由もなかったのだが、そのころすでにソ満国境や樺太の国境線におけるソ連軍の動きにはタダならぬものがあった。実際に威力偵察行動とみられるソ連軍小部隊による越境事件も頻発していた。

そうした緊迫した情勢下、なぜ、武器ひとつ持たない民間の笠戸丸船団が、わざわざソ連

第二龍宝丸。昭和20年8月9日、ソ連に拿捕される

領へ向かわなければならなかったのであろうか。

「この年の北洋への出漁期には、無事に着業できる可能性は少なく、特にカムチャッカへは人命に万一のことがあってはと、平塚社長は出漁中止のハラであった。ところが政府は『今やソ連は外国との唯一のパイプである。そのつながりを保持するためにも、是非出漁を敢行すべし』との閣議決定を行った」「そこで平塚社長は全員を集めて、今年の出漁は政府の強い要請であることを告げて奮起を促した」（日魯漁業経営史第一巻）

この記述についてはいくつか説明が必要のようである。政府が一民間企業の事業計画に関して「閣議決定を行った」とは、どういうことなのか――。まず日魯漁業が国策会社だったことがある。日露戦争勝利によって権益を獲得したロシア極東沿岸でのサケマス漁（やがてカニ漁も）を独占的に扱っていた。「露領漁業」といわれるもので、カムチャッカ半島各地に缶詰製造工場を建設、稼動させていた。

だが、ロシア革命を経てソ連邦が成立すると、この露領漁業の扱いは明治、大正、昭和を通じて日ソ国間の大きな懸案事項になった。このため、日本政府は国益確保の立場から同社を国策会社とし、その事業計画に関与するケースがしばしば出てくることになっていたのだった。

次に「ソ連は外国との唯一のパイプ」と強調していることについては――。終戦の年の二十年五月以降（終戦は八月十五日）、もはや戦局挽回は不可能となったとの認識から、当時中立国のソ連を仲介役として戦争相手の米英ら連合国との和平交渉を図ろうという動きが日本政府部内に出てきた。「宿敵ソ連」という従来敵視政策からのコペルニスク的大転換だった。

実際にそうした趣旨はクレムリンのソ連政府に伝えられている。で、その後のソ連政府の出方を固唾をのんで見守っている日本としては、なんとしてもその御機嫌を損ねてはならなかった。笠戸丸船団のソ連領カムチャッカ派遣は「擬似友好」のポーズの表われともいえた。（この和平交渉仲介依頼はあまりにも一人よがりの虫のいい申し出だった。ソ連側に無視され、かえって日本の追い込まれた窮状をさらけ出したかたちになっている）

なお、「出漁」とあるが、操業はせず、カムチャッカ半島にある日魯漁業の缶詰製造工場にストックされている缶詰類の積み出しが目的だった。また、ここに出てくる「平塚社長」とは平塚常次郎（一八八一〜一九七三）のことで、北洋漁業開拓の先駆者として活躍し、「北洋一本で日魯王国を築き上げ」た立志伝中の人物だった。戦後も北洋漁業再建に尽力する一方、政界に進出。第一次吉田内閣で運輸大臣となった。「あけぼの」印の缶詰で知られる日魯漁業（現ニチロ）の社名は露領漁業の「露」を意識したものであることのほか、タテ書きにすると「日魚日」となり、日々豊漁を願う

森下康平（少尉時代）

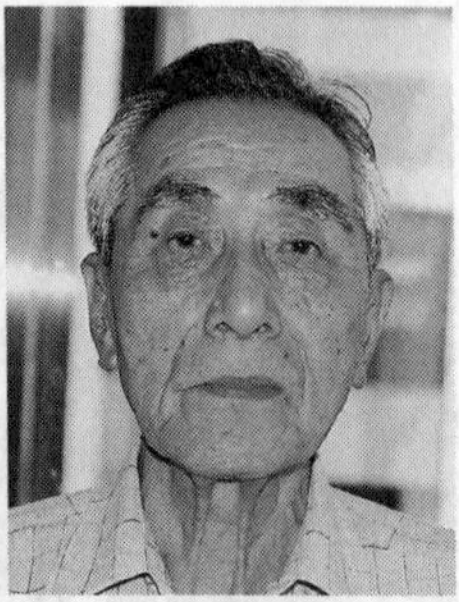
木下文夫

気持ちが込められているといわれる。

以上は日魯漁業経営史に見る笠戸丸船団出港に至るまでのいきさつなのだが、その慌しい船出に当たっては、もうひとつ、なんとも不可思議なことがあった。船団を構成する笠戸丸に二人、第二龍宝丸にも一人の、それぞれ陸軍情報将校が日魯漁業社員に身分を隠し、変名を名乗って乗船していたことだ。

笠戸丸――二等航海士、山田正男。じつは北部軍司令部調査部付・陸軍大尉、森松隆
　　　　二等司厨手、古川松男。じつは第九十一師団司令部参謀部付・陸軍少尉、
　　　　森下康平
第二龍宝丸――機関部員、加古原忠四郎。じつは函館要塞司令部付・陸軍大尉、村山六郎

ここに前項で紹介したところの、あのペテロパウリスフク獄舎寝台の裏板に「遺書」を刻した森下康平少尉が出てくることになる。のちに明らかになってくるのだが、彼らの存在こそ、船団をカムチャッカに向かわせた最大の要因ではなかったか。三人の情報将校はソ連領内に潜入し、ソ連軍の行動を探る密命を帯びていた。だから軍としては、状況が極めて切迫しているいまだからこそ、しゃにむに、船団を送り出す必要があったのだ。

そこで、こんな奇怪極まりない物語が生まれることになっている。

第二龍宝丸機関部員・加古原忠四郎、じつは村山六郎大尉のことだが、この村山大尉が

「加古原」を名乗って乗船してきたさい、第二龍宝丸乗組員全員から「驚きと戦慄」の表情で迎えられている。なぜなら、彼らが知っている加古原忠四郎なる人物は古くから同船に乗っている同僚ベテラン乗組員だった。しかも、つい先だって函館停泊中に急病死し、乗組員も多数参列しての葬儀を済ませたばかりの男だったからだ。

当時、第二龍宝丸に乗り合わせていた木下文夫三等航海士(83)＝写真＝によると、このニセ加古原は本物の葬儀が終わった直後、船舶運営会函館出張所の世話で乗船してきた。同姓同名を名乗るばかりでなく、本籍、出生地、生年月日など「何から何まで」、加古原であることを証明する書類を持参していた。顔つきは似ているといえば似ている程度、年齢も本物の故人より七つか八つ若いようだった。

あまりのことに船側はただただア然とするばかりだった。船長は事態の理解に苦しんだと、これも同乗していた三島正道機関部員(77)は、その著『カムチャッカ物語——第二龍宝丸虜囚之顛末』の中で書いている。

「出稼ぎ人に成りすまして露探(ロシア情勢をさぐる軍事探偵)がカムチャッカに潜入する例は過去にもあっただろうさ。だけど、乗組員に化けるのはどうかな。かえって活動が制限されると思うけどな」「やみくもに員数を合わせようと図ったのではないかな。しかし、それにしても処置が早すぎる感がある。まるで、誰か欠員になるのを待っていたかのような手際のよさじゃないか。もちろん、これは船舶運営会などの知恵ではないな。もっと上の方、気味が悪いくらいの上の方、たとえば国家中枢の差し金のような気がする」

そんなこんなで、ニセ加古原が決して自分から情報将校の身分を明らかにしたわけではなかったのだが、船中、寄るとさわると、この新入りの噂で持ち切りとなっている。

「感激するなあ。軍事探偵だとよ。尊敬するなあ。おれ、協力するぜ」「いいや、分からん。「加古原の忠さんの後家さんと寝ているのやないやろな」「まさか……」

加古原に化けた以上は徹底せんといかん」

ニセ加古原の職位（三等油差し）は本物と同じく、一般機関部員の中で上から三番目。ヘイカチ（平部員）である三島の直属上司に当たっていた。だからよく分かったのだが、船舶機器にはまるでシロウトだった。なにも船の仕事をしようとはしなかった。口数少なく、年中、タバコをふかし、資料を手にしては何事か思案にふけっていた。

「何という間の抜けた話だろうか。最初から素性の割れた軍事探偵なんか聞いたことがない。敵のみか、味方さえあざむくのが探偵の常道ではなかったか。どこの世界に素人に容易に見破られてしまう擬態を演じる軍事探偵がいるものか」（『カムチャッカ物語』）

このことは村山大尉には罪のないことだった。本物が急死し、その葬儀が終わったか終わらないうちに「名義借り」して乗り込むなんて――。なにも知らず、ただ上からの命令に従っただけだった。見方を変えていえば、彼ら三人の情報将校を急きょ派遣せざるを得なかった軍部は、それだけせっぱ詰まった状況にあったことになる。それにしても船長が言うところの「誰か欠員を待っていたような手際のよさ」とは、なにやら暗示的である。

かくして船団は笠戸丸を先頭に北の果ての海に出ていった。

護衛艦として海防艦第五十七号、第七十五号の二隻が随伴した。ソ連領海との境界である千島列島最北端の幌筵海峡まで、米軍の艦艇、飛行機からの攻撃にさらされる事態が十分に予想された。小樽出港直前、船団は「神風特別輸送船隊」と命名され、両船乗組員全員に日の丸に「神風」の文字を染め抜いた手ぬぐい一本が支給されている。

〈乗り組み人員構成〉

笠　戸　丸——日魯職員十六、船員七十二、荷役作業員二百八十五。計三百七十三

第二龍宝丸——日魯職員十五、船員四十九、荷役作業員三百四十。計四百四

総人員合計七百七十七。「七つ並び」のラッキーナンバーだった。このことが社会主義国家ソ連邦に通じるかどうか。それは別問題であった。

「平塚社長は直ちに小樽に向かい、笠戸丸と第二龍宝丸の二隻で製品積取りを強行するため、七月二十五日護衛艦二隻と共にカムチャッカへ出発させたが、帰還を期し難い悲壮な出漁であった」（日魯漁業経営史第一巻）

「海工作」発動さる

森下康平

笠戸丸船団に乗船した三人の情報将校のうち、あのソ連獄舎の寝台に「遺書」を刻した森下康平少尉＝写真＝について、「その後」の消息を捜し求めたところ、愛知県に御健在であることが分かった。八十五歳。手記のいくつかをまとめておられた。

それによれば、笠戸丸船団乗組員全員がソ連軍の満州侵攻とともにカムチャッカで抑留された。やはり情報将校に対するソ連当局の対応には厳しいものがあり、一方的な軍事裁判にかけられた結果、長期刑の強制労働を科せられた。やっと抑留八年後の昭和二十八年（一九五三年）十一月帰国。舞鶴まで迎えに出た実弟の言によれば、「兄貴は無表情で目ばかり光っていた」ということだ。一時は極刑を覚悟し、遺書さえしたためたくらいだったから、念願の故国の土を踏んでも「なかなか実感がわかなかった」のだった。

本章の第一項でふれた遺書に関する新聞報道があったのは、この帰国に先立つ四ヵ月前の同年七月のことだった。帰国直後、その新聞記事を見せられた森下は書いている。

「舞鶴寮に落ち着いたところで弟から新聞の束を渡される」「約二百字の遺書と辞世。確かに死を期して寝台裏板に刻したものに違いない。どうしてこれが！ マッカーサーラインを越えて漁労中拿捕された船員が同じ獄舎に投じられて発見。記憶して帰り、海上保安庁を経て岐阜県庁で発表されたものという。よくぞ見つけてくれたものである。言葉なくして呆然！ そして、ここに亡霊がいる」

以下、森下少尉の手記「戦陣日記」「戦煙日誌」の記述を中心に、しばらくその苦闘の軌跡を追い、合わせて笠戸丸船団の運命をフォローしてみたい。

十七年（一九四二年）一月に召集された。戦車隊に縁があり、九州久留米、そして盛岡の戦車部隊で訓練を受け、甲種幹部候補生教育を経て十八年十二月、陸軍少尉に任官した。その間、半年のあいだ、満州の公主嶺陸軍戦車学校でも学んでいる。そのころ内地や満州で訓練を受けていた戦車隊の面々は、いずれは中国大陸で戦い、さらにはシベリア深く攻め込むことになるであろうと、すこぶる元気なことを言い合っていた。「よし、そうなればノモンハンの敵討ちだ」から、発想がどんどん進んでいって、（これが若さというものか）ソ連兵相手では「ロシア語が必要になる」と独学でロシア語の勉強を始めたのが、この男、森下少尉の運命を変えることになっている。

果たして十九年三月、「情報将校ヲ命ズ」ときた。当時、森下少尉の独学によるロシア語の実力はどの程度であったろうか。とにかく関東軍はもちろん、千島列島や樺太、北海道防衛を受け持つ北部軍の部隊も「ロシア語使い」を欲しがっていたことがあった。余談になるが、軍令によって正式な「関東軍語学教育隊」が創設されたのは二十年八月一日。なんと、終戦十五日前のことだった。これにより「それまで臨時編成であった従来の露語教育隊は発展的解消をとげることになった」（西原征夫『全記録ハルビン特務機関』）とあるのだが、なんとねえ、と首を傾げさせるものがある。

ついでに記すと、この『全記録ハルビン特務機関』は、太平洋戦争突入直後、すなわち十六、七年ごろの関東軍特務機関（情報部）の実情について次のように酷評しているところだ。筆者は元関東軍情報部参謀大佐。

「一言にして述べるならば、極めて時代遅れで、特に威力謀略の編成・装備並びに運用に至っては古色蒼然。宛然として日露戦争当時における満州義軍を思わしめるものがあり、諜報手段の如きも全く原始的そのもの」

ときめく関東軍の情報能力が、満州義軍、いわゆる馬賊並みとは恐れ入るよりほかないが、それはともかく、図らずも戦車将校から情報将校へと配置転換させられた森下少尉は、エトロフ島、札幌などの情報機関で鍛えられたあと、二十年一月、第九十一師団司令部参謀部付として駐屯地である幌筵島柏原に渡っている。

千島列島最北端に位置する占守島とこの幌筵島は、その地理的位置から米国にもソ連にも近く、駐屯日本軍はとくに「米ソ協力に関する情報収集」に格別の関心を払っていた。

「これには通信傍受（第五方面特種情報部柏原支部）と国端崎の監視哨が重要な役割を果た

した」（公刊戦史『北東方面陸軍作戦②』）

また師団は幌莚島と占守島を「北のラバウル」とし、陣地構築や迎撃・遊撃戦の準備を急いでいた。占守島から海上わずか十二キロ先にはソ連領カムチャッカ半島南端ロパトカ岬があり、そこのソ連軍砲台がこちら向け、ぴたっと射程を合わせているのだ。そうした軍務に多忙をきわめていた森下少尉だったが、同年六月はじめ、とつぜん、札幌の第五方面軍司令部調査部へ出頭命令を受けている。

「満州や樺太の国境地帯におけるソ連軍の様子がオカしい。カムチャッカ方面はどうか、見て来てもらいたい」

かくて、すでに紹介済みの森松隆大尉、森下康平少尉（以上、笠戸丸乗船）、村山六郎大尉（第二龍宝丸乗船）の情報将校三人の登場となってくる。作戦名「海工作」。目的は①カムチャッカ半島におけるソ連軍の動向探索、②半島「兵要地誌」の修正・補完――。

このうち、森松、村山両大尉は司令部直属対ソ班の主任級であり、いずれもあの陸軍中野学校出だった。そうしたなかで、もともと畑違いの森下少尉が、なぜ呼ばれたかについてはよく分からない。旧知の参謀あたりが第五方面司令部にいて、幌筵島で日夜、目と鼻の先で飛び交うソ連の電波情報に耳を澄ましていた同少尉のことを、「ロシア語使いでカムチャッカに詳しい男」と買い被って（？）のことであったろうか。

さて、笠戸丸船団のことである。

こうした軍事探偵（よくぞ、名づけたものである）三人の存在は、船団乗組員たちにさまざまな思いを駆け巡らせるものとなっている。

今回のカムチャッカ行きは例年のサケ漁と異なり、日魯漁業の缶詰製造工場（前年から無人）の貯蔵製品を積み取って帰るだけだ。成功したとしても、この二隻の船が運んだ缶詰が国民食生活向上にどれほどの寄与ができよう。いま、途中までの米軍攻撃網をくぐり抜けたとしても、その先にいるソ連軍の動きには予断を許さないものがあるというではないか。七百七十七人乗組員の生命を危険にさらしてまで強行すべき仕事なのであろうか。

それが、特攻隊並みの扱いで励まされ、小樽出港時には、会社の社長、同幹部、さらには陸軍高級将校のほか、外務省の高官まで見送りに来ている。この外務省役人が東京からわざわざ顔を見せたことについては、「なぜ、なんだ」と、しばらく航海中の船内で話題になったものだった。「対ソ静謐」を標榜する政府中央の意向を受けてものであったろうか。もし、そうだとすれば、随分といじらしい限りである。

——さまざまな思惑と謀略の影を乗せた笠戸丸船団は、折からの強風を衝き、北の霧深い海をめざしている。悪天候が味方したのか、幸いにも米潜に出くわすことなく航海は順調にはかどった。ただ、いちどだけ、森下少尉ら三人の情報将校にとって見過ごせない光景が目前に現出している。

深夜、とつぜん、右舷前方にソ連貨物船二隻が行き交うかたちで現れたことだ。積荷なしの空船らしく、喫水線があらわに出ている。カムチャッカ半島ペテロパウリフスク港から米西海岸に向かう途中とおもわれた。

そのころ日本の戦争相手である米国は、中立国のはずのソ連と密約を結んで「軍事援助物資」提供を約束していた。日本からみれば、ソ連側の条約違反、重大な背信行為なのだが、いま、現実問題として、戦車、大砲、車両、食料。その膨大な量の軍需物資がこうしてソ連軍の手に渡っているのだ。二隻のソ連貨物船の船腹には「USSR（ソビエト社会主義共和国連邦）」の赤色の大きな横並び文字が照明の中に浮かんでいた。

三人の情報将校は凝然として甲板上に立ちすくんでいる。かねて「米ソ協力に関する情報収集」は至上命題であった。いま、その実態の一端に触れたことになる。そして、これから向かおうとしているソ連の地でうごめく得体の知れないものを予測するとき、しばらくは動こうにも動けなかったのだった。

八月二日未明、カムチャッカ半島見ゆ。

きらめく銃剣

カムチャッカ半島先端西海岸の沖合に到着した笠戸丸船団は、ここで事前の打ち合わせに従い、三方向へと分かれた。笠戸丸は目の前に見える日魯漁業ウトカ基地。第二龍宝丸は少し北に上がったケフタ基地。この両基地で缶詰類を積み込む。船団護衛の海防艦二隻は後戻りして日本軍守備隊がいる占守島へ――。再会を祈る汽笛を交換しつつ、それぞれのコースをたどっている。以降、この三グループは二度と会同することはなかった。

八月二日早朝。視界に広がるカムチャッカ半島は、夏だというのに緑に乏しく、荒涼とした表情をみせていた。ソ連軍侵攻、七日前のことだった。

ケフタ基地（内藤民治「堤清六の生涯」曙光会刊より）

「お客さんが来たようだ」

仮眠していた二等司厨手こと、森下康平少尉はそんな声で目覚めている。白いボーイの制服を着る。司厨手は一般でいうところの調理手のことだが、サロン（公室）での来客接待の世話も仕事のうちなのだ。丸い船窓を通してソ連官憲のランチが見えた。

笠戸丸が向かったウトカの港には小さな仮設舟着き場があるだけで、大型船舶が離着岸できる桟橋がなかった。このため、船は港近くの水深ぎりぎりのところでイカリを下ろしていた（荷役には船に積んできたハシケを使った）。ランチによるソ連官憲の来船は笠戸丸入域書類と荷役作業員はじめ上陸予定人員の名簿チェックにあった。森下の変名「古川松男」もへンなアクセントで読み上げられ、無事通過。やれやれ、であった。

だが、これからが、いよいよ本番なのだ。

即日荷役が始まり、森下の仕事がもうひとつ増えた。上陸して荷役作業に当たっている作業員のための昼食を船から運ぶことだった。もちろん、これには、彼ら情報将校の任務を承知している船側幹部の配慮があったことはいうまでもない。上陸して周辺事情を探るのだ。

作業衣。ゴム長靴。隠しカメラ。一方、二等航海士役の森松大尉はもっぱら船橋（ブリッジ）に陣取り、双眼鏡を手に「向地視察（陸上偵察）」に当たっていた。

「漁場事務所に昼食を渡し、裏口から窪地沿いに漁場周辺へ」「湿地、ツンドラ地帯の草生、構成。砂丘。底地」「幸い、秘密警察関係の警備兵の姿は認められない」

八月六日。積み込み作業は順調に進んでいた。陸上作業員たちも陽気になり、昼食を運ぶ森下らに声をかけてくる。「作業開始からこの数日間は機会に恵まれた」「本務については、おおむね確認から仕上げに移りつつあり」。ただ、警備兵の姿が妙に少ないのが、気がかりといえば気がかりだった。

七日。荒天。波高く、ハシケの往復が危険なため、休養日となる。その波がやや収まった夕刻。沖合におなじみの海防艦二隻が現われ、信号を発しつつ、回遊して去る。ソ満国境のどこかで異変でも起きたのだろうか。初日来船したソ連官憲の厳命により通信室は「無線封鎖」されていたから、外部との連絡は一切取れない。八日。最終日程が船団長から発表された。「八、九の二日間ですべての荷役を終える」「九日夜半、出港。第二龍宝丸ともども、事前打ち合わせ済みの位置にて護衛海防艦と会同。内地帰投コースへ」

そして、運命の九日がやってきた（この日未明、ソ連軍、満州・樺太国境線で一斉侵攻）。

その朝、ブリッジで森松大尉と雑談しながら双眼鏡に目を当てていた森下は「おや、妙だ」と声を上げている。陸地で作業している荷役作業員の周囲のそこかしこに自動小銃を持った警備兵が立っている。その数がいつもより格段に多いのだ。大尉と相談し、午前九時、「確認の必要あり」としてハシケで陸地に向かったのだが、その途中で事態の重大さに気づかされることになっている。いつの間に来たのか、大型ランチが仮設舟着場に着岸していて、それに警備兵の一隊が乗り込み、まさに笠戸丸をめざそうとしている。兵たちの銃剣が朝日を受けてキラキラ光っていた。

慌ててハシケを急反転、引き返させたのだが、思いは乱れるばかり。作業員と警備兵との間でトラブルがあったのか。もしや、「情報将校乗船」がバレたのか。いや待てよ、七日夕にやって来た海防艦は「（荷役を）急げ、急げ」と信号してきた。ひょっとすると、ソ連軍の動きに大きな変化があったのか。いまが、そのときなのか。振り向くと、陸上の荷役作業員たちが一ヵ所に集められているのが遠くに見えた。

心配げな顔で待ちうけていた船橋の森松大尉に対し、森下は言っている。

「どうやら来たるべき時が来たようです」

手早く調理場に立つような下着シャツ、腹巻、下駄姿になる。カメラ、フィルム、軍用双眼鏡などの機材をブリキ缶に入れて梱包。重石をつけ、沖側の船べりから海上投棄する。何事もなく済んだら、あとで回収すればよい。調理場でシャツを濡らしたあと、やっと仕事が終わったといった格好で甲板に通じる階段に腰を下ろし、タバコをくわえる。

やって来た警備兵らは沿岸警備隊の大尉を指揮官とする十二人だった。それが、頭ごなしに「全員点呼、陸上」なんて命令調でいうものだから、船側の責任者である船長はじめ、日魯漁業幹部らはカチンときた。サロンで通訳を通じ、タフな交渉となっている。

「なぜ、船内で点呼しない」「全員を陸に上げて行なうとはどういうことだ」「船には在船当番を置いて緊急時に備えるのが決まりだ。それも認めないというのか」「上陸査証（ビザ）のない船員の上陸は、かえって違法となるのではないか」

相手は「わが国政府の命令で指示しているのだ」「服従せよ」の一点張り。身振り、手振りも加え、声高に言い募る。その間、なぜか、しきりに腕時計の時間を気にしていた。そして、ついには武力による「強制力執行」をちらつかせ始めたから、船側もここはとりあえず、全員下船して様子を見ようということになっている。

上陸した船員のうちの一般船員と先に上がっていた荷役作業員たちは、ボディチェックのあと、船長ら上級船員と会社幹部のグループから離されたうえ、事務所わきの窪地に連れて行かれ、しゃがむように命令されている。その周りを自動小銃を抱えた警備兵の一隊が立った。太陽は中天にあった。そのとき――、

ちょうど正午。轟音とともにソ連軍の戦闘機四機が飛来、上空を威嚇するかのように旋回し始めている。さらにフロートをつけた水上機が二機、こんどは港の笠戸丸の上空を舞った。そして、とつぜん起きる爆発音。警備兵がそちらの方に気を取られている間に船員と作業員たちは一斉に窪地から這い上がった。見ると、水上機が降下、旋回しては、笠戸丸めがけて爆弾投下を繰り返しているのだ。船尾からは早くも二条の煙が上がっている。

「ロスケ（露助）め、なにしゃがる」「戦争だ、戦争だあ」

警備兵にくってかかる船員。窪地から脱出しようとする作業員。これを銃床で殴りつけて取り押さえようとする兵。大混乱となった。人数の少ない警備兵たちの血相が変わった。あわや、というとき、浜にいたソ連警備隊、上級船員、幹部職員らが駆けつけてきた。ちょうど「対日参戦」の説明を警備隊将校から受けていたということだった。

荷役の便を図って水深限度ぎりぎりの海域でイカリを下ろしていた笠戸丸は、船尾二発の被弾でも、中部甲板から上部を海面に出して半没状態で着底した。ソ連の不法攻撃に抗議す

るかのように、なおも二本の煙を噴き上げ続けているのが痛々しかった。

それにしても、どういうことなのか。森下は船にやって来た警備隊指揮官の大尉のことを思い出している。なぜか、しきりに腕時計の時間を気にしていた。そうか、彼は笠戸丸攻撃計画とその開始時間を知っていたのだ。だから、頭から問答無用とばかりに全員下船を促したのだ。それでも疑問が残る。なぜ、拿捕でなく、爆撃なのか。

この爆撃で痛恨の物語も起きていた。

全員が下船させられたはずだったが、じつは、作業員の一人が病気で寝ていて船内に残っていた。点呼を終わったらすぐ船に戻れるさ、と、船内捜索のソ連警備兵の目が届かなかったのを幸いに、仲間たちは彼を寝たままにしておいたのだった。

のち森下少尉は、半没したまま放置状態となっていた笠戸丸に行ったという地元民から話を聞くことができた。

「なにか収穫があったか」「大部分が海につかっていて、船内から衣類をすこし引き上げただけだった。めぼしい物はなかった」「いま、船はどうなっている」「戦後、二度も大アラシが吹いて、そのあと見に行ったら船の姿はなかった。戦争だ、仕方がないよ」

「船内にいた日本人病人のことを聞いてないか」「そんな話は全くなかったなあ」

笠戸丸乗船者全員は、その後、カムチャッカの収容所で抑留生活を送った。病死者も多く出た。したがって、このときの爆死船員はその犠牲第一号だったことになる。

一方、北寄りのケフタ基地に向かった第二龍宝丸の場合は、どうだったか。

第二龍宝丸（昭和15年舞鶴港・飯野海運社史より）

乗船して来たソ連軍将校が「全員下船、陸上で点呼を行なう」と言い出したことまでは、笠戸丸のケースとそっくりそのままだったが、その陸上点呼の理由がふるっていた。木下三等航海士と飯野海運社史『飯野60年の歩み』によれば――、

「米国潜水艦が北進中で攻撃を受けるおそれがある。日本国政府の依頼によって保護する。全員上陸せよ」と、涙が出るほど、ありがたい申し出なのである。だが、どうもオカしい。「攻撃を受けるおそれ」とはどういうことか。「危ないから出港を見合わせよ」というのなら分かる。だが、ここはれっきとしたソ連領。いくら米海軍が血迷ったとしても日本船一隻の攻撃のため不法侵入してくるわけがない。それに「日本国政府の依頼」というのも相当なマユツバものである。こちとらは「神風特攻」で送り出されて来たんだ。いまさら漁師の身の上を案ずるような日本政府でもあるまい。

がぜん、交渉は紛糾した。船側がいきり立つ場面がしばしばあったのだが、とどのつまりは武力行使をちらつかせられ、降参せざるを得なかった。さっそく船はブリッジを占領したソ連軍将校に命令により、回航されることになった。

三島機関部員らはいやいやエンジンを動かしている。ただ、ひとつだけ、際どい芸当をやってのけた。ニセ「加古原」こと村山六郎大尉が、機関部員たちがわざと石炭カスの灰神楽を機関室内に充満させ、ソ連監視兵の目くらましをしているスキに「スパイ道具」の重要資料やカメラ器材をボイラー室に投げ込むことに成功したのだった。

乗組員全員は途中寄港地のオロスコイで下ろされ、笠戸丸乗船者と同様、長い抑留生活となっていくのだが、ソ連人乗組員によって出航していった第二龍宝丸のその後の消息は分からない。先の木下三等航海士によれば、それから三年後の二十三年、引揚船でナホトカに入港した航海士仲間が「ドック入りしている同船を見た」という話であった。

それにしても同じ船団なのに、笠戸丸は計画的に沈められ、第二龍宝丸は拿捕というかたちながら生き残った。これは、一体、どういうことだったのであろうか。

笠戸丸はなぜ沈められたか

もとはといえば、笠戸丸《かさと》はロシアの船だった。総トン数六千百六十七トン（建造時）。船名「カザン」。日露開戦時の明治三十七年（一九〇四年）二月にはロシア太平洋艦隊輸送船としてロシア租借領旅順港に在泊していた。

その後の戦いの中で損傷を受け、着底、半没状態となったが、日本海軍が引き揚げ、接収。船名もカザンの音を取って笠戸丸と改名された。（同名船が数隻あり、しばしば混同して伝えられる場合がある）

止むを得ない状況下にあったとはいえ、旧敵国日本の船となり、その後、長らく露領漁業や北洋漁業に従事した同船について、ロシア（革命後、ソ連）側がどう思っていたか。「人

カニ工船時代（昭和9年）の笠戸丸
（「世界の船 1973年」朝日新聞社刊より）

民の敵は歴史の掃き溜めへ」「祖国の裏切り者に死を」のソ連なのだ——。それはのちの話になるのだが、ここでは、まず、山田廸生『船にみる日本人移民史』を中心にその数奇な半生をたどってみたい。なお、同船は病院船だったという説もあるが、臨時的に傷病兵を収容したことはあっても、主たる任務は輸送業務にあった。

一九〇〇年(明治三十三年)、英国船社の貨物船として同国ニューカッスルの造船所で進水した。当初、船名「ポトシ」。南米ボリビア銀鉱産都市ポトシの名からとった。船名が示すように南米航路に就航の予定だったが、鉱石輸送需要が減ったため、商船隊の拡張を図っていたロシア義勇艦隊協会に売却された。義勇艦とは「通常は商業航海に従事し、有事には特設巡洋艦などに転用できる船」のことで、公募の義捐金(寄付金)で建造されたことから「義勇」の冠がついた。その義勇艦となって新船名を「カザン」。現ロシア連邦タタール共和国の首都カザンに由来する。同地から多額の寄金があったことによる。

余談だが、このロシア義勇艦隊に刺激されて、明治時代の日本でも三隻が国民の献金によって建造されている。さくら丸、うめが香丸、さかき丸(ともに帝国海事協会所属)。だが、三隻とも「軍艦と商船の両要素を兼備するには無理があり、商船としては不評」だった。それでも短期間ながら、さくら丸は関釜航路、うめが香丸は青函、関釜航路でも活躍している。(古川達郎『鉄道連絡船100年の航跡』成山堂)

さて、引き揚げられて日本船となった笠戸丸は元来、欧州~南米航路用として設計されていただけに航続距離が長かった。また、ロシア輸送船時代に船内が改装され、多数の人員が

信濃丸（日本郵船時代）

収容可能だった。これに目をつけた東洋汽船が明治四十一年（一九〇八年）、神戸港から第一回ブラジル移民を運んだ。サントス港に着いたのが六月十八日。現在、日本ではこの日を「海外移住の日」と定められている。平成二十年（二〇〇八年）には移民百周年に当たることから、現地ブラジルではさまざまな記念行事が計画されている。

その後、大阪商船所属となり、貨客船となって台湾航路に就航した。だが、相次ぐ新鋭船の登場により次第に活躍の場は狭まっていき、昭和五年（一九三〇年）、イワシ工船に変身している。太平洋戦争時は日本海洋漁業（現日本水産）のカニ工船として北洋にあった。最後の航海となったカムチャッカ行きは日魯漁業にチャーターされてのことだった。

一方、共にカムチャッカに出かけた第二龍宝丸は飯野海運所属。二千二百四総トン。笠戸丸と比べて三回りほど小さかった。大正六年（一九一七年）小野鉄工造船所（大阪）建造。旧船名「第六札幌丸」。石炭運搬船としてもっぱら日本海沿岸を走っていた。そこへ日魯漁業から声がかかって「一航海限りのチャーター船」として笠戸丸船団に加わった。

昭和五年七月十三日　（日曜日）　東京朝日新聞

初めて乗出す
いわし工船
商船笠戸丸を改造して
大じかけの北鮮出漁

高松宮殿下
ロンドン御出發
パリに向はせらる

笠戸丸の「いわし工船」改造を伝える朝日新聞（昭和5年7月13日付）

これまで書いてこなかったが、じつは今回のカムチャッカ行き航海はこの二船だけではなく、信濃丸（日魯漁業、六千三百八十八総トン）、山東丸（坂井汽船、千八百総トン）も加わり、日魯の社船である信濃丸を先頭に四隻編成の「信濃丸船団」として出港する予定だった。信濃丸はあの日本海海戦で「敵艦見ゆ」の第一報を打電した殊勲の船。サロンには東郷平八郎連合艦隊司令長官の感状が掲げられていた。ところが、出港間際の二十年七月十五日、小樽が米軍機による空襲を受け。信濃丸、山東丸とも損傷してしまった。

この信濃丸は笠戸丸と同時期の一九〇〇年（明治三十三年）、日本郵船の発注により英国グラスゴーの造船所で建造されている。貨客船として長く北米シアトル航路で活躍した。やがて台湾航路に転進。ここで笠戸丸と顔を合わせ、以来、同船齢、ほぼ同じ大きさ、同じ英国生まれの両船は生涯の競争相手となっている。信濃丸が日魯漁業系列の母船式サケマス工船になったときも、笠戸丸もイワシ工船を経てカニ工船として北洋に姿を現わした。

さて、こうして出漁直前、船団は四隻から二隻へと規模縮小を余儀なくされたのだが、手分けして三隻の船に乗る予定だった情報将校三人も、既述のように二人と一人の半端な組み合わせにならざるを得なくなった。そのたびに函館にあるソ連領事館への出漁船舶変更届、作業員差し替えに伴うソ連入域ビザの変更等、手続きがたいへんだった。領事館はすでに閉鎖されていたのだが、露領漁業に出る日魯関係漁船のため、東京の大使館から職員がやってきて臨時窓口が開かれていた。手続きが「たいへんだった」というのは、この二十年夏の臨時窓口氏に限って、万事、えらく時間がかかるのだ。日魯漁業経営史にも「ソ連領事（館員）の査証事務がながびき」と、わざわざ記されている。

このころの領事館員の多くが情報部員であることは、当時の常識でもあった。「（函館の）ソ連領事側は、当然ながら様々な情報収集に奔走しようとし～様々の口実で査証の発給手続きを遅らせ、特定の人物に査証を拒否するなどは日常茶飯事であった」（清水恵『函館・ロシア　その交流の軌跡』函館日ロ交流史研究会）

笠戸丸被弾、第二龍宝丸拿捕――。その後の同船団乗船者がたどった苦闘の年月について、先の森下康平少尉は、その手記「戦煙日誌」の中で次のように簡潔にまとめている。

「夕暮れのツンドラ地帯を陸路護送された一行は、一昼夜行軍の後、（カムチャッカ半島の）

ポリシェックの山中に連行され、野宿。十七日、終戦の報（二日遅れ）あって、ポリシェック河口のミコヤン地区に収容さる。以後、缶詰工場、船荷役、漁労に使役され、（抑留生活まる二年後の）二十二年十月、多くの死傷者を出して帰国した。ケフタの第二龍宝丸は拿捕のうえ、いずれへかに回航さる。同船乗船者は（笠戸丸の場合と）同様の運命のもとに、その後、笠戸丸組と合流。同時期に帰国した」

日魯漁業経営史の中の記述もまた、すさまじい。

「全員各々該地方のソ連漁場で重労働を課せられた。その年は旧来の日魯の各地番屋で年を越すが、マイナス三〇～四〇度の寒さに翌二十一年四月までには労務者（荷役作業員）八十三人、船員十一人が凍死する惨状であった」

以上は両船の一般船員と荷役作業員にかかわる帰国報告であり、これだけでも「惨状」を伝えるに十分なものがあるのだが、両船乗船者のうちの日魯漁業幹部職員九人、そして、森下少尉を含む情報将校三人の関しては、とてもこんな程度で済むはずはなかった。

果たしてこれら十二人は、比較的早い時期に船員、荷役作業員から分離され、カムチャッカ半島東岸にある州都ペテロパウリフスクに連行されている（ここの監獄で森下は遺書を刻した）。なんとも迅速なソ連側の行動である。日魯幹部は責任者としての逮捕、連行であろうことはある程度想像できるとしても、一方の情報将校の場合、身元がバレない限り、そうそう簡単に追及の手が及ぶことは考えにくい。

森下少尉は遺書の中で「こと内より露見するところとなり」と刻していた。手記「戦陣日誌」の中でも、取り調べのソ連情報部KGB大尉から第二龍宝丸乗船のニセ「加古原」村山六郎大尉が書いたという半紙三枚におよぶ「中立書」を見せられたと明記している。村山大尉自身を含む三人の経歴、任務等が克明にしるされていた。真っ先に取り調べを受けていた村山大尉、もはやこれまでとの覚悟を決めての言動であったのか。なお、同大尉がイの一番に標的とされたことに関しては「日魯社員の個別引き抜き取り調べ、拿捕後の（第二龍宝丸）船内捜索による獲物」があったためか、と記されている。

一方、日魯幹部たちも民間人であるにもかかわらず、「スパイ容疑」での取り調べとなっている。戦時中、軍主導で「北方警備打合会」が札幌で定期的に開かれていた。日魯幹部も出席。「露領実情」を報告していたのだが、これが対ソ諜報活動に当たるというのだった。

かくて二十一年（一九四六年）六月二十二、二十三の両日、ペテロパウリフスク極東最高軍事法廷で開かれた笠戸丸七人（うち情報将校二人）、第二龍宝丸五人（一人）計十二人に対する集団裁判で、ソ連刑法五十八条六項違反の反ソ反逆行為、スパイ行為、集団謀議容疑により、全員が強制労働二十五年から十年の判決が言い渡されている。

森下少尉は十五年、森松大尉二十五年。村山大尉は不明だが、やはり同程度の長期刑を受けたものとおもわれる。森下少尉はシベリア各地で重労働を強制され、北極圏内にある収容所にも送られて大苦労したのち、すでに記したように、二十八年に帰国した。森松大尉は三十四年帰国。村山大尉は時期は分からないが、こちらも帰国を果たしている。一方、日魯幹部の場合、北千島各島で抑留された職員をも合わせて計十九人が長期刑に服したが、うち十一人が再び故国の地を踏むことはなかった。

ここで軍事法廷での集団裁判に話は戻るが、それは弁護人なしの非公開裁判だった。一方的に検事調書が読み上げられ、直後、判決言い渡しとなっている。その過程でさまざまな疑念を晴らすべく、被告席の情報将校も日魯幹部も法解釈について質したのだが、法廷側が用意した通訳の出来が極めて悪かった。そこで、被告席にいた練達のロシア語使いである日魯幹部が通訳を買って出たところ、その後は法廷の流れがスムースに行くようになった。最後の段階ともなると、その日魯幹部通訳氏は自分自身に対するロシア語による判決を日本語に言い換え、自分に対して言い渡すという珍妙なことにもなっている。

そうしたやり取りの中で、ひとつ、森下少尉が気づいたことがあった。

「軍諜者たる我々に対する取調べは相当厳しいものであったが、軍人としての体面は尊重したかに見える一方、裁判での日魯幹部への論告は、日魯漁業の積年の支配に対する復讐が感じられた」(「戦煙日誌」)

露領漁業出漁に当たって軍部と情報収集に関する打ち合わせをやっていたとし、その露領漁業従事期間を「犯罪期間」と決めつけ、刑の軽重にも言及するのだった。すでに述べたように、この露領漁業は日露講和条約に基づく漁業条約によってカムチャッカ半島と沿海州における基地操業が認められているもので、その条約が生きている限り、堂々たる事業行為であってなんらやましいことはない。まして日米開戦二年後の十八年(一九四三年)、日ソ漁業条約改訂交渉が成立したばかりなのだ。だが、逆に以上のことをソ連側からしてみれば、日本漁業資本による我が物顔でのソ連領海魚類資源略奪行為であり、日本軍艦の領海侵犯行為であり、いまいましいったらありゃしないということになる。

「監督の話だけれどな、今度ロシアの領海へこっそり潜入して漁をするさうだど。それで駆逐艦がしっきりなしに、側にいて番をしてくれるさうだ」「駆逐艦が蟹工船の警備に出動すると云ったところで、どうしてどうして、それればかりの目的でなくて、この辺の海、北樺太、千島の付近まで詳細に測量したり気候を調べたりするのが、かへって大目的で、万一のアレ（戦争）に手ぬかりなくする訳だ」（小林多喜二『蟹工船』昭和四年発表）

で、法廷で声高に叫ばれる日魯漁業関係者への「犯罪期間云々」は、そうした積年の恨みを晴らそうというわけなのであろうか。

ここで森下少尉は、あっと声を上げている。

長年にわたり、北洋漁業や露領漁業に活躍していた笠戸丸について、である。笠戸丸は沈められ、第二龍宝丸は拿捕だけで済んだ。そのナゾが解けたように思ったからだった。

思い起こせば――。ビザ取得でイライラさせられた函館・ソ連領事館「窓口」氏の意図的とも思われる業務遅延行為があった。やはり臨時館員の彼らは情報部員だったのか。船団構成人員、航海計画等について本国機関あて詳細に報告し、一斉侵攻日に照準を合わせていたのではなかったか。カムチャッカのウトカ基地では、警備隊将校がしきりに時間を気にしたのだが、正午きっかり、笠戸丸攻撃機がやって来た。その警備隊にしても、当初ほとんど顔を見せず、安心させておいて一挙に出て来た。

また、これは第二龍宝丸の三島正道機関部員の話なのだが、抑留後、まるで彼らの到着を予期していたかのように、行く先々で空き家の収容所が用意されていた。地元民は「お前たちヤポンスキー（日本人）が来ることは分かっていたよ」と言っていたというのだ。

これらのことは、よほど周到な計画と準備期間がなければ到底なし得るものではない。そう、笠戸丸船団（当初、信濃丸船団）はソ連当局の計画通り、その仕掛けたワナに自ら飛び込んでいったのだ。そして笠戸丸はかつての祖国から「裏切り者に復讐を」のスローガン通り、報復の対象となったのだ。ソ連側にしてみれば、「敵艦見ゆ」とあのバルチック艦隊壊滅のきっかけをつくり、北洋カニ資源を「収奪」していた信濃丸が小樽空襲により損傷、出港不能になったことだけが、唯一、計算外のことだったのではなかったか。

第二章　満州航空の翼

空飛ぶ軍使

昭和二十年（一九四五年）八月十八日夕、新京（現長春）飛行場空港ビル二階にある貴賓室の床に寝転がってい た満州航空操縦士、下里猛（83）＝写真＝は、「下里おるか」「司令室まで来てくれ」の声にのっそりと立ち上がっている。

この日昼すぎ、ソ連軍先遣隊が飛行機で進駐して来て「日本機の飛行禁止」を言い渡したあと、本隊の到着を待つのか、ビル一階に居座った。こちらは、つい三日前の終戦の報を聞くまで「撃ちてし止まん」と張り切っていたんだ。じつに面白くない。どうにでもしてくれ、と、ビルの一番いい部屋に陣取って仲間とひっくり返っていたのだった。

司令室には満州航空（満空）幹部のほかに関東軍参謀の薬袋宗直少佐、司令部付金子祐元

両翼に「五色の輪」が描かれたスーパー機（満航式一型）

少佐、それに通訳官がいた。紹介が済むと、すぐに幹部が用件を切り出した。
「西部国境に近い興安嶺の五叉溝《ウサコウ》付近で安部孝一中将指揮の第百七師団（通称号・凪）がソ連軍と交戦中の模様。だが、無線が途絶えて状況不明。現在、有力なソ連機甲師団が接近中であり、一刻も早く関東軍の停戦命令を伝え、無益な戦闘を防ぎたい」
ついては薬袋少佐はじめ、この三人を軍使として五叉溝に送りたい。そんな話だった。下里は興安嶺の空を飛ぶ定期便のパイロットだった。周辺の地理には詳しい。そこで白羽の矢が立ったらしかった。以下、下里猛『満洲航空最後の機長』によれば――、
たしかに終戦直後のいま、満州全体が混乱している。興安嶺に行くとしたら飛行機しかあるまい。まして「一刻」を争う仕事なのだ。一個師団将兵の命がかかっている。だが、いまや、そこは「敵の空」。日本の飛行機は飛行禁止ではないのか。そこらあたりは新京のソ連軍司令部と連絡を取って「全満ソ連軍に通達する」ということだった。

下里　猛

下里は決意している。首からぶら下げていた航空時計をにぎりしめた。
翌十九日早朝の出発と決まった。使用機は満航主力機のフォッカー・スーパー・ユニバーサル、通称スーパー機。相棒はベテランの一ノ瀬辰男一等航空機関士。機体尾部に「軍使搭乗」が分かるように白い吹き流しをつけた。現地到着後の行動は「現地軍との交渉次第」というのが気にな

ったが、なに、行けばなんとかなるさ、と思っている。

三人の軍使が乗り込んで出発ＯＫとなった。そのさい、機材係が「伝単」（停戦ビラ）と細い竹筒を詰め込んだ軍用行李を機内に積んでいる。竹筒は伝単を入れて散布するためだった。「船来煙草」やナポレオン、ジョニーウォーカーなどの高級酒類も積み込まれた。現地ソ連軍との交渉時の贈り物にするという話だ。「あるところにはあるもんだ」。下里操縦士と一ノ瀬機関士は顔を見合わせている。

エンジン快調。ブースト計、回転計、油圧計、異常なし。空は明けた。高度一千メートル。水平飛行。視界良好。青空に刷毛で掃いたように巻雲が二すじ、三すじ。下に緑の大平原。池があるのか、朝日に光って通り過ぎていく。そして目を戻すと、両翼に日の丸。

「敗戦のショックで打ちひしがれた心に光明が差し込むようでした」

一時間半は飛んだだろうか。間もなく、めざす第一目標の王爺廟（興安）である。五叉溝はそこからさらに百五十キロ、興安嶺の西に位置している。

と、一ノ瀬機関士が鋭い声をあげ、前方を指差した。

「敵機！」――。四日前までの敵機の出現だった。左前方から黒い豆粒が二つ、みるみるうちに近づいて来る。エアコブラ戦闘機。米国が援ソ物資として大量に送り込んだ機種だ。いま、ダークグリーン迷彩の両翼に大きな赤い星のマーク。そら来た、と、下里は翼をゆっくりと大きく振り、敵意のないことを伝えている。

一機は監視するかのように後方上空に位置し、もう一機は平行して飛んでいたが、いきなりダイブを試みた。もういちど繰り返したから、下里は合点している。下の飛行場に着陸せよ、ということらしい。

騒々しい飛行場だった。自動小銃を構えたソ連兵が「降りろ、降りろ」と怒鳴る。われ勝ちに五人をボディチェックし、なんでも取り上げる。機内から贈答用のタバコや酒を勝手に取り出す。通訳官がロシア語で「泥棒ーっ」と何度も怒鳴ったほどだった。ようやく駆けつけた将校が、自動小銃をガンガンぶっぱなし、盗品を抱えて逃げ回る兵隊たちを銃の台尻でぶん殴りはじめたから、こちらも相当なものだった。

一体、ソ連軍の軍紀はどうなっているのか。こうしたソ連兵の「質の悪さ」は多くの「満洲もの」に例外なく記されているところだ。『満空回顧録』の中にもこんな記述がある。

——ソ連兵の輪に囲まれて飛行機の機体整備をしていた。ふと気がつくと、翼の上に載せていた大切な防寒手袋が消えている。向こうにいるソ連軍将校に大声で知らせたところ、相手は相手で「こっちは時計をやられた」。わめき返してきたということだ。

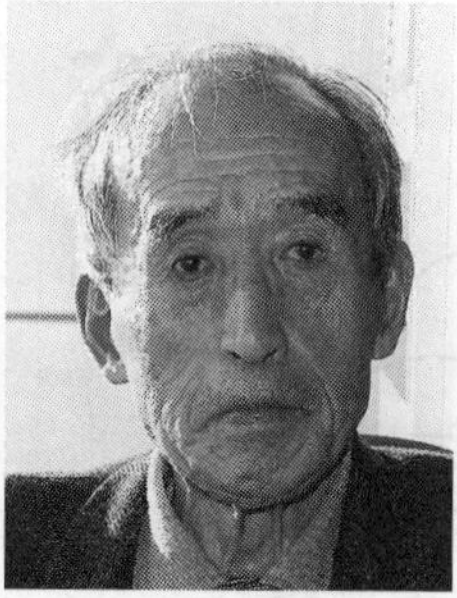
林　利雄

このときの下里機による第百七師団捜索行は、残念ながら、こんなひっちゃかめっちゃかのうちに終わっている。最初に出会ったエアコブラ機の連中からして、日本の軍使が来るなんて「ぜんぜん聞いていない」と、こうなのだ。（危うく撃ち落とされるところだった）。王爺廟飛行場では

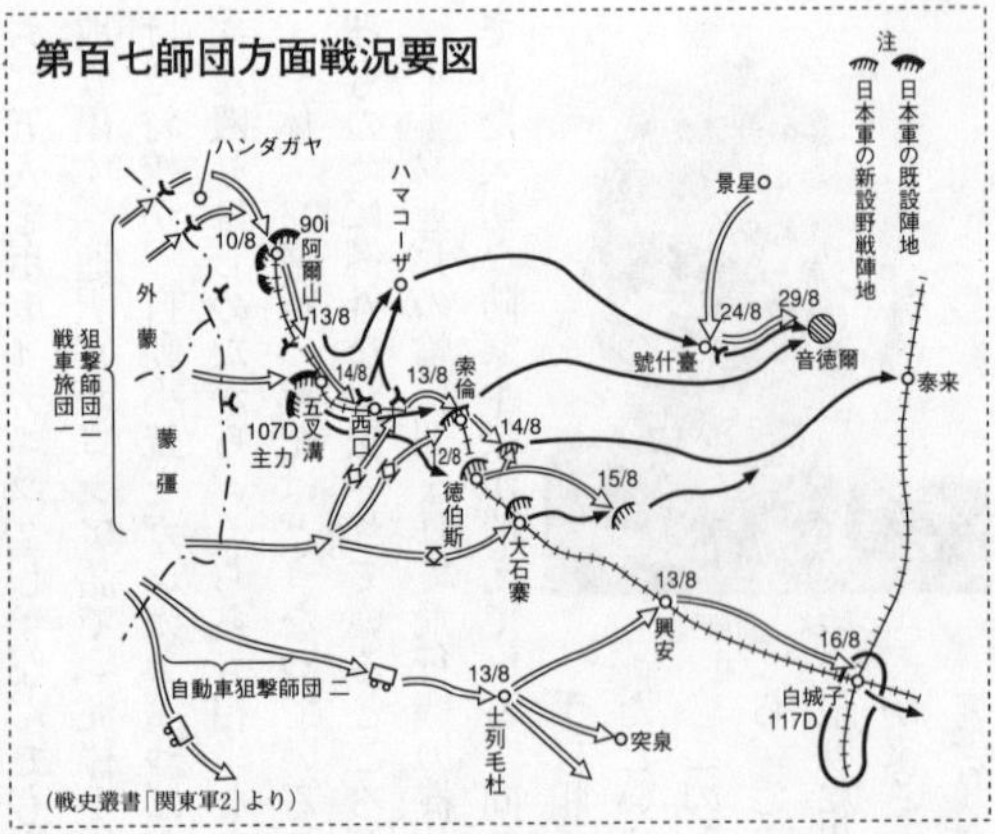

第百七師団方面戦況要図
（戦史叢書「関東軍2」より）

現地部隊長が「そんなもん知らん。これ以上、先に飛ぶのは危険だ。強いて行くというなら、もういちど新京に戻って交渉し直して来い」と、ケンもほろろの御挨拶。（例の贈り物の高級タバコ、アルコール類は取られっぱなしになってしまった）

そのころ、第百七師団挺身大隊主計・林利雄見習士官（83）＝写真＝は興安嶺の山中で戦っていた。八月九日のソ連軍侵攻を実感したのは西部国境にある五叉溝陣地で物資受領中のことだった。同日昼、いきなりソ連戦闘機一機による機銃掃射があった。荷車を引いていた駄馬一頭が一声いなないて死んだ。それが、長い戦闘の始まりだった。

翌十日早朝、慌しく移動の準備をしているところへ、部隊宿舎わきの鉄道線路を列車が通りかかった。五叉溝から出た最後の引き揚げ列車だった。師団司令部の女子職員や部隊の家族が乗っていた。兵隊たちは作業の手を休め、白煙を引いて去り行く列車を最後まで目で追っている。日本内地との「つながり」がこれで絶たれた。そんな思いだった。

その日朝、前日の命令が変更され、別の陣地に移動することになった。さらに午後になって、こんどは「新京（現長春）に向かって後退すべし」に変更された。くるくる変わる命令。急進するソ連軍の応接にいとまない方面軍の苦悩をそのまま映し出すものであったが、兵隊たちを必要以上に苦しめることにもなっている。そのたびに装備や物資の輸送計画が狂い、いちど運んだものをまた逆送する。消耗させられることおびただしい。こうしてせっかくの物資が不要、不急のものとして焼却処分された。

小原福重（伍長時代）

安倍庄吉

十一日、林見習士官らの挺身大隊は後衛隊となり、五叉溝から先にある最前線の阿爾山《アルシャン》、イルセ、トロル陣地から撤退して来る歩兵第九十連隊の部隊を収容することになった。連隊は続々と侵攻して来るソ連軍大部隊を迎え撃ち、二日間にわたってその進撃を食い止めていた。そして、いま、眼前にするこの生き残り部隊は、よくぞ、これまで、と思わせるほど「満身創痍」であり、出迎えの挺身大隊を粛然とさせている。

だが、息をつくヒマもない。阿爾山、五叉溝から西口《シイコウ》に通じる街道は一本道。第九十連隊の撤退を知ったソ連軍が急追して来るのだ。

「ドーンドーンと間けつ的に咆哮する敵の砲撃音に追われるように、転進部隊はひたすら歩く」「興安嶺の山々は険しくないが、上り下りの峠が幾重にもつづいていく。頃は八月。山々には野の花が咲き乱れていた頃だが、印象は全然ない」（林利雄『時痕』）

　十二日、かくて歴戦の歩兵第九十連隊を収容した師団一万余はひたすら新京を目指している。新京まで七百キロ。日本でいうと、ほぼ東京～岡山間に相当する。鉄道は破壊され、徒歩行軍に頼るほかなかった。山道に平坦な道などあろうはずはない。そして、周囲、これすべてソ連軍。どこまで成算があっての転進命令であったのだろうか。

　十三日、林見習士官は戦っている。

　挺身大隊は集中砲火をまともに受けていた。ピカッという目もくらむような閃光。地響きを伴ってのすさまじい破裂音。土壌をまき上げる着弾点。自分で掘った「タコつぼ」以外、身を隠す方法はない。それも土砂をかぶった。「砲弾は二度と同じ場所に着弾しない」との教えが頭の片隅にあったのか、無意識のうちに着弾孔に走り込む。豪雨――。

　野砲兵第百七連隊第三大隊第二中隊、安倍庄吉《あんばいしょうきち》上等兵（83）＝写真＝は、山砲三番砲手として戦っていた。前夜、肉迫攻撃特攻班員募集の声に手を上げた。だが、砲手要員は砲で頑張ってくれ、といわれて断念。代わって出かけた戦友は生還しなかった。その弔い合戦であった。山の稜線に現われた敵戦車の先頭車に初弾命中。「カブトムシみたいにひっくり返った」。先頭車をやられ、一本道で立ち往生する敵部隊めがけ、さらに「連続射撃で戦車と歩兵群に必殺の命中弾を浴びせ」かける。

輜重兵第百七連隊第一大隊第一中隊、小原福重軍曹(90)＝写真、旧姓・合津＝もまた、「車両積載品の確保と補給」を最大の任務とし、戦場にあった。だが、遭遇戦、混戦、乱戦のなか、ともすれば司令部との連絡は途絶えがちとなり、ついに小原軍曹の輜重隊は孤立状態になってしまっている。すでに多くの物資、食料を失っていた。

「乾パンすらままにならず、草の根、草の実をたべながらの戦いである。補給を絶たれた軍馬もまた哀れであった。与える馬糧はなく、肋骨の浮き上がったヤセ衰えた馬体に、とても乗馬する気になれず、私も歩いた」（手記）

第百七師団は青森、岩手、秋田、山形などを出身地とする将兵を中心に編成されていた。彼ら東北兵の「粘り強さ」には定評があったところだ。

十四日、転進方向の出口は、先回りした敵機甲部隊によって完全にふさがれてしまった。背後からは五叉溝陣地を制圧した敵兵団が迫る。十五日（終戦の日）、東西に重圧を受けた師団は唯一の活路を興安嶺山中に求め、大きく北方山地に転進を図ることになった。それのさい、敵の手に落ちるのを恐れた暗号係下士官が暗号書を焼却処分している。以来、関東軍総司令部との無線交信による暗号解読が出来なくなり、同師団の消息は途絶えたのだった。

（公刊戦史「関東軍②」には「無線機故障」と記されている）

「十五日の終戦も分からず、戦闘は毎日続き、道なき道を進む部隊は携帯口糧も底をつき、巡り合った畑の未熟なトウモロコシは芯まで食べ、ただ新京へ新京へと、興安嶺の山中を進んで行った」（第百七師団戦友会報十号「すみれ」）

百七師団いずこに

滝沢美喜代
（第百七師団戦友会報より）

興安嶺に消息を絶った第百七師団に対する第二陣の空中捜索は八月二十八日から行なわれている。すでに終戦の日から十三日が経過していた。依然、手掛かりはつかめない。終戦処理を急ぐ関東軍総司令部は気が気ではないのだが、ソ連軍の方も困り果てていた。少将だったか大佐だったか、ソ連軍のエライさんが、「当方は停戦を承知しているのだが、日本軍の方は、サムライやスメルトニキ（特攻隊）が暴れて閉口だ。早く停戦命令を伝えてほしい」とボヤいていたという話が残っている。（太田久雄『第百七師団史』）

捜索第二陣のメンバーは、満航側は滝沢美喜代操縦士＝写真＝と田谷武雄航空機関士。通訳兼務庶務担当として片山金一社員がついた。軍使は前回の下里機にも搭乗した関東軍参謀の薬袋宗直少佐、それに司令部付・土田正人少佐と森川正純少佐（通訳兼務）。この日本人グループ六人のほかにソ連軍司令部参謀ノビコフ少佐が加わっていた。

七人は新京からソ連軍輸送機で王爺廟飛行場に運ばれ、ここを基地として捜索にかかっている。使用機は飛行場に残されていた「懐かし」の満航スーパー機。ソ連軍新米操縦士の訓練機になっていたらしく、両翼マークは「赤い星」に変わっていた。これでは日本軍の地上砲火で撃ち落とされると、いささか強引に元の「日の丸」に描き戻させ、尾翼には例の吹き流しをつけた。伝単もしっかり積み込んだ。

滝沢機による捜索コース

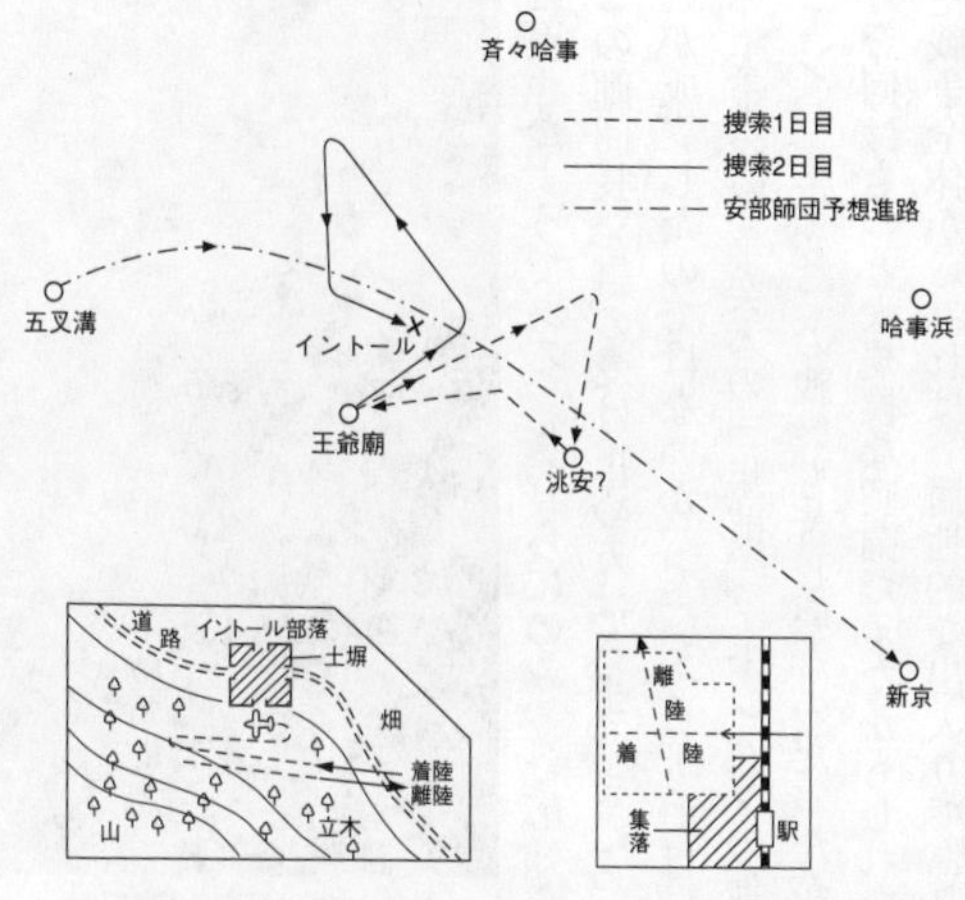

（「満洲航空史話」より）

　二十八日、捜索第一日目。滝沢機に薬袋、森川両少佐、それにノビコフ少佐が乗り込み、早朝から行なわれたのだが、空振りに終わっている。途中、情報を求めて小さな飛行場に降りたさい、場所こそ異なるものの前回下里機の場合と同様、やはり「ものすごい顔つき」をした自動小銃のソ連兵に囲まれた。機内から飛び出したノビコフ少佐の懸命の制止で切り抜けているが、ここらあたり、前回飛行の教訓は十分に生かされていたことになる。

　――そのころ、さすがに第百七師団の

林　利雄（見習士官時代）

首脳も、うすうす情勢の変化に気づいていた。安倍師団長は各部隊の主だった将校を集め、おおよそ次のように話している。

「師団は上級司令部との連絡は、現在、途絶えたままなので明確な判断は下せないが、（通信隊が傍受した）短波放送の受信情報などから推察すると、どうも停戦に至ったようである。貴官らにのみ、一応知らせておく」（『時痕』）

この師団長発言の受け止め方はさまざまだったが、日ソ両軍の間で文字通りの「停戦協定」が成立したのではないか、という見方でほぼ一致していた。関東軍は十四年（一九三九年）、太平洋戦争突入の二年前、ノモンハンの地でソ連軍と戦闘を交えた経験を持つ。その「ノモンハン事変」の戦いも苦しいものだったが、結局は停戦協定が成り、窮地を切り抜けた。今回はもっと大規模な戦闘だったかもしれないが、いま日本が戦っている世界を相手とした戦争全体からみれば、局地的な出入りであり、双方痛み分けの「手打ち式」で終わったのでは——。まして同師団の場合、ノモンハン戦の故地が目と鼻の先にあったものだから、このような受け取り方がスムーズに頭の中に入っていったのだった。

「師団長が漏らされた短波放送も、日ソ間の停戦という現地だけの話で、大東亜戦争（太平洋戦争）の方はあくまで戦い続けていくものと、お互いにきめ込んで談じ合っていた。本家本元の方から手を挙げていたとは考え及ばなかった」（同）

さて、そんな具合だったから、転進ルート半ばにある音徳爾《イントール》近くの号什台（好斯台《ハトタイ》）で、八月二十五日から二十六日にかけ、師団転進作戦中、「最大の戦闘」が行なわれることになっている。ソ連軍大部隊の後衛隊と第百七師団の先遣隊が接触したのが発端だった。停戦交渉が成立したことが事実なら「それを熟知しているはずのソ連軍が発砲することは不可解」（『師団史』）として交戦状態に入ったのだった。

陣地争奪戦。反撃。逆襲。夜襲。渡河作戦。敵機による機銃掃射。二日間の激闘の末、ソ連軍は避退した。師団は「敵の軍旗および捕虜を捕獲」した。だが、林見習士官の挺身大隊だけでも第三中隊・中村中隊百数十名が全滅。中隊本部のほとんどの下士官、それに第二、第三、第四、第五の小隊長全員も失った。

前項で登場した野砲兵・安倍庄吉上等兵は「勝ち戦だ」と久し振りに顔をほころばせていた。だが、分解した砲を背負い、もくもくと働いてくれた軍馬を失った。その死馬体を栖とし、野砲兵といえども、小銃を撃ち続けたのだった。輜重兵・小原福重軍曹もまた、愛馬中花号と別れを告げねばならなかった。「空腹でヤセ細った」姿が哀れで、ずっと手綱を引いて歩いていたのだが、首筋に銃弾を受けて倒れ、前足を二、三回動かしただけで息絶えた。小原は鼻筋をなで、「長いあいだ、ありがとう」といっている。

二十七日、戦いもヤマ場を越した。師団は音徳爾に集結し、兵員と装備の点検再整備を行なっている。九日のソ連軍侵攻以来、約二十日間にわたる戦闘で師団一万三千のうち、五千を失っていた。だが、めざす新京は遠い。後衛隊をやられ、怒り心頭に発したかどうか。本隊が引き返し、師団に迫りつつあった。危うし、第百七師団――。

滝沢機は二十八日の捜索が収穫なく終わったことで、あらためて興安嶺の広さを痛感した。そこで翌日は補助タンクもつけて燃料を満載し、「飛べるだけ飛ぼう」ということになっている。基地のソ連空軍兵から「こっちも燃料不足で飛行制限しているのに」とイヤ味をいわれたが、ここは新京のソ連軍司令部命令書にモノをいわせた。

二十九日、快晴。微風。視界良好。滝沢操縦士、田谷機関士。後部座席には土田・森川両少佐とノビコフ少佐。薬袋少佐と片山社員は基地に残留し、情報収集に当たっていた。ノビコフ少佐は、昨日もそうだったのだが、地図とコンパスを離さず、神経質に飛行コースをチェックしていた。「逃走を警戒しているのか」。ただ一人、昨日までの敵国の日本機で日本人に囲まれているのだから、「無理もない」ことでもあった。

王爺廟を出発してから二時間以上が経過したが何も見つからない。「今日もダメか」。不安と疲労であせりの声が高くなっていっている。じっさい、狭い機内のうえ、目を酷使することから、機上捜索は想像以上に疲れるものなのだ。

と、はるか前方の丘陵上に「ゴマ粒」のような多数の物体。バラまかれたように動いているのが見えた。「もしや」と「頭に血がのぼる」のを感じながら、ぐっと高度を下げて近づくと、兵隊の姿だった。だが、なおも旋回して観察すると、部隊は部隊でもソ連軍の大部隊だった。南東方向に道路沿いに戦闘隊形のまま前進している。中ほどから前に空中俯瞰して、前衛大隊、前衛中隊、尖兵小隊、尖兵。左右に少し離れて側衛部隊。それぞれ隊の前方には斥候。軍の教科書通り、見事なばかりの陣形だった。（これが後衛部隊をやられ、反転して第百七師団撃滅に燃えるソ連軍の本隊だった）

がぜん、機内は活気を取り戻している。このソ連軍の前進方向を飛べば、必ず、日本軍がいるはずだ。それも第百七師団にちがいない。飛ぶこと、さらに八分――。ついに日本軍の大部隊が休止している集落の上空に達した。腕時計の針はちょうど八月二十九日正午を指していた。そこが、音徳爾だった。

大雪原を飛ぶスーパー機（「満州航空史話」より）

後部座席の両少佐は窓をいっぱいに開け、「顔を紅潮させ」て伝単（停戦ビラ）をまきはじめている。窓から胸から上を出して軍帽を振り、あるいは日の丸の旗を振ってもいる。ところが、どうも地上の様子がおかしいのだ。低空旋回の機を見上げる兵、ビラを読む兵、ビラを投げ捨てる兵。そうしたなかで、機に向かって銃を構える兵が、あちこちで目立ちはじめたから、こっちは大慌てになっている。

そんなこんなで、地上の兵たちに「停戦命令」がうまく正確に伝わったとは思えない。しかも、ほんのちょっと前、機上から見たようにソ連軍の大部隊がじりじりと迫ってきているのだ。両少佐の命令に近い懇請もあって、滝沢操縦士は田沼機関士と目と目で話し合い、強行着陸することにしている。

「上空に友軍機一機飛来。開戦以来はじめて見る友軍機。日の丸の標識がまぶしい。やがて超低空で頭上を旋回、少し離れた草原に強行着陸した」（安倍上等兵手記）

友軍機だぞーっ、という叫び声に、みな、外に飛び出して空を仰いだ。青空の中にくっきりと旋回する日の丸の翼。日ソ開戦以来、はじめて見上げる日の丸であった。翼を大きく振ったかと思うと、ビラをまきはじめた。誰も彼もが、そのビラを手にして読んだとき、驚き、叫び、お互いに顔を見合わせた。すべての将兵が、あっけに取られ、そんな馬鹿なことがあるものか、信じられない、といった顔つきだった。「神国日本」がそんなにたやすく降伏してたまるものか、「敵のスパイ機め」とばかり、飛行機めがけて発砲する兵も出る始末だった。（「すみれ」十号）

「そこへ戦闘中、一度も見なかった旧式の飛行機が日の丸をつけて飛来し、ビラをまいた。終戦を知らせるものだった。B5判大で表裏に次のような文言がびっしり印刷されていた。『大本営命令！戦争は終わった。まだ戦争をしているのは日本中でこの部隊だけである。速やかに武器をソ連軍に引き渡して内地に帰国せよ。日本国民及び諸君の妻子、父母兄弟は一刻も早い諸君の帰国を待っている』。信じられなかった。飛行機から下りてきて説明していた日本軍将校に『スパイか』と食ってかかる者もいた」（小原軍曹手記）

やはり、ノビコフ少佐は気の毒だった。満航組と二少佐でがっちりとガードして機外に出たのだが、「ものすごい顔つき」の日本兵に囲まれた。両少佐が慌てて「将校は」と叫んでいる。下里機、そして滝沢機の場合もそうだったが、小飛行場で自動小銃を構えたソ連兵に囲まれたときには「心臓が縮む思い」をしたものだ。このときのノビコフ少佐も同じような心境だったに相違なかった。

「日の丸をつけているがソ連軍人が乗っている。撃墜すればよかった」「やはり日本機だ。見ろ。ソ連軍将校を捕虜にしてきたのだ」

快晴の午後一時。関東軍参謀らとノビコフ少佐を乗せた日本軍使のトラックが、包囲網を敷きつつあるソ連軍部隊向け、興安嶺の草原を疾駆する。中央に大きな白旗、後ろから見て右に日の丸、左に赤旗――。と、相手陣営から、これも軍使か、騎馬将校ただ一騎。人馬一体となり、砂塵をまき上げてやって来る。両者は交差したとき、関東軍師団の中で最後の最後まで組織的戦闘を続けた第百七師団の軍旗は下りたのだった。

天翔ける満航機

満州航空（満空）は満州国誕生とともに発足、満州国解体とともに解散した航空会社だった。満州国政府の実質的支配者は関東軍であり、満航もまた、関東軍の肝入りで発足した国策会社だった。満州国同様、わずか十三年という短命で終わった。

満航機の両翼には満州国旗である五色旗にちなんだロゴマーク「五色の輪」が大きく描かれていた。垂直尾翼も五つの色で塗り分けられていた。ただし、これは会社創設のころの話で、やがて、すべてが「日の丸」に変わっていっている。五色は満州国の建国スローガンである「五族協和」「王道楽土」に由来するもので、日本、朝鮮、満州、漢（中国）、蒙古の五民族は、平等の権利と義務のもと、手を取り合って理想の国家を建設しようという願いが込められていた。せっかくのスローガンだったが、なにかと専横を極める関東軍の出方を前にその

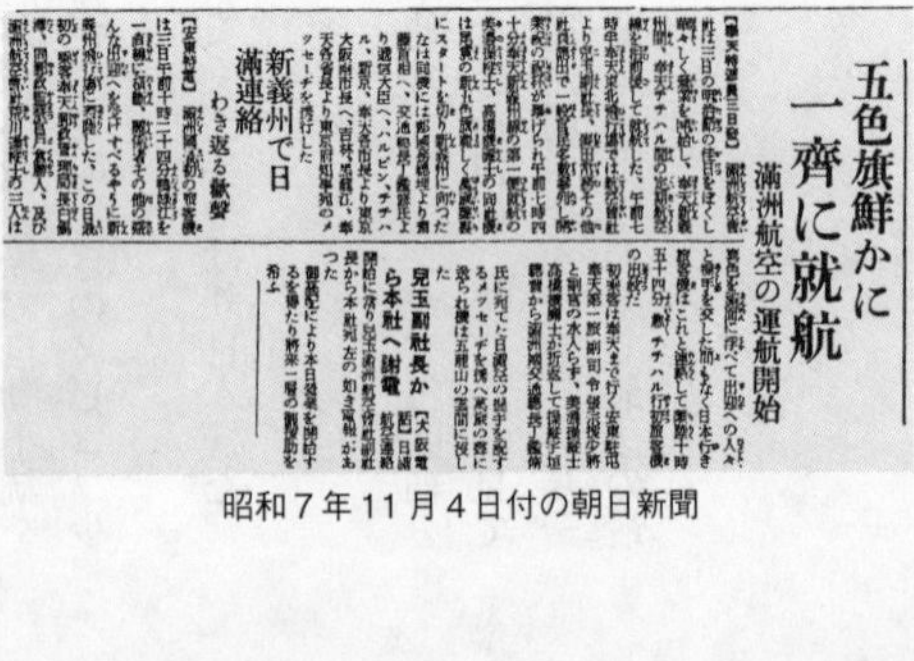
五色旗鮮かに
一齊に就航
満洲航空の運航開始

新義州で日満連絡
わき返る歓聲

兒玉副社長から本社へ謝電

昭和７年11月４日付の朝日新聞

理想は急速に色あせていき、「五族不協和」「横道落土」との陰口が聞かれるようになっている。「王・道楽・土」と呼んだ人もいる。満航機ロゴマークの変遷はそうした事情の一端を物語るものともいえた。

昭和六年（一九三一年）九月、満洲・奉天（現瀋陽）郊外の柳条湖付近における南満州鉄道（満鉄）線路爆破事件を発端として満州事変が起きた。戦火が満州全域に拡大したことから、関東軍は従来の満鉄による地上連絡網と合わせ、空中連絡網の整備を急ぐことになった。これを受け、当時、奉天に出先機関を置いていた日本航空輸送社は、本来業務の日本航空輸送満州代表部のほかに関東軍軍用定期航空事務所を開設した。

翌七年三月、満州国成立。同九月、右の関東軍軍用定期航空事務所の業務をそっくり引き継ぐかたちで満州航空株式会社が発足した。表向きの出資者の顔ぶれは満州国政府、満鉄など。新会社創設の目的は満州国における「航空輸送事業の統制」と「その育成培養を図る」ことにあった。そのためには、関東軍の指導のもと、「独占的に運営せしめる」ことが必要とされたのだった。もうひとつの背景としては、新天地満州に希望を託す進出企業や各種開拓事業従事者などの旅客往来の増加、郵便物や物資の輸送需要増があった。

こうして関東軍を後ろ盾とし、奉天に本社を置いて店開きした満航だったが、その事業内容は多岐にわたった。旅客、貨物、郵便物等の輸送があり、航空機の修理、製造組立の事業もあった。定期空路は大連、奉天、新京、ハルピンを結ぶ幹線ルートを中心とし、ソ連や外蒙古との国境近くの辺境の町まで路線が張り巡らされていた。

このほか、会社定款の中には「飛行機の賃貸、其の他航空機を以てする一切の事業」という一項目がさりげなく盛り込まれていた。これが、主眼目である関東軍御用達の軍用飛行業務であり、一般の定期航空業務と比べ、その飛行頻度は「六対四」に達したとの資料もある。作戦従事期間中の諸給与、飛行時間に応じた料金を関東軍が支払う。器材の破損も補償する。そんな仕組みだったが、のち、太平洋戦争に入ると、空中勤務者たちは「航空プロ集団」として南方戦線に狩り出され、戦死者多数を出すことにもなっている。

そんな具合だったから、社長はじめ主要幹部、出先機関の長のほとんどが関東軍出身者で占められていた。それでも随分と生気あふれる航空会社だったようだ。『満州航空史話・続』には次のようなOB懐旧談が載っていて、ほほう、と思わせるものがある。

「一番充実した時代は満州航空時代だった。今も夜毎に満州の空を飛ぶ夢を見る」「過去を語るものは老人のみで前進がない、と評論家が（テレビなどで）得々としてしゃべっているが、この男には顧みるべき価値ある過去を持たない哀れな男ではないかと思う」

と、まあ、いささかランボーな論旨ながら、すこぶるつきの元気印なのである。

これは軍用定期航空時代の話だが、こんなハナシもある。

昭和七年二月、対日武力闘争を続けていた「共産匪賊の首領」金日成（のち北朝鮮主席）の一党が奉天飛行場を襲撃した。格納庫二棟が焼かれた。口惜しがった操縦士らが向こう鉢巻で空中追跡。山に逃げ込もうとしていた騎馬隊の先頭を走る白馬の男めがけ、爆弾を投下しようとした。だが、民間機の悲しさ（？）で、後部扉を開け、足で爆弾を蹴り落とす仕掛けだった。それで時間がかかってしまい、騎馬隊の中ほどに落ちてしまった。おまけに水田だったため、爆弾は地中深く潜ってから、やおら、お義理のように爆発した。当時、金日成の首には「懸賞金五万円」がかけられていた。日本の総理大臣の月給が八百円（昭和六年）、小学校教員初任給が四十五円～五十五円（同八年）のころの話である。

そんな満航だったが、じつは大きな野望を胸に秘めていた。東京～満州～ドイツを中央アジア横断の定期空路によって最短距離で結ぼうという雄大な「空のシルクロード」計画だった。社歌にもこのことが高らかにうたわれていた。

明日の空路は崑崙越えて　繋ぐ亜細亜とヨーロッパ
五族協和の旗風に　なびけ亜欧の空の雲

この「空のシルクロード」計画は、当然のことながら関東軍の了解と支援を得てのことだったが、関東軍が大いに興味を持った背景には、十一年（一九三六年）十一月、日独防共協定締結があった。「北辺鎮護」「東部防衛」の関東軍はかねてソ連を仮想敵国としていた。日露戦争以来の宿敵なのである。この空路開発によってドイツと「防共回廊」をつくり、ソ連共産勢力の南進を防ぐ「万里の長城」とするのだ。

比企久男

一方、満航の「ヒコーキ野郎」たちにとって、世界の秘境といわれる中央アジアの天険を空から開拓し、果ては欧州の空に達する飛行プランには「胸躍る」に十分なものがあった。夢は広がるばかり。ドイツ側も乗り気でルフトハンザ機による定期空路をベルリン～カブール（アフガニスタン）間に開設。ここで満航と相互乗り入れを図ろうということになった。飛行ルートは次の通り。

新京―安西（中国甘粛省）―カブール―バクダット―ロードス島（ギリシア）―ベルリン

そのころ、民間航空による長距離飛行が盛んに試みられ、「航空時代来る」とはやされていた。たとえば、十二年四月、朝日新聞社機「神風」号は東京～ロンドン間を正味飛行時間五十一時間余で飛び、当時としては驚異的な航空世界新記録を出している。

ちょうど朝日新聞社がその神風号欧州飛行のための具体的準備に入った十一年春、満航もまた、密かに前進基地建設にとりかかっていた。中国奥地の阿拉善（アラシャン、寧夏省）定遠営での飛行場づくりだった。ここには内蒙古工作活動に従事する特務機関（諜報謀略機関）があった。同年六月、満航社員四人が派遣されたが、そのうちの一人、比企久男（93）＝写真＝は、その著『大空のシルクロード』で次のように記している。

中国政府事務所に提出する護照（旅行許可証）申請書には「砂漠地帯における農産、畜産資源の研究」と書いた。身分は「九州帝国大学の学生」。団長が「教授」だった。ゴビ砂漠の南端にある定遠営での飛行場づくりは、わりかし容易だった。土地の人を雇い、「原始的な土木用具」によって地ならしするだけでよかった。なにしろ砂漠地帯なのだ。

「雨天の日はほとんどなく、いつも空は青く、空気は澄み渡っていた」「静寂な砂漠も時には暴れ回り、怒り狂う日もあった。（中略）黄砂の雨を浴び、ザラザラと音のするにがい砂

昭和11年8月～9月、内蒙古特務機関配置

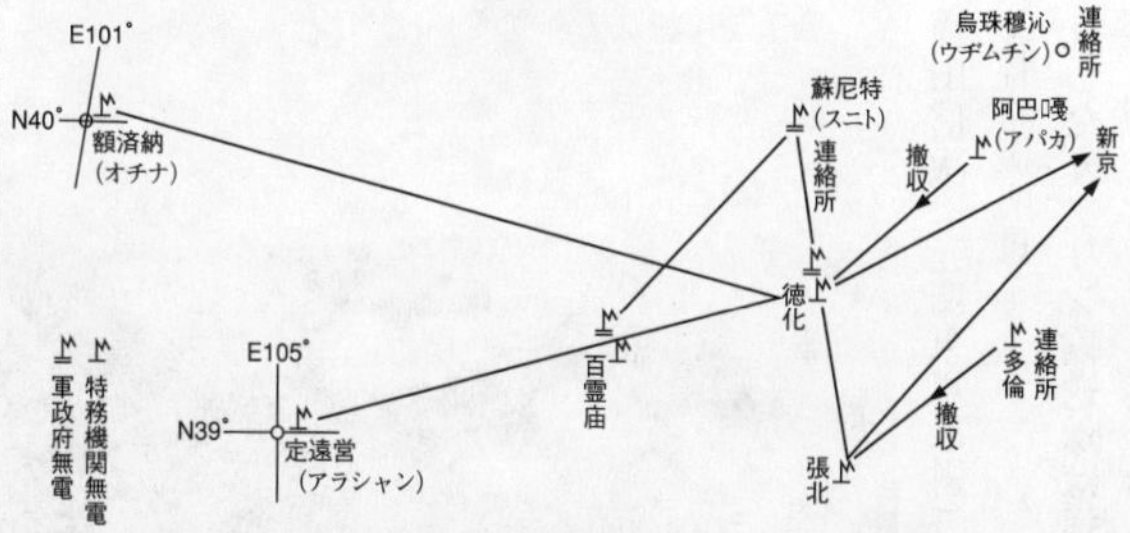

（松井忠雄「内蒙古三国志」より）

の空気を呼吸しながら、想いを遠く故郷の海――吹雪に荒れ狂う日本海の怒涛に寄せ、駆けめぐる砂の狂奔を見つめていた」

比企は新潟・新発田の出身。当時、二十四歳。「きわめて危険な、生命の保証もない中国奥地の砂漠行き」を承知で満航に入社し、青春を賭けた一人だった。

こうした特務機関や満航が中国大陸奥地で活動できたのには当時の内蒙古事情があった。現地域でいえば、内蒙古自治区と寧夏回族自治区あたりで、蒙古族を中心に回族（回教徒）、満州族などが住む。歴史的に中国漢民族に反感を待ち、自治を求める動きが活発だった。それが満州国成立により、大きく勇気づけられることになった。そこに「内蒙古ニ防共自治政府ヲ設立スルコト」を目的とする関東軍特務機関の策動がみられたのだった。

だが、中国政府にしてみれば、日本側の出方は傍若無人。許し難い主権侵害行為である。見逃せるものではなかった。大軍を北上させている。満航のせっかくの定遠営前進基地づくりも、同年十二月、中国政府軍の銃剣を

砂漠の上空をゆくスーパー機。日の丸がついている
（「大空のシルクロード」より）

前に放棄せざるを得なくなり、比企久男ら満航社員、特務機関員は満航救援機により、辛うじて脱出している。折から日中関係は最悪の状況となり、内蒙古を含む中国全土に反日感情が最高潮に達した時期に当たっていた。

そうしたなかで、満航ＯＢの間で語り継がれているものに「横山輸送隊の悲劇」がある。

十二年三月、再び満航はこの定遠営よりさらに奥地に入った内蒙古オチナ（額済納、黒城遺跡がある）に前進基地を設置すべく、航空用ガソリンや機材を運ぶ一隊を送った。ラクダ三百頭から成る大部隊だった。行程六百キロ。「数ヵ月はかかる」と予想された。現地人ラクダ使いは別として、日本人隊員は四人。隊長・横山信次（元関東軍准尉）。隊員・高森安彦、若山敏（大阪外語大卒）。道案内人・大迫武夫（特務機関員）。

こうしたガソリン輸送隊は規模こそ小さかったが、いちど定遠営にも送られたことがあり、それでも大苦労の末、やっと成功している。だが、その定遠営は前年末、放棄された。一方、日中間はますます険悪の度を深め、危機一髪の情勢にある。なのに、なぜ、また満航はさらに遠隔地のオチナに輸送隊を出したのであろうか。

諸説ある――。「アラシャン（阿拉善・定遠営）が駄目なら次はオチナだ、と、この計画に賭ける人びとの執念」「表向きはガソリン輸送だったが、梱包の中に友好的な回教徒軍に至急渡すべき武器弾薬があった」。ともかくも、それで出かけたということになるのだが、以降、横山輸送隊四人の消息は砂塵舞うシルクロードの砂漠の彼方に途絶えたのだった。

手がかりのないまま、十二年七月七日、盧溝橋事件に端を発したあの日中戦争が始まっている。内蒙古の地も混乱状態となった。オチナに先乗りし、横山輸送隊の到着をひたすら待ち続けていた満航社員二人、特務機関員ら七人もまた、消息を絶った。

日中戦争はやがて太平洋戦争へと拡大していき、満航による「空のシルクロード」にかけた夢は二度と飛翔することはなかった。

皇帝溥儀を乗せて

皇帝溥儀

昭和二十年（一九四五）八月九日午前二時過ぎ、静まり返った新京市街に、とつぜん、警報のサイレンが鳴り響いている。新京局のラジオが慌てた口調で臨時ニュースを放送し始めたのは、午前二時五十分のことだった。

東の方でかすかな爆音らしいものが聞こえ、間を置いて数度、爆弾の破裂音らしい物音が響いてきた。満州国文教部・前野茂次長（日本でいう文部次官）は「背筋に氷をあてがわれたような感じ」で座り直している。著書『ソ連獄窓十一年①』によれば――、

「しかし、それにしても何という静かさだろう。一筋の探照灯の照射もなく、一発の高射砲の音さえしない。迎え撃つ味方戦闘機の爆音も、機関銃の交差音も聞こえてこない」「満州を防衛する責にある関東軍の戦闘力が、今はゼロに近いまでになり下がってしまったことの、なさけない証拠というよりほかはないではないか」「ここまで無力化されたこの国の隣には、ただならぬ国が控えているのだ」

それが、前野次長によるその後の十一年にも及ぶ長いソ連抑留生活の序曲だったのだが、ともかくも未明のうちに総務庁に登庁してみると、対決すべき相手は最悪の予想のうちにあったソ連軍と分かり、「粛然」たる思いに駆られている。

果たして、翌十日、事態は急変した。

関東軍総司令部に呼ばれた総務庁長官は次のように告げられている。

「司令部は通化省の通化市に移る。これに伴い、満州国皇帝および満州国政府は通化省大栗子に移転せよ。新京出発は本日（十日）午後六時とす」（直後、十一日に変更）

かねて関東軍は、最悪の場合、朝鮮国境にある通化市を中心とする山間地帯に立てこもり、朝鮮にある日本軍と呼応して持久戦に入るということは耳にしていた。だが、それが、ソ連軍侵攻後、わずか二日目で総司令部の移動を画策するとは、一体、どういうことか。居合わせた者は「あまりのことにただア然」としている。首都の放棄は「最後の最後」にすべきであり、「満人に対する影響」は計り知れないものがある。これでは、かねて精鋭を誇示し、「泣く子も黙る」といわれた関東軍の無力を自ら暴露するようなものではないか。

それにしても通化周辺の東辺道山中は満州国建国時期に「反満反日」のゲリラや共産匪賊の拠点となったところである（金日成も出没していた）。そこへ関東軍が総司令部を移して立てこもるとは、まことにもって「歴史の皮肉」といわざるを得ない。

そんなこともあって政府の移転話には反発する向きは多く、少なくとも満州国日系官吏首脳部だけでも「在満日本人の中心」として残ろう、「我々は新京を枕に最後を飾ろう」という気運になっている。ただ、皇帝の大栗子移動には日系の政府要人も同行しないわけにはいかない。だれが行くかで、会議は紛糾したのだが、結局、戦争遂行に直接寄与しない部の司法部、文教部関係者だけが随伴する、ということで「話のケリ」がついている。

——奉天農業大学林学科一年生、鎌田昌夫（78）＝写真＝もまた、八月九日未明、新京市内に鳴り響いた空襲警報のサイレンを聞いた一人だった。熱河省承徳市（現河北省）副街長をしていた父親が、七月、新京の政府祭祀府に転勤になったため、その引っ越し手伝いで奉天の大学寮から出てきていた。

「突如として空襲警報のサイレンが市民を驚かせた。朝になって市内の数箇所が爆撃され、ソ連の参戦によるものと分かった。市民は事の重大さに不安を隠し切れず、ただ関東軍が頼みの綱であった」「だが、断片的な情報では、ソ連機甲部隊は国境線を随所において突破。関東軍の防衛線は阻止する力は全くないということだった」（手記）

十一日、宮内府と祭祀府の職員は家族とともに皇帝に随行、通化へ疎開することを命ぜられている。すでに市内は大混乱。新京駅構内も通化を経て朝鮮半島行きを図る市民や奥地から脱出してきた避難民で「阿鼻叫喚のるつぼ」と化していた。

政府要員と職員を乗せる通化向け特別列車の編成は、軍用列車優先のダイヤにより、大幅に遅れ、新京駅を出発したのは十三日午前零時過ぎのことだった。鎌田一家も指示のまま、ごった返す駅構内を抜けて特別列車に乗り込んだのだが、そのさい、鎌田は周囲の避難民らによる刺すような「羨望と怨念の眼」を記憶している。一つ目の東新京駅で皇帝の一行も乗車した。折から豪雨。近くの材木置き場で大火災も発生（放火といわれた）。その「紅蓮の炎」が濡れた車窓に妖しく映え、まさに落城、都落ちそのままの風情であった。

十五日、その疎開先の大栗子にも「無条件降伏」の報が伝わった。

十七日、大栗子で開かれた重臣会議で、あっけなく、「皇帝退位」「満州国解消」が決まった。保身に汲々の満人高官連は浮き足立っていた。満州国、十三年の命であった。皇帝溥儀は十八日の列車で通化へ出、十九日、そこから飛行機で日本に亡命することになった。

大学生・鎌田の「その後」だが、一家が大栗子から通化に出てきたところで、いわゆる「通化事件」に巻き込まれている。二十一年二月三日未明、通化周辺を作戦担当区域としていた第百二十五師団の参謀長、藤田実彦大佐を首謀者（名目人とも）とする将兵や民間日本人らが中国共産党八路軍に対して一斉蜂起したが、あえなく失敗に終わった事件で、藤田大佐はじめ、二千人、あるいは三千人ともいわれる日本人が虐殺された。

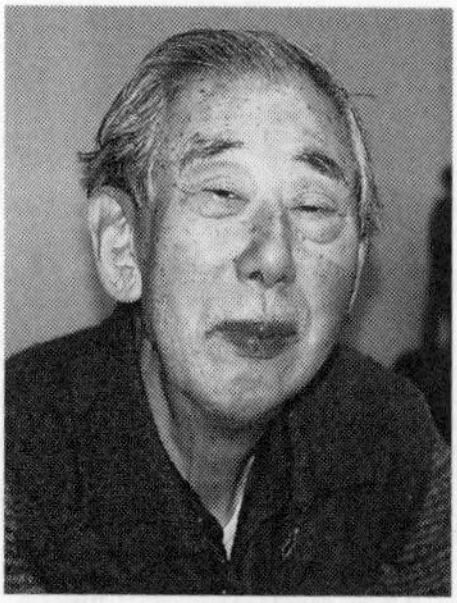
鎌田昌夫

一斉に市中の成人男子が逮捕され、当時十七歳の鎌田も十五日間にわたり尋問を受けたが、年少者とあってか、やっとのことで釈放されている。その間、人々はさんざんに拷問を受け、絶命する者相次ぎ、「中庭は死体の山となる」と鎌田はその手記に書いている。

これら残忍な所業の多くが「新八路」と呼ばれた中国共産党指揮下の北朝鮮八路軍・金日成直系の李紅光一党によ

って行なわれたといわれる。「三十六年の恨、と、報復行為したのは主として新八路の李紅光部隊である」（松原一枝『通化事件』チクマ秀版社）。ここでいう「三十六年の恨」とは一九一〇年（明治四十三年）の「日韓併合」のことだ。

一連の関東軍総司令部、政府の通化移転では、満航機は際立った奮闘ぶりを示している。通化には全長わずか四百メートルの滑走路を持つ飛行場があるだけで、大型飛行機の離着陸は不可能だったから、もっぱら満航スーパー機が重用されることになったのだった。

ここで満空資料によってスーパー機の性能をあらためて紹介してみると――、

原型はオランダ・フォッカー社のフォッカー・スーパー・ユニバーサル。高翼単葉の旅客機。中島飛行機が製造権を取得し国産機として製作していたが、やがて満航も奉天航空廠飛行機工場で製造するようになった。発動機は中島製「寿一型」四百六十馬力改良型。胴体、尾翼とも鋼管溶接の羽布張り。主翼は木製ケタ、外板ベニア張り。乗員二名、乗客六名。全幅十五・四メートル。全長十一・一メートル。最高速度二百三十キロ。巡航速度百八十キロ。航続時間六時間。正式名、満航式一型。通称「スーパー」。

小型機ながら離着陸操作が容易で、乗客は「いつ着陸したか、目をつぶっていたら分からない」くらいだった、という話が残っている。満航発足時の主力機として活躍し、のちには客室床に航空測量用写真機を取り付けた満航式二型もできた。

さて、二十年八月十九日、大栗子から通化に到着した皇帝溥儀の一行は、待機していた満航スーパー機二機に分乗。いったん奉天に出て大型輸送機に乗り換え、日本に向かうことになった。途中の状況については満航の記録にない。奉天到着直後の模様については、当時、北飛行場にいた社員による記述があるところだ。（『満洲航空史話・続』）

「飛行場は夏の太陽が照りつけ、空には小さな積雲が二つ三つ浮かんでいた。その中を、溥儀氏ら一行が通化から満州航空会社の満航式一型六人乗りでやってきた」「一行は（乗り換え）機の準備ができるまで、ビルの待合室に休憩していた。やせて背の高い、背広姿の溥儀氏はなんとなく落ち着きのないようすで、籐椅子に腰をおろしていた」

ただ、ここに出てくる「（乗り換え）機の準備ができるまで」というのはどうだろう。満航はもちろん、出迎えの軍側も十分に手はずを整えていたはずである。これに関しては、乗り換え機の針ヶ谷憲一操縦士（のち全日空）による次のような談話がある。

「軍の命令で急に陸軍伍長の服を着せられ、MC（大型輸送機）の操縦を命ぜられて奉天飛行場にいたのです。スーパー・フォッカーという小型機が着き、皇帝一行が降りてこられたので、『すぐこちらへお乗りください』といったら、関東軍大佐の参謀が『皇帝は初めての飛行機で、お疲れになっているから休憩する』といって、さっさと貴賓室へ行ってしまった」（読売新聞社編『昭和史の天皇⑤』）

ともあれ、このわずかな休憩時間が、皇帝溥儀の運命を大きく変えることとなった。

とつぜん、遠雷のような爆音が聞こえたかと思う間もなく、はるか北方七～八百メートルの上空に飛行機の編隊が現われた。敵か、味方か。いっせいに近づく機影を見つめた。ついに機種がはっきりした。ソ連軍の戦闘機だ。万事休す！（『満洲航空史話・続』）

その後、皇帝溥儀はソ連領内に移送され、東部地区の強制収容所に収監された。一九五〇年（昭和二十五年）、建国されたばかりの中華人民共和国に身柄を移され、戦犯として撫順やハルピンの政治犯収容所で過ごした。五九年（昭和三十四年）、特赦令によって出所。北京の資料館などに勤務した。その間、東京裁判にソ連側証人として出廷、ソ連寄りの証言をしている。六七年（昭和四十二年）、波乱の生涯を終えた。六十一歳だった。

話は、いまいちど奉天の北飛行場に戻るが、ここで異様な事件が起きている。

日の丸の陸軍戦闘機「隼」四機が飛来。編隊超低空飛行で飛行場をかすめたあと、一糸乱れず、飛行場の中央で垂直上昇に移り、頂点に達すると二機ずつ左右に分かれて反転。真逆さまに滑走路に突っ込んで大爆音とともに炎上。なにごとか、と息をのんで見守っていたソ連兵たちの目の前で全機自爆したことだ。

終戦に関する天皇の「聖旨」伝達のため、来満（十七日）していた元関東軍参謀宮田武こと皇族竹田宮の帰国（十八日）を朝鮮・安東まで護衛。任務を終えて帰投した編隊だった。隊長は満州第二航空軍第二十六教育飛行隊教官、鎌田正邦大尉（陸士五十五期）。列機はやはり同隊教官の後藤宰久、福田滋、西谷真六の各中尉（いずれも陸士五十七期）。

五十五期生の集まりである端午会は会報『端午之群像』で次のように追悼している。

「（竹田宮機の護衛を）命じた部隊長はそのまま内地に帰還することを念じていたが、翌十九日、彼等は帰ってきた。飛行場はすでにソ連機が配置されていた。四機はダイヤモンド密集隊型のまま反転急降下し、全機、滑走路に自爆した」「満州方面陸軍航空隊の落日の残光の中に、一瞬、輝いた閃光であった」

最後のフライト

話は前後するが、関東軍が満州に展開している全部隊に「停戦命令」を発令したのは、終戦の翌日、昭和二十年八月十六日のことだった。総司令部では直ちにソ連極東軍司令部と連絡を取ろうとしたのだが、調整に時間がかかり、ようやく十九日になって東部ソ満国境にあったソ連軍戦闘指令所で交渉が始まっている。

交渉といっても、対等の立場はあり得ず、結果的に降伏に関する「指令受領」の場が設定されたといってよかった。一方、そうした最高指導部段階での交渉をよそに、第一線のソ連軍部隊が競争するかのように「全く無統制に」「手当たり次第」、各所で日本軍の武装解除を実施し、一方的な車両押収や物資調達が強行されている。

満航の花形だったスーパー機の勢ぞろい
(「満洲航空史話」より)

元関東軍作戦参謀・草地貞吾大佐は著書『その日、関東軍は』の中で当時の混乱ぶりをスケッチしている。

「停戦になってソ軍のやったことは、最高司令部は最高司令部、中間司令部は中間司令部、第一線部隊は第一線部隊というぐあいに、上下左右の連係もなく（中略）文字どおりの支離滅裂、火事場泥棒そのものであった」「まず通信、交通を寸断し、かつ早期に指揮機能を奪ってしまったので、関東軍が当初に企画した〝秩序整然〟とした武装解除は不可能となった（ここで本章の冒頭で紹介した第百七師団の例をあげている）」

草地参謀の上司にあたる関東軍参謀副長・松村知勝少将も書いている。

「ソ連がこのような行動をとったのは何故か」「北鮮はもちろん南鮮へも八月下旬には進出している。後になって当時の米ソ、中ソの関係を考察すると、ソ連としては一日も早く満州、北鮮、樺太、千島占領の実績を示すことを必要と考え、ソ連総司令官が命令したものである」（『関東軍参謀副長の手記』）

ともかくも、もうてんでばらばら。各地に「続々空中からソ連軍使がやってきた」のだが、「日本軍の立場を考えてくれるでもなく」、このため、血の気の多い若手将校たちにとって我慢ならぬ場面もあちこちで起きたにちがいなかった。奉天や新京などより一日早い、終戦から三日目の十八日、主要都市では最も早くソ連軍使を迎えたハルピン飛行場の場合は、こんな具合だった。以下、『満州航空史話』によれば――、

事前情報で軍使到来を知った関東軍は緊張した。つい先日までドンパチやっていた相手な

のだ。朝早くから飛行場の満航事務所前エプロンには、軍参謀長・秦彦三郎中将はじめ、正装の参謀部、副官部の幕僚ら「軍の要職、将星」がずらり整列して待ち受けていた。

ところが、これが、なかなか来ない。「じりじり」して待っているうち、午後三時ごろになって、まず戦闘機二機が現われ、しばらく上空から偵察行動を繰り返して引き返した。やがて二機の大型輸送機が飛来し、滑走路にすべり込んできた。満航側が手旗による合図でエプロンに誘導しようとしたが、これを無視。飛行場中央に機首を並べて停止した。そして、わらわらと機内から飛び出してきた約一個小隊の兵隊が飛行機を中心に戦闘態勢を取った。全員、迷彩服。自動小銃で武装している。これには日本側は口ポカンだったが、いつまでも突っ立っているわけにもいかない。そこで、満航の一人が近づいて行き、おずおず尋ねてみると、「降伏した印の白旗が見えない」「白旗を掲げよ」と、こうだった。

「『白旗を揚げよ、とのことである』と告げれば、列の最右翼にいた参謀長が、しばらく黙っていたかと思うと、大声で『副官、白旗を出せ！』と怒鳴る。これを聞いた副官はワナワナと震える手で、しっかりと軍刀の柄を握りしめ、『白旗はありません！』と、これまた大声で怒鳴り返し、動こうともしない」「やがて諦めた参謀長は、近くに茂る背丈ほどの夏草を自ら取り、その先端に白い自分のハンカチを結びつけ、これを右手に掲げられた」

「生きて虜囚の辱めを受けてはならぬ皇軍が、いま、衆人監視の中で白旗を掲げる」「若い将校たちは等しく悲憤の涙やる方なく、天をにらんで直立していた」

ソ連軍による先を争うような空路進駐については、草地参謀と松村参謀副長の述懐を紹介したが、もうひとつ、彼らの行動には日本軍の飛行機を押さえることに力点があったフシがある。中国政府軍や中国共産党八路軍、さらには米軍に接収される前に押収しようとしたのか。あるいは八月十八日（終戦から三日目）に開始していた千島列島占領作戦で残存機による背後からの特攻的攻撃を警戒したのであろうか。

新京飛行場にやってきた空挺隊の第一陣は、開口一番、満州航空社長との会見を言い出し、出迎えの関東軍側を仰天させている。軍より民間航空会社の方が客観的な数字を把握しているとでも思っていたのだろうか。ともかくも、社長が顔を出してみると、「在満の日本軍飛行機は何機あるか」と聞く。「軍のことは分からん。調査して返事する」と答えると、「一千機はあるはずだ」と、えらい意気込みようだった。

満州方面陸軍航空隊を統括する第二航空軍の教育動員主任参謀だった後藤清敏（脩博）少佐『シベリア幽囚記』にも、やはり日本機の行方に関する記述が見られる。

「ソ連の第九航空軍が新京に入ってきて、われわれ航空軍司令部の者は、皆それぞれにいくたびも呼び出され、執拗な取り調べを受けた。なかでも、満州での残存機数の少ないことについての追求は、なかなか手厳しいものであった」

ソ連軍侵攻時における在満日本軍機については「偵察機を主体として一〇〇機に満たない機数で」「出動可能機数はこれより相当少ないものとみられる」（公刊戦史『満洲方面陸軍航空作戦』）とあり、先の『関東軍参謀副長の手記』にも「飛行機は合計で一五〇機、練習機が五〇〇機であった」と記されている。在満航空部隊のほとんどが南方戦線あるいは本土防衛部隊に転進していき、残りの部隊は飛行練習部隊となっていたことが分かる。

ただ、注目すべきは戦争末期、まだソ連軍侵攻前の話だが、こうした飛行練習部隊員の中から技量優秀者を選抜した特攻隊十三隊が編成されていたことがある。たとえば、「降魔隊」「破邪隊」「桜士隊」――。急を告げる南方戦線に投入されている。だが、途中経由地で他部隊との合同出撃となって第〇〇次と連番号の「振武隊」に編入されたため、残念ながら、原隊名での突入記録は残っていない。（特操二期生会『積乱雲』）

ちなみに、十九年十二月七日と二十一日、奉天上空で米空軍B29機を体当たり攻撃で撃墜して「蘭花特攻隊」の名で有名になった満州国軍航空部隊は、同年四月以降、関東軍第二航空軍の指揮下にあった部隊だった。（小沢親光『秘史満州国軍』柏書房）

一方、ソ連軍侵攻後の満州戦線でも「若楠隊」という幾組かの特攻隊が編成され、さらに大規模な特攻組織も準備が進みつつあった。しかし、直後に終戦。これらの隊員たちの多くは飛行機とともに日本内地への脱出を命ぜられた。『シベリア幽囚記』によると、多くが無事に日本海沿岸の飛行場に到達できたと記されている。

そんな事情からソ連当局が残存飛行機の行方に神経をとがらせていたことが分かる。「あらゆる情報によれば、関東軍の飛行機保有機数は千二〇〇機であることが、ソ連軍司令部に知られていた。しかし、すべての捕虜日本将軍たちは~関東軍には約一〇〇機しかなかった、と証言した。大部分の飛行機を満州から他の諸地域または日本本土へ転送する予定であった」（マリノフスキー元帥『関東軍壊滅す』）

——話は戻って、先の満航社長が名指しで呼び出された件だが、ソ連側は「早急に日本軍残存機数を調べよ」としたあと、続けて「満航保有のスーパー機は全機整備して引き渡せ」

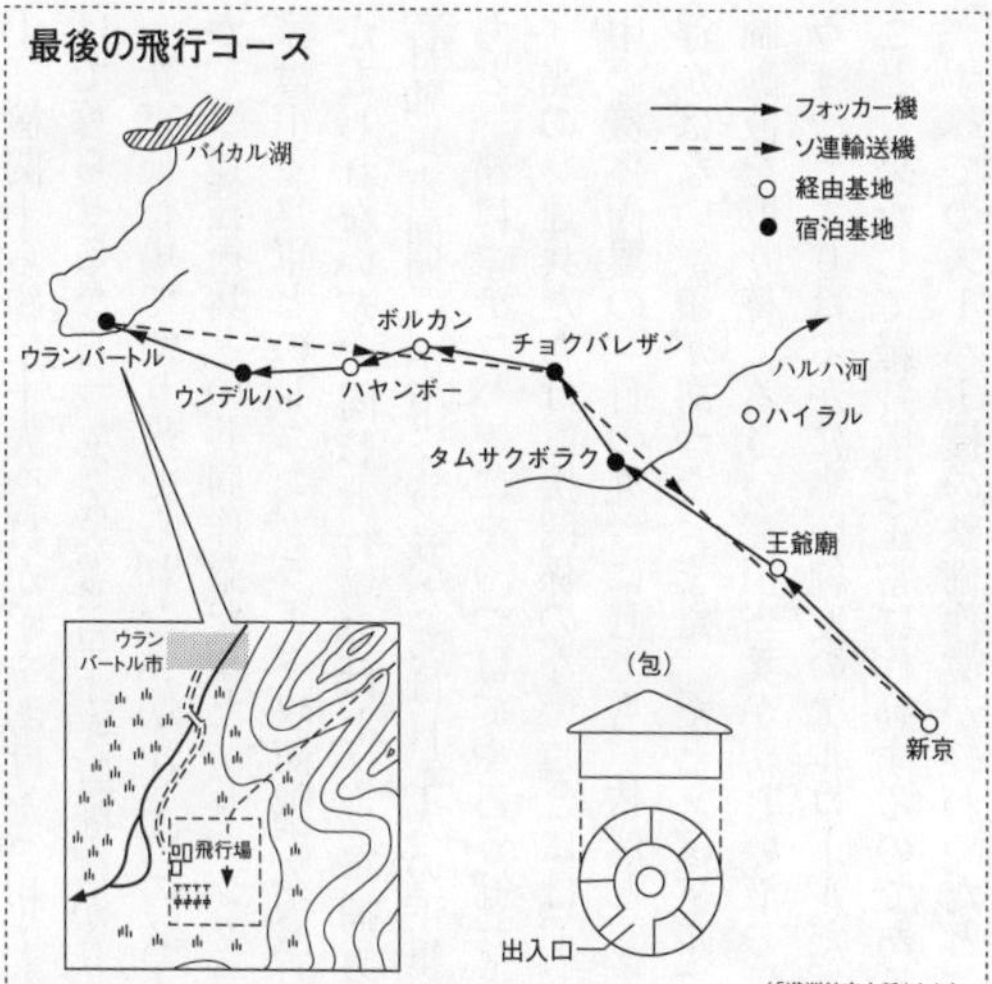

（「満洲航空史話」より）

と言い出している。ここで本章冒頭の「空飛ぶ軍使」で活躍した下里猛、滝沢美喜代の両操縦士に再登場してもらうことにする。二人ともこの機体整備に当たり、さらには外蒙古（現モンゴル）への大空輸飛行を果たし、満航機の最後を見届けているからだ。

どういうことだったか。

八月末、第百七師団救出劇の大役を務めた両操縦士だったが、先行き見通しのない不安な生活を新京で送っていた。そこへ、九月初め、旧上司から「ソ連軍から残存飛行機の整備をせよとの命令がきた」「協力してほしい」といわれ、二つ返事で引き受けている。居合わせた操縦士、機関士ら約二十人全員が手をあげた。相手がソ連軍だろうと何だろうと、「飛行機のそばで暮らせるなら」。そんなヒコーキ野郎ばかりだった。

新京飛行場で割り当てられた「懐かし」のスーパー機整備に当たっては、監視役を兼ねてか、ソ連技術兵との共同作業だった。レニングラードの工業大学に在学中、徴兵された。一家はドイツ軍とのレニングラード攻防戦で全滅した。そんな身の上話だった。気の回し過ぎかもしれないが、同じ飛行場ではドイツ軍捕虜も大勢働いていたから妙な気分だった。旧「日独軍事同盟」のドイツ兵たちは日本人の下里らに対して、ソ連兵の目をかすめ、「もういちど一緒にコテンパンにやっつけてやろうぜ」といった素振りをするのである。

当のソ連兵たちは直接関係のないことには、おおらかというか、無頓着だった。いま整備中の機体両翼の「日の丸」にしても、依然として健在であり、塗り替えようといった発想は浮かばない様子があった。また、たとえばアルコールに目のないところがあった。羅針儀の制動液を取り替えるさい、担当兵が新しい液のほとんどを飲んでしまったから周囲が慌てた。ウォッカよりはるかに高い純度のアルコールだ。兵の身体の心配もさることながら、こんなことで果たして羅針儀は正常に作動するのであろうか。

すべてのスーパー機の整備作業が終わったところで、ソ連当局の次なる命令は「全機を外蒙古へ空輸せよ」だった。否応はなかった。口惜しいかぎりだったが、そうしたモヤモヤした気分も、蘇ったスーパー機が十三機、滑走路に並ぶと、旧式機とはいえ、まことに壮観であり、なによりも再び飛べることへのうれしさが先行するのだった。

九月下旬、新京から目的地の外蒙古ウンデルハンまで約一千キロ。途中、燃料基地での給油時間があって、丸まる一日仕事となっている。ソ連軍機に先導されての飛行コースは地図の通りであり、満州の空を抜けるまでは第百七師団救出時の馴染みのルートだった。

「顧みれば、いまだかつてスーパー機がこんなに大編隊を組んで飛行したことがあったろうか。それはスーパーの最後を飾る感激的な道行きであった」（『満洲航空最後の機長』）

途中、羅針儀が役に立たず、慌てたこともあった。やはりあのアルコール好き兵隊が制動液をあらかた飲んでしまっていたのだ。給油基地では、外蒙古空軍兵から奉天北飛行場における「戦闘機パイロットの自爆」行為についての解説や感想を聞かれてもいる。

ハルハ河を越せば、外蒙古の空域。古戦場ノモンハン、タムサクボラク、チョクバレザン、ウンデルハン――。北の空には早くも秋の気配が忍び寄っていた。

第三章　国境守備隊の最後

ソ連版真珠湾攻撃

昭和二十年（一九四五年）八月九日におけるソ連軍侵攻時刻については異論がある。

多くの記録が、ソ連軍は「九日午前零時」に侵攻を開始した、と伝えている。映画に出てくるように、時計の文字盤の秒針が正十二時にダブった瞬間、指揮官が右手をさっと下ろし、「テーッ（撃て）」と叫ぶといった具合なのだ。

ところが、そうでなく、攻撃開始時刻が前日の「八日」のことだったとする記録が散見されるから戸惑わされる。

もし、そうであったとしたらソ連のいう宣戦布告前に攻撃が開始されていたことになる。

もっとも当時の関東軍の兵力や装備などからいって、宣戦布告の前であろうと後であろうと、その応戦態勢、反撃状況に大きな変化があったとは思えない。このため、こうしたタイムラ

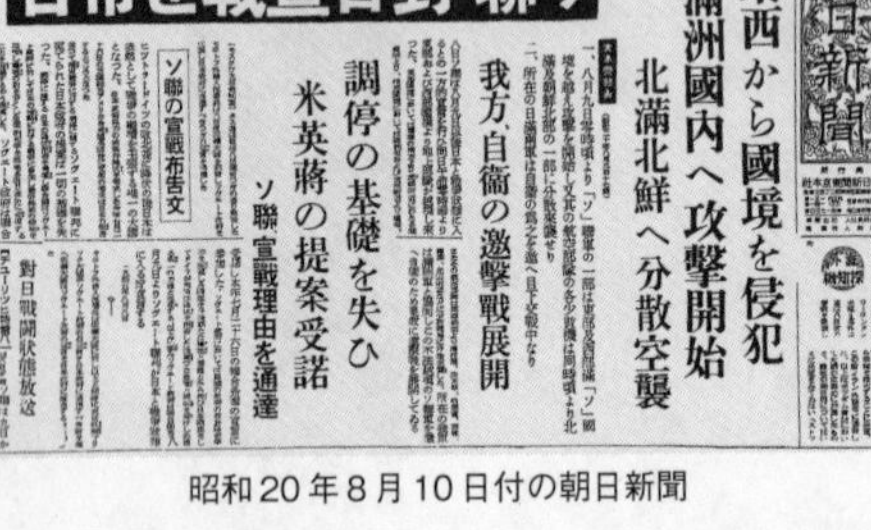

朝日新聞

ソ聯 對日宣戰を布告

東西から國境を侵犯

滿洲國内へ攻撃開始

北滿北鮮へ分散空襲

我方、自衞の邀撃戰展開

調停の基礎を失ひ

米英蔣の提案受諾

ソ聯、宣戰理由を通達

ソ聯の宣戰布告文

對日戰闘狀態放送

昭和20年8月10日付の朝日新聞

グに真正面から言及した史書に乏しいのだが、さはさりながら、そうではないという記録がある以上、ちょっと気にかかる話ではある。

ソ満国境に配置されていた最前線の国境守備隊の多くが「寝込み」を襲われ、「不意打ち、奇襲」をくらった。それにもかかわらず、その善戦敢闘ぶりには特筆すべきものがあった。「敵襲ニ際シテハ哨所ヲ死守スベシ」「所命必遂」。将兵たちは「なぜ、いま、戦いなのか」「一体どうなっているのか」といった疑問を抱きつつも、目前に迫り来る敵と戦いを続けたにちがいなかった。せめて関連資料だけは整理しておきたい。

モスクワ・クレムリンで日本の佐藤尚武駐ソ大使がソ連政府モロトフ外相から対日参戦通告を受けたのは二十年八月八日午後五時のことだった。

「連合国ハ『ソ』連政府ニ対シ〜日本ノ侵略ニ対スル戦争ニ参加シ以テ戦争ノ終了ヲ促進シ〜一般的平和ノ回復ニ資シベク提案セリ」「『ソ』連政府ハソノ連合国ニ対スル義務ニ遵ヒ」「明日即チ八月九日ヨリ日本ト戦争状態ニアルベキ旨宣言ス」

モスクワの八日午後五時は、時差の関係で六千四百キロ以上も東にある満州国境地帯ではちょうど九日午前零時に当たる。これからすると、モロトフ外相による対日参戦通告が行なわれている最中に、ソ連軍は国境を越え、攻撃を開始していたことになる。

「モスクワ時間の十七時はハバロフスク時間の二十四時であった。この時間に第一、第二極東方面軍とザバイカル方面軍の戦闘部隊は国境を越えていた。ソ連軍は極東とヨーロッパロシアの時差を計算に入れて、奇襲になるようにしていたのである」（B・カルポフ『スターリ

ソ連軍（第五軍）作戦計画要図

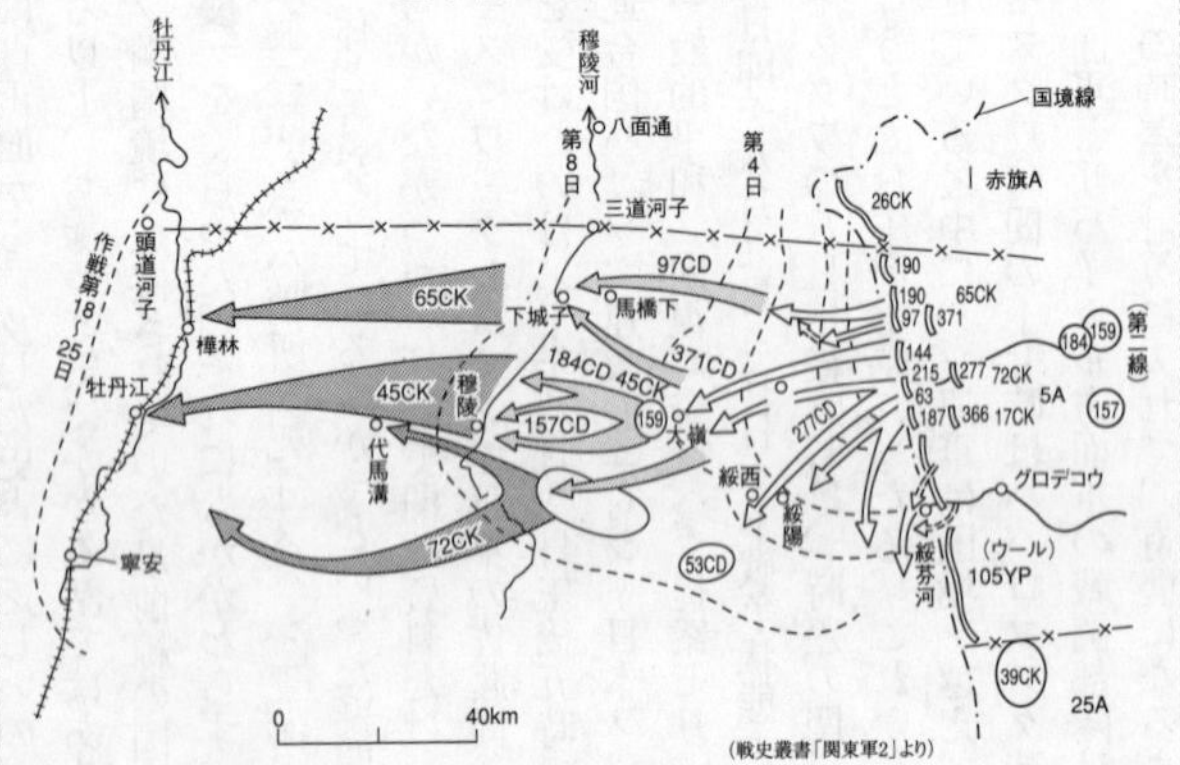

(戦史叢書「関東軍2」より)

ンの捕虜たち』）

また、参戦理由にしても、「連合国ニ対スル義務」が、なぜ、日ソ中立条約に先行するのか。その説明がなされていない。「平和」がうたわれているのだが、その後の北千島列島侵攻ひとつ取り上げてみても、その実、勝ち組に乗っかって「分け前」に預かろうという魂胆が見え見えなのである。

そんなこんなで、いたって印象がよろしくないのだが、対日参戦通告以前の段階で爆撃、砲撃にさらされた日本側はどういう状況にあったのであろうか。

ソ満国境東部の虎頭要塞に至る東安地区にいた第三次勧農義勇隊開拓団の記録『興凱湖にかけた昭和史』に次のような記述がみられる。

八月八日朝、近くの開拓団から電話があった。「いま、国境に近接している東安訓練所がソ連側の砲撃を受けているが、こんな状況のなかでも本日の日本馬検査は行なわれるだろうか」という問い合わせだった。この日、軍による民間所有馬の検査が予定されていた。だから「八日」という日は明確に記憶している。電話を受けた第三次勧農義勇隊開拓団の農場でも、八日未明から飛行機の爆音が「ひっきりなし」に聞こえ、なにが起きたのか、と心配していたところだった。しかし、それが本格的侵攻につながるものとは露ほども考えず、「多分、ソ連の奴、いやがらせに撃ち込んでいるのでは」と、先の電話に答えている。それでも気になって開拓団本部にある望楼に登ってみると、遠くに望む興凱湖上に四隻のソ連軍砲艦が等間隔に展開。しきりに日本側の陸地に向かって砲撃を続けているのが見えた。「八日昼過ぎ」のことだった。

一方、こちらは関東軍第一方面第五軍の前田忠雄参謀中佐の話。

「八日の夜は激しい雷雨でした。（官舎にいたら）軍司令部から部付き将校の香川泰道中尉が飛んできて『国境付近でソ連軍が進攻をはじめました。こんどはほんものらしい。どうしますか』というんです。わたしの時計では十二時二分前だった」（読売新聞社編『昭和史の天皇⑤』）

すこし細かい数字が出てきたが、参謀の元にその情報が届く（十二時二分前）まではそれなりの応答時間や確認時間がかかっていると思われるので、少なくとも第五軍担当地区の満州東部では明らかに宣戦布告前の攻撃開始となっていたことが分かる。

同じ第五軍参謀部所属綏陽気象班、柳田昌男一等兵は満州東部国境の綏陽地区にいた。班長と伍長の下で三人の兵隊が交替で四時間おきに気象観測し、参謀部気象班に定時報告する

後藤　守

スターリン

のが仕事だった。小さな班だったせいか特有のシゴキもなく、初年兵にはもったいないくらいの楽な勤務だったが、「正面に敵さんが集結しているから十分警戒せよ」といわれ、心細い思いにもなっている。以下、柳田昌男『ムーリン河』から――。

　八日夜は雷鳴を伴う豪雨だった。定時観測の午後十時になったので柳田一等兵は雨外衣を着て屋上の観測場に向かっている。国境の綏芬河街の方向上空でしきりに雷光がしていた。観測器の数値を記録し終わったが、なおも気になって東の国境方面の空を眺めていると、「雷鳴にしては変わった『ドン』という音」が聞こえ、心なしか空も薄赤く感じられた。で、急いで下におり、兵長に「国境の方で大砲らしい音がする」と報告したのだが、「馬鹿を言うな。雷の間違いだ」と耳もかしてくれない。だが、やはり気になる。ふたたび屋上に出てじっと「観望」した。もうまちがいない。「情ないことに足がふるえて、おりる階段を踏みはずして落ちてしまう」。

　ここで中国戦線で実戦経験のある現役五年兵の兵長が、さすがにガバとはね起きて表に飛び出したのだが、すぐに大きな声で「砲声だ、戦争だ」と駆け戻ってきた。八日夜十一時前のことだった。

一方、先の開拓団がいた東安地区からさらに北東に上がった虎頭地区の第十五国境守備隊七虎林監視隊長、後藤守少尉（86）＝写真＝は、侵攻時刻を「八月八日午後十一時三十五分頃」と鮮明に覚えている。なぜなら、その時刻、隊員十八人全員がまだ寝ていなかった。夜食のゼンザイが出来るのを「まだか、まだか」と待っていたからだった。

「当日夕方になって急に思いついて小夜食のドーナツをゼンザイに変更したのだが、小豆がなかなか煮えず、出来上がったのが夜十一時を過ぎていたため、全員がまだ起きていた」「阿布沁分哨正面の敵が（中略）十一時三十五分頃から曳光弾による砲撃を開始した」「寝込みを襲われ全滅という最悪の事態を免れた要因は、（ゼンザイを食べていた全員が）いち早く配備について対峙できた」ことによる。（手記）

中隊本部に急報すると、「撤退し、虎頭要塞に合流せよ」という指示だった。分哨に連絡しようとしたら、出てきた電話の相手が「アプチーン、アプチーン」で妙なアクセントで返事する。ソ連兵だ。一番先に急襲を受けた阿布沁分哨隊七人はあっという間に、全滅、占領されたのであったか。

その合間に後藤少尉ら十八人は隊舎に火を放ち、とりあえずは脱出に成功したことになるのだが、途中、うち十二人が追及して来るソ連兵の自動小銃の前に倒れていっている。それほど際どい瞬間だった。

阿布沁分哨隊七人のことだが、この日（八日）午前、分哨長の市坪伍長ら五人が後藤少尉のいる七虎林監視所に、おミヤゲの川マスの煮物をぶら下げ、「糧秣受領」に現われている。残り二人だけで分哨を守っているという話だったから、明らかに服務規定違反行為である。「無用心だ」と注意したのだが、「どうしても皆で行きたいというものですから」という、いつにない返事だった。川マスの煮付けで昼飯を共にして帰したのだが、「思えば虫の知らせ」というべきか。それが最後の別れとなったのだった。

――以上は、民間、参謀、兵、それぞれ異なる立場で体験した「日ソ開戦」であり、いずれもソ連軍の侵攻が対日参戦通告の前に開始されていたことを裏付ける証言となっている。伝えられる侵攻時刻の前に早くも戦死者すら出ていたのだ。

ソ連の最高指導者であるスターリンは先の日露戦争について、旅順港における日本海軍のロシア艦隊奇襲に始まると公言。この日本軍の不意打ちという「お家芸」を訴えて米英ら連合国の同情を呼ぶ一方、（日本古来の領土である）千島列島のいわゆる北方領土までもソ連の旧領土であると主張していた。

「スターリンはロシアもまたアメリカより四十年早く、『真珠湾』を知って、（アメリカと同じ運命を担っていると世間に訴えた」「このスターリンの『遺訓』は、今日もなお、ロシア市民の胸にしみわたって、かなり開けた外交官や歴史家でさえ奉戴し続けている」（平成十七年十月十九日付東京新聞コラム欄。熊田亨「ヨーロッパ展望台」）

日本の「奇襲」「不意打ち」を声高に指弾、非難していたその独裁者スターリン配下の部隊と行政担当者が、日ソ開戦にあたって、とんだ「ソ連版ハワイ真珠湾攻撃」を演じていたことは、まことにもって皮肉な出来事であり、今日なお、ソ連（現ロシア）が内蔵する体質そのものを疑われても仕方がない面があるようだ。

「凍りつくよな国境《くにざかい》」

北部九州出身の兵で編成された第十二師団（通称号・剣）は昭和十一年（一九三六年）から十九年（一九四四年）まで、満州東部の地にあり、関東軍虎の子の兵団だった。各科部隊の南方戦線転用が相次ぐなか、この第十二師団と、もうひとつ、四国兵で成る第十一師団（錦）については、関東軍はぎりぎりの段階まで手放そうとしなかった。

ついに転用となったときには、このような大部隊の実力を発揮させる場も、乗せる船舶にも事欠き、第十二師団は台湾・台南へ、第十一師団は郷土の四国土佐に送り込むのが精一杯だった。「飛車角持ち腐れ的用兵」と酷評される由縁である。とくに第十二師団に関しては「あたら九州男子の精鋭を十年一発も射たずの終戦」と作家伊藤桂一氏をして嘆かせているところだ。（『兵隊たちの陸軍史』）

さて、その第十二師団――。そんな具合で、常時、おっそろしく気合が入っていた。元旦は午前三時起床だった。それも「ソ連軍急襲、配備につけ」との非常呼集ラッパつきで全員が完全武装で整列せねばならなかった。初日の出を「国境に拝して」一年が始まるのである。冬は耐寒演習、春は野営訓練、夏は陣地構築、秋季演習と、国境の部隊は「休日もロクにない」ほど鍛えられている。常に対ソ戦を念頭に置いていた。

同師団歩兵第二十四連隊第三大隊付軍医中尉、力武弥寿保＝写真＝は、そんな演習の中で強く記憶に残っていることがある。手記「国境守備隊記」によれば――、

力武弥寿保

太平洋戦争が南方で始まる寸前の十六年（一九四一年）夏、師団あげての「森林通過演習」が行なわれている。目的は「師団が国境線を突破してソ連領内に進攻した場合、想定される密林の中での戦闘をいかに完全遂行するか」にあった。日本軍がソ連領内に攻め入るハナシである。力武軍医がさらに驚いたのは自分が所属する第三大隊がそっくり「仮設敵部隊」、つまり仮装ソ連軍に指定されていたことだ。おまけに師団の参謀連中が、大隊の主だった将校に対してソ連風の名前までつけ、面白がっていた。大隊長後藤少佐はゴーゴリ少佐、力武中尉はリキウィッチ中尉、臼井主計中尉はウィスキー中尉……。

幹部一同、うなるばかりだったが、命令とあらば仕方がない。ソ連兵に成り切るべく、師団本部からソ連軍野外教令なぞ取り寄せ、にわか勉強に取りかかっている。演習場所は（例の第百七師団救出劇でたびたび登場した）王爺廟周辺の密林地帯。そこまで各部隊が東満から満鉄の列車に

乗って大挙集合しているのだから、まだまだ当時のソ満国境は、のちの惨状などおよそ考えられないほど牧歌調であったといえる。

「演習開始の前日、各中隊は部署につく。大隊本部は密林深く入った」「熊か、狼か、虎かの大きな糞塊があったりする。エゾ松、ヒマラヤ杉、針葉樹の大木が相接して繁り、昼なお暗い。（中略）大隊本部は灌木で完全に偽装され、小便に出ると見失うほどである」

当日、これも指定により、第三大隊の仮想ソ連兵は「隊長以下全兵雨具着用」となっていた。暑いことおびただしい。全員がじっと耐えていたのは、じつは大隊には極秘作戦があったからだった。将校指揮の偵察隊を仮想敵日本軍の予想侵入路のあちこちに潜ませていたことだ。果たして、深夜、予想侵入ルートでざわめきがあった。張り巡らせていた有線電話を使い、偵察隊の小声の報告が刻々と本部に入ってくる。

「尖兵小隊がやって来ました」「工兵隊が伐採しながら通過中」「歩兵連隊です。軍旗が目の前を通ります」「あ、師団司令部です。師団長ら乗馬多数。参謀肩章も見えます」

ここで、大隊長が飛び出している。よし、撃ちまくれーっ！

「行軍部隊の四方の大木の上から軽機関銃がダダダダッと火を吹いた。馬がはね上がる。師団司令部は大混乱で灌木の中へ倒れるように逃げて伏せた。実戦さながらである。五分も続いたか、大隊長は『撃ち方止め』を号令し、懐中電灯を照らし、『ソビエト軍守備隊長ゴーゴリ少佐、ここにあり』と大声で叫んだ」

ここで審判官が出てきて「状況中止」を命じ、「師団長以下多数戦死」の判定を下したから、長い間、じっと我慢の子を強いられてきた仮想ソ連軍の兵隊たちの喜びようたらなかった。「講評も上々」だったから、大隊長の御機嫌もこれまた極めてうるわしかった。「ゴーゴリ少佐、ここにあり」はよかった、と、しばらく、師団で話題になったものだった。なお、先の一斉射撃は、味方を撃つのだから空包であったことはいうまでもない。

そんな気晴らし(?)みたいなこともあったのだが、力武中尉は書いている。

「秋の紅葉は二、三日で終わり、山や谷の林は早くもすべてカラカラと落葉する。雪が降りはじめたらすぐ積もり出す〜夜、ときに狼の遠吠えを聞いた。国境の果てに取り残された感じで、楽しみとか、娯楽といわれるものは何ひとつなかった。男ばかりの部隊に、女と名のつくものは『花子さん』というヤセた小柄の満州馬一頭だけだった。兵隊たちは『花よりきれいなハナコさん、ハナーコさんよ』と歌い、可愛いがった」

ただ、満州馬の牝馬を可愛いがっているうちはよかったが、古参兵の鬱屈した気分、その発散が無抵抗の初年兵に向けられるのが軍隊である。旧軍の「しごき」「私的制裁」「いじめ」等のありようについては、いわゆる戦記物の多くで触れられているところだ。

これまで本書に登場した方々の場合も例外ではなかった。多くを弁じなくとも、ここでは先の第百七師団挺身大隊、林利雄見習士官の一文を紹介するだけで十分とおもわれる。

「(十八年十二月に入隊して)翌年一月末までの二ヵ月間が初年兵期間であったが、全くビンタの連続で泣かされた。シベリアの捕虜時代も寒さと飢えと労働で泣かされたが、ビンタが飛んでこない点、まだ捕虜時代の方がましともいえた」「私の部隊で私的制裁が原因で初年兵が一名死に至るといった事件（も起きた）」（『時痕』）

わずか二ヵ月間の初年兵生活でこれだけの感想なのである。それにしても「捕虜（抑留）時代の方がまだまし」とは尋常でない。林の場合、幹部候補生だったから余計に制裁の対象になったのかもしれないが（幹部候補生を経て上官になったら殴ることができなくなるからと、より一層やられた）、二年兵、三年兵になるまで、「これが軍隊だ」と、じっと耐えなければならなかった一般初年兵の心労辛苦は並大抵のものでなかった。

ぷつんと糸が切れたように、耐えられなくなって逃亡兵が出ることになる。

精鋭を誇った第十二師団からも、十六年九月、一人の二等兵が演習地から抜け出している。三月入隊の初年兵で、やはり古参兵による「殴られるだけの毎日」にイヤ気がさしたのだった。逃走して二ヵ月後、満鉄・牡丹江駅で捕まったのだが、その自供は聞く者をして仰天させる内容だった。国境を越えたところでソ連軍警備隊に捕まり、ウラジオストクに送られた。ここで「自由平等」の共産主義教育を受け、理想社会建設のため工作活動をすべく、満州に舞い戻って来たというのである。

その後、逮捕された逃亡兵は収容先の奉天刑務所の床板をめくりあげて再び逃亡したから、またまた一騒動だった。師団は「再越境阻止」のため総力を投入しての大捜索となったのだが、初年兵たちは同情しきりだった。「満人の家に潜り込んで作男にでもなっていてくれれば」。だが、数日後、自首してきた。軍法会議で「奔敵ノ罪」により、即銃殺刑に処されている。（拙著『歴史から消された兵士の記録』参照）

右は特異な事例ともいってよかったが、その二等兵の供述内容の中には、ウラジオストクの収容所には「関東軍からの脱走兵が十人以上もいた」というのもあり、師団幹部連中の顔色を変えさせている。ここらあたり、九州福岡の「兵士庶民の戦争資料館」武富登巳男元館長の手記「戦場意外史2」の中の資料を孫引きしてみると、十五年から翌十六年にかけ、関東軍関係では「逃亡六件」といった数字があげられているところだ。

東海林太郎と歌う草葉笙子。舞台のそでには従軍看護婦たちの姿も（「歌の回顧録」より）

こんな話がある——。国境守備隊で初年兵が逃亡を図った。兵隊は鼻をつままれても分からないほどの闇の中を無我夢中で満ソ国境に向かって駆けに駆けた。だが、この地帯は名うての大湿地帯。一面の沼状地に高さ三十センチほどの野地坊主（水草群生の塊）が至るところに頭をもたげていた。それにつんのめってもがいているところを追ってきた味方歩哨に撃たれ、引き取った憲兵隊が病院に連れてきた。弾丸は左ももに入り、骨折を起こしていた。大手術となったのだが、じっと口を真一文字に結んで「痛い」とも言わなかった。入院中、いつもじっと天井を見つめ、誰とも口をきこうとはしなかった。

「軍隊がイヤになって逃亡したのか、それとも思想的のためか。この初年兵のことは、しばらく病院内で話題になった」「小柄の青白い顔をしていたインテリらしい兵隊であった」（阪田泰正『死地幾山河—満州虎林陸軍病院の記録』）

そんな国境守備隊にも日本から「慰問団」がやって来ることがあった。「楽しみとか、娯楽というものは何ひとつ」ない辺境を守る兵隊たちにとって無上の至福の時間といえた。

阪田泰正

「早朝から部隊全員で除雪した道路をトラックで北九州島原の慰問団がやって来た。芸者さんたちはモンペ姿で雪によろめきながらたどり着いた。歌、三味線、踊りは珍しく、（北九州出身が多い）兵隊たちは食い入るように見物していた」（力武『国境守備隊記』）

右の『死地幾山河』の筆者、阪田泰正軍医大尉＝写真＝も書いている。

「芸の上手下手ということはどうでもよく、むしろ日本的雰囲気を味わえばよかった。『人生劇場』『伊那の勘太郎』『国定忠治』は特に人気がよく、その哀調を帯びた調べに内地に残した妻や恋人のことを思い、しんみりと聞きいった」

時代はちょっと古くなるが、十三年（一九三八年）五月、草葉笙子歌手もまた、派遣在満皇軍勇士芸術慰問団の一員として、満州最北端の地、黒河に出かけている。東海林太郎、結城道子、それに漫才、浪曲、アクロバットチームが一緒だった。

「黒河に着きましたが、その地は本当に国境の町で、すぐ前は黒龍江（アムール河）。河を隔てた向こうはソ連。歩いている兵隊の姿が見えるので、言葉も聞こえるような錯覚を覚えるくらいの距離のように思われました」（『歌の回顧録』）

東海林太郎がフィナーレの舞台で「国境の町」を歌っている。

一つ山越しゃ　他国の星が
凍りつくよな　国境
（大木惇夫作詞　阿部武雄作曲）

「東海林太郎さんが皆様ご存知じの直立不動のスタイルで『国境の町』を（中略）歌われた時は、勇士の集まりのあちらこちらからより嗚咽が聞こえてきて、東海林さん自身が感激のため泣き出しそうになるのを堪えて歌い終わり、しばし言葉もなく、『皆様、御國のために御苦労さまです。慰問に伺いましたのに泣かせてしまい、慰問にならず相済みません』と、いつもはステージで全く話をしたことがないお方だっただけに……」（同）

ある重砲中隊の奮戦

そんな個々人の感傷や悲哀、思い出、営み、生活の積み重ねなぞ、まるで吹っ飛ばすかのように、ソ連軍は大軍を動員し、東、北（北西）、西方面から一斉に侵攻してきている。対する関東軍は兵力、練度、装備、すべての面においてケタ違いの劣勢にあったのが、捨て身の戦いを挑んでいる。とくに東部戦線の中部東満地帯では激戦が展開された。
「ソ連軍第一極東方面軍の前面には、日本もまた第一方面軍の主力が集結し、そのうえ国境沿いに要塞地帯が長く延びていることを知れば、この方面からの進攻が容易だと思えない」「（それでも）軍は国境の要塞地帯を突破し、作戦十八日目には牡丹江を占領することになっていた」（マリノフスキー元帥『関東軍壊滅す』）
こうした作戦方針があってか、ソ連軍第一極東方面軍は国境地帯の日本軍要塞のうち、抵抗が激しいところは無理に攻め込もうとはせずに素通りし、しゃにむに牡丹江へ、牡丹江へと向かっている。ここで独立重砲兵第一中隊の知られざる戦いを記してみたい。敵の牡丹江

洞口十四雄

進出を阻むべく、果敢に戦い続け、全滅していった小さな重砲部隊の物語である。

——重砲隊は重さ三十キロ以上もある砲弾を装填する必要があることから、大柄で体力のある兵隊が多く、訓練にも厳しいものがあり、一種独特の兵隊気質が醸成されていた。

ムーリンにあった独立重砲兵第一中隊指揮小隊通信班、洞口十四雄二等兵（80）＝写真＝は、戦争末期の昭和二十年三月に入隊し、あれよという間に玉砕戦に付き合わされ、果てはシベリア抑留の憂き目にあった口だが、その収容先でこんな体験をしている。当初、収容所内では依然として軍隊組織が維持されていて、日夕点呼が行なわれていた。

「気をつけ」「番号!」「イチ、ニ、サン、ヨン……」

列の四番目に並んでいた洞口二等兵は重砲兵時代の呼称のまま「ヨン（四）」と大声を出したのだが、これを歩兵出の班長にとがめられた。「ヨンとはなんだ、ヨンとは——。貴様、前に出ろ」。そこで「自分は砲兵であります。四はヨンであります」と返事すると、相手はいきり立って「砲兵がなんでヨンだ」「言い訳するのか」とゲンコツだ。

そこへ、元重砲兵軍曹が飛び込んできて、胸のすくようなタンカを切っている。

「おい班長、これはオレの隊の兵隊だ。ヨンがなぜ悪い。あんた、兵科はなんだ。ガメさん（歩兵に対する蔑称）だかなんだか知らんが、砲兵操典にはな、『四』は『ヨン』

と呼称せよとされているんだ」「おれたちはな、要塞重砲日の丸部隊の生き残りだ。班長さんよ、あんたは恐れ多くも天皇陛下から下付された砲兵操典に逆らえとでもいうのか。そんなことは装薬一号にかけてもさせんぞ」

装薬一号とは砲弾を発射するさいに使用する最大級の火薬のことだが、この場合は、重砲隊の古参兵たちがいう鉄拳制裁の一番強力なものを意味していた。日の丸部隊とは「隊章」として小さい日の丸を胸につけていたことによる。歩兵出の班長がどう受け取ったかは不明だが、言わんとするところは分かったらしかった。以来、洞口ら元重砲兵に対する班内の空気がすっかり変わり、強面扱いになったからオカしかった。

「重砲がいるぞ」「奴ら気が荒いからな」「気をつけろ」「因縁をつけられたら大変だ」

牡丹江市は東満地区の行政経済の中心地で東満総省が置かれ、交通の要衝でもあった。軍事拠点としても知られ、関東軍第一方面軍司令部が設置されていた。満ソ殉難者慰霊顕彰会・泉可畏翁編『満ソ殉難記』によれば、戦前の推定人口二十余万のうち、日本人は約六万。重砲隊の任務はその牡丹江防衛にあったのだが、それはまた、結果的にこれら在留日本人の脱出、総引き揚げを側面援助する戦いともなったのだった。

洞口十四雄二等兵は書いている。

「(終戦の日の二十年) 八月十五日はわが部隊全滅の日である。当時の満州牡丹江の街から綏芬河への中間のムーリン山中で重砲陣地構築中に戦闘となり、歩兵その他の部隊が続々と退却する中で、わが部隊は要塞重砲一門と共に百六十四発の砲弾を撃ち尽し、将校は全員戦死。部隊長は自決。満州第一二六一部隊（独立重砲兵第一中隊の秘匿名）、この小さな軍隊は終戦の報も知らずに消え去った」（『ひとつ星』の戦記」）

おおざっぱにいってムーリンの地理的位置は国境の町・綏芬河と牡丹江を結ぶ線にあった。ムーリンが抜かれると、ソ連軍戦車は牡丹江に向け、一気に突っ走ることになる。このため、ここを守備範囲とする第百二十四師団（通称号・遠謀）はムーリン台地の小豆山に戦闘司令所を置き、ソ連軍機械化部隊の進撃を阻止すべく、果敢な戦闘を続けている。

この第百二十四師団は、先に記した第十二師団や第十一師団が台湾、内地へ転出したあと、終戦年の二十年二月、残置部隊や国境守備隊などで急きょ編成された新設師団だった。ソ連軍侵攻時は、師団の戦力に応じた新作戦構想（「後退配備」あるいは「収縮配備」ともいわれた）に従い、既設陣地の多くが移動し、新しい配備先で陣地を構築しつつあった。

独立重砲兵第一中隊の場合、砲二門あるべきところを、肝心の砲身が新陣地に未到着で一門も備え付けができていなかった。以下、洞口十四雄「『ひとつ星』の戦記」や第百二十四師団司令部史『遠謀』を中心に戦闘経過をたどってみると――、

八月九日。午前十一時、陣地構築作業中、「全員集合」がかかり、「本日未明、ソ連軍侵攻」を知らされる。即時戦闘態勢となり、「以後不眠不休」で約二十五キロ離れたところにある元陣地からの砲身、弾薬、機材運搬が急がれた。道路もまだ開設中で、しかも湿地帯だったため、ぬかるみ状態化し、砲牽引車、トラックの通行は極めて困難であった。

十日――。午前六時。遠くで砲声しきり。空には敵機編隊が牡丹江方面へ飛んでゆく。前

九六式15センチ加農砲

線から後退してくる兵隊の姿が目立ってきた。午前九時、「待ちに待った」トラック第一陣が下の街道まで到着。だが、道路状況極めて悪く、砲運搬には「相当時間を要する」見込み。ともかく、一部にせよ、届いた弾薬・装薬、通信機材類を泥んこになって運び入れる。その間にも後退してくる兵の数は後を絶たない。

午後三時。敵戦車からの砲弾が台地周辺に落ち始めた。後方の小豆山戦闘司令所周辺でも黒煙が上がるようになった。「砲、未だ到着せず」。午後五時ごろ。兵隊の間で「一大歓声」あがる。砲身、砲架、砲床の「一台分到着」。伝令、息をはずませ、喜びの報告。即、備え付け作業。午後六時。配置についた観測兵から報告。「ムーリン市街に敵戦車、約七十両」。幸い、夕刻迫り、敵の動きは止まった。ムーリン市街から盛んに火の手が上がるのが望見さる。残り一門、到着せず。中隊長、根本玄武大尉（陸士54期）。「一門でも上々。明日から戦える」。夜半になり、雨。敵陣営から、青、赤の信号弾、しきりに上がる。九六式十五センチ・カノン砲一門。弾薬百六十四発。兵員総数二百二。これが、中隊戦力のすべてであった。深夜、疲れ果ててたどり着いた兵によれば、あとの一門は泥に埋まって搬出困難となり、放棄せざるを得なかったということだった。最大射程二万六千メートル。「低弾道遠距離」の射撃に適していた。距離の増減は先の収容所における軍曹のタンカにもあったように発射火薬量、つまり装薬によって決まる。秘密兵器扱いで、いざというときは北東の国境線虎頭に進出し、虎頭要塞の重砲と協力してソ連領内深く弾丸を送り込むための砲だった。独立重砲兵第一中隊が軍直轄の部隊となっていたのは、「覆面部隊」として目立たず、ソ連側にその存在を察知されないためだったとおもわれる。

さて、いよいよ、戦闘開始であった。

十一日。朝、小雨。深い霧。射撃不可能。ソ連軍側も動かず、小康状態。午前九時過ぎ、さしもの霧も晴れはじめ、敵味方の砲声、銃声が激化し、だんだん身近になってきた。そのまま、敵戦車の進攻を伝えるものでもあった。根本中隊長「さあ、やるぞ」「頼むぞ」

この根本中隊長について、当時十九歳の洞口二等兵は好ましい印象を持っている。「射撃のベテラン」であり、またピアノもよくした。つい一ヵ月前に着任してきたばかりの新任隊長で、古参兵が「おい、ホラグチ」と呼ぶのを聞き、「そのホラなんとかのあだ名はいかんぞ」と古参兵をとがめ、本名と分かって頭をかいた。深夜、歩哨勤務を終えた洞口にパイナップル缶詰を開けてくれている。そして、「お前の名前は真っ先に覚えたけれど、まだほとんどの兵隊の名前を知らない。すぐ、こんなこと（戦闘）なってしまって残念だ」と話しかけている。隊でいちばん若かった洞口を死なせたくなかったのではあるまいか。

「長身、闊達。清々しい青年将校」と師団司令部史は記している。

十一日は午後になって、敵戦車の大部隊が本格的に動きはじめた。ムーリン市街を抜け、ヒタ押しに押して来る。「絶好の目標」と砲撃を加える。立ち往生し、あるいは黒煙をあげるもの数十両。たまらず、敵戦車群は引き返していく。「敵戦車十七両炎上。擱座二十数両、これも次々に炎上しつつあり。

根本玄武中隊長（阿城会「独立重砲兵第五大隊回顧録」より）

敵、目下退却中」。小豆山とその周辺陣地には独立重砲兵第一中隊のほか、野戦重砲兵第二十連隊の一部（十二門）、牡丹江重砲兵連隊（二門、うち一門射撃不能）、東寧重砲兵第三大隊（二門）などの重砲隊も布陣していた。

十二日。砲撃戦続く。午前、「乾パン、甘味品、酒等」分配あり。午後、それまで相呼応して砲撃戦を行なっていた味方の砲声、めっきり少なくなる。午後二時、ついに敵戦車、眼下の街道を通過して行くようになった。師団長から「わが部隊の敢闘と戦果」をたたえ、観測班全員に一人あて「煙草二本」支給さる。銘柄は高級タバコ「ミナレット」（日本商品名「南風」）。夜、敵砲兵部隊が前面に進出して来る。明日からは砲対砲の戦いだ。

十三日。残弾、あとわずかとなる。砲身が「溶ける」のが早いか、弾が尽きるのが早いか。味方砲声、全く途絶える。後方の小豆山戦闘司令所との連絡もつかなくなる。十四日。早朝より砲撃開始。午前十時、ついに最後の一発となる。中隊長、「敵砲兵のド真中にぶち込んでやる」。全員の期待と祈りを乗せ、飛翔した弾丸は敵砲兵陣地に見事命中。「百六十四発か、よく砲がもってくれたなあ」（中隊長）

直ちに砲身破壊。観測、通信機材等、地中に埋める。敵砲弾の着弾しきり。全員集合、総員二百二名。負傷その他人員に異常なし。中隊長訓示、「よくやった。ご苦労であった」「これより砲側にて敵を迎え撃つ」。だが、小銃少なく。手榴弾とて一人三発。対戦車用破甲爆雷（通称アンパン）数個。爆薬若干。木の枝、偽装網の支柱竹の先端に銃剣をつける。

十五日。完全包囲さる。タコつぼ壕にこもる兵に自動小銃、機関銃、迫撃砲が撃ち込まれる。死傷者続出。「迫撃砲弾、さながら畑を耕すが如く落下」「舞い上がる土砂に空も暗く」。なす術なし。だが、損害を恐れてか、敵の進行速度は極めて遅い。

午後三時ごろ、奇妙なことが起きた。とつぜん、敵陣地後方で赤、青の信号弾が打ち上げられた。すると、ソ連兵たちが一斉に射撃を中止し、集まり出すのが見えた。包囲したまま、タキ火をし始めたから、「一体、どうなってんの」。（あとで考えてみるに、このとき、日本降伏の知らせが入電したのではなかったか）

夜、洞口二等兵は無傷のままタコつぼ壕に潜んでいた。ふと気がつくと、近づく人影。「洞口です」「なんだ、お前、生きていたのか。出て来い。全員集合だ」

中隊長の壕めざし、体を低くして出て行くと、班長が立っていて、言うのだった。

「根本中隊長はピストルで自決された。牡丹江方面へ下がれ、が最後の命令だった」

この時点で集合し得た者、わずか五名。空に半月――。

一連のムーリン戦に関しては、以下のような記述がみられるところでもある。

「新設師団の編成は七月末おおむね出来上がったので、これらの部隊は新陣地につくか、つかぬ内に開戦を迎え、何もかもゴタゴタの真只中で戦わねばならぬ羽目となった。ある砲隊では砲と兵員のみを第一回に輸送し、弾薬などは原駐地に残したままで戦わねばならぬと云う破目になった所さえあった」「そのうえ日本軍多年の習性で、台地など制高地点に陣地を作り、平地はむしろ軽視して開放する状態だった」(『満ソ殉難記』)

そんな状況のなかで、将兵たちは懸命に戦い、満州の土を血で染めていっている。

虎頭要塞のウグイス

　虎頭地区にある「猛虎山」は眼下のウスリー河越しにソ連領が望見できる唯一の満州領だった。手前にイマン市街、その向こうにウラジオストクに通ずる「鉄の大動脈」シベリア鉄道。国境線近くには自動車道（スターリン街道）も走っている。したがって、虎頭山からの長距離砲の砲撃により、鉄道とその付帯施設、さらに交通路を破壊すれば、ウラジオ地域は孤立し、軍事面に与える打撃は計りしれないものがあろう。

　先にもちょっと触れたのだが、時が熟すれば関東軍は、この長距離砲の支援を受け、ウスリー河渡河作戦を敢行し、一気にウラジオストクを占領する計画を持っていた。本章の「凍りつくよな国境」で紹介した第十二師団による力武弥寿保軍医中尉

試製四十一センチ榴弾砲（佐山二郎氏提供）

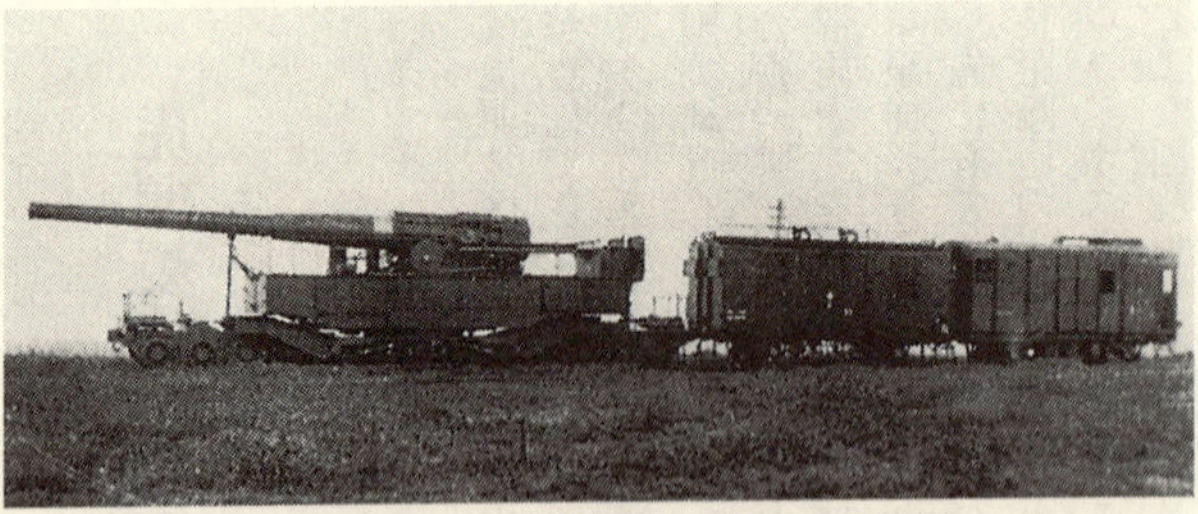

九〇式二十四センチ列車加農砲（佐山二郎氏提供）

らを仮設ソ連兵に見立てての森林通過演習も、師団長や師団幹部の単なる思いつきや酔狂などでなく、そうした作戦構想の一環だったのである。

かくて昭和十三年（一九三八年）春、この戦略的要衝の地点である虎頭地区に関東軍の重砲陣地が構築されるに至った。岩盤を砕き、地下を掘り抜いてトンネルでつなぎ、戦闘司令所、監視所、通信指令室、弾薬庫、発電所、食糧庫、揚水場、換気口（空気孔）、医療施設などを備えた巨大な地下要塞だった。この猛虎山陣地を中心に東、中、西の各猛虎山陣地、さらに猛虎原、虎北山の陣地。後方に位置して虎嘯山陣地などがつくられた。

（陣地構築作業には満人や中国兵捕虜が「特殊工人」として多数動員された形跡がある。「作業中、工人は大勢死んだ」「夜間、目隠しされ、どこかへ連行されていった」などの記述が戦友会報などに散見されるものの、その実情については必ずしも明確でない）

さて、日本軍側の動きを察知したソ連軍は、こんどは鉄道の迂回線をつくり、日本軍の三十センチ榴弾砲（三十榴）、二十センチ榴弾砲（二十四榴）の射程外にイマン河鉄橋を新設した。

虎頭陣地から十五キロ。この対策として日本軍側も、十六年、千葉・富津射撃試験場（東京湾要塞）にあった四十一センチ榴弾砲（通称四十榴、大阪工廠製）を半年がかりで極秘裡に運び込んだ。最大射程二十キロ。砲弾一発を発射するための装薬は最大で「醤油樽四個」分の容量と砲手三十一人を必要とした。秘匿名・マルイチ（㈠）。

ほぼ同時期、これも富津にあった二十四センチ列車カノン砲も搬入された。第一次大戦後、フランスから輸入されたもので、最大射程五十キロ。のちの戦艦大和の主砲を上回る性能を秘めていた。秘匿名・マルヨン（㈣）。虎頭後方の虎林線水克駅を常駐待機位置とし、鉄道移動できるようになっていた。

いずれも日本陸軍史上最大の、しかも一門だけ保有していた巨大長距離砲であり、その両方ともソ満国境に持ってきて備え付けたことは、それだけ明治以来の「打倒ソ連」「宿敵撃滅」に向けた並々ならぬ決意のほどが分かろうかというものである。ただ、頼みの四十榴の場合、到着はしたものの、砲台を守るべき掩蓋づくりはやや先延ばしになっている。必要な資材であるセメント、鉄材が極端に不足していたからだった。

今西寿男

今西寿男見習士官＝写真＝は、十八年四月、ハルピン近くの阿城にあった野戦砲兵隊で初年兵教育をしていたところで、部隊長から急ぎの呼び出しを受けている。

「特別任務を帯びた虎頭陣地の構築作業隊に行け、との上からの命令だ。肩書は関東軍臨時築城作業隊小隊長。経験者はお前しかいないのだ」「四十榴の砲台にコンクリートで天井の厚さ二メートルの掩蓋をつくるのが任務でした」「トビ職や大工、鉄築工、鉄工、機械工などの経験を持つ兵隊が集まってきました。総勢百五十名はいたでしょうか」

京都大学農学部農林工学科卒。国や兵庫県の土木関係の仕事をしていた。十七年一月召集。幹部候補生を経て見習士官となり、満州に送られて野戦重砲隊配属。以下、その手記（全国虎頭会誌所載）によれば――、

作業はいったん始まると、それこそ火がついたように急がれた。基礎のコンクリート打ちには七台のミキサーがフル稼働した。「三日三晩」の一睡も許されない突貫工事となった。食事は一日四食。骨材となる砂や砂利が守備隊から動員された兵隊によって運ばれ、ミキサーには機械工出身の兵隊が付きっきりで運転に当たった。故障が起きなかったのが「不思議な」ほどだった。セメント、砂、砂利の配合比率は一・三・六。ミキサーから大量に放出されるこのコンクリート運びもまた守備隊の役目だった。ただ、資材不足の悩みは解消されず、いちばん肝要な鉄筋は天井の外皮に一層入れただけに終わった。

戦後も四十六年経った平成三年（一九九一年）夏、今西元少尉（昇進していた）は日中虎頭友好親善会の虎頭訪問団一行とともに、この虎頭要塞の故地に立っている。「コンクリート塊は四十数年を経て風化してしまっていました」「鉄骨鉄筋を入れないコンクリートはもろいものなんです」。それにしても大きく崩れた掩蓋は当時のすさまじいソ連軍の空爆、砲

撃をしのばせるに十分なものがあった。当時、一面を彩っていたスズラン、シャクヤク、オミナエシ、カンゾウ、姫ユリらの群生がわずかに残っているのが哀しかった。
もうひとつ、虎頭要塞には今西少尉にとって、生涯、決して忘れられない痛切の思いが込められていた。妻子三人がこの陣地と運命を共にしていることだ。

両親、実兄と今西寿男(後列軍服姿)一家。前列左の長女は難をまぬがれたが、左端の妻と右の男の子2人が還らなかった(今西家提供)

原隊である阿城の野戦重砲部隊は、今西が虎頭陣地に派遣された直後、フィリピン・レイテ島に移動している。虎頭陣地で築城工事をやっていた今西には、部隊の南方行きは知らされず、別の野戦砲兵部隊に転属の手続きが取られていた。おいおい、と言いたいところだが、要塞づくりの仕事に忙殺され、さらには官舎もなくなったとあっては、妻子を虎頭に呼び寄せるしかなかったのだった。

運命の八月九日。臨時築城作業隊は解散となった。先の転属先部隊に連絡すると、「第二中隊長を命ずる。早く帰って来い」。そこで急きょ馳せ参ずることになったのだが、牡丹江に疎開するため荷物を送り、この日（!）出発予定だった家族の面倒をみる時間はなかった。別れの駅頭で妻が「もう会えないような気がする」というのを押し止め、「そんな馬鹿な」と言っている。それが、夫婦が交わした最後の会話となった。家族は虎頭に残った。

孤立した虎頭要塞は虎頭街にいた居留日本人約四百五十人を収容し、戦いが始まって十七日間、終戦の日から数えても十一日間、外部との連絡が途絶して終戦も知らず、八月二十六日まで戦い続けたが、ついにソ連軍の総攻撃の前に壊滅した。一方、今西少尉の野戦重砲隊は牡丹江で三日間にわたって死闘を続け、居留日本人のハルピン方面への脱出を援護し、ついには全火砲を失った。「地雷」を抱いて敵戦車に飛び込もうと出動する寸前、終戦の報により、辛くも命を拾った。

四十六年後、訪問団の一行とともにその虎頭の地を訪れた今西元少尉はウグイスの鳴き声を深い思いの中で聞いている。戦争中、大阪の実家に預けられていて、三人の子どものうち、ただ一人助かり、訪問団に同行していた長女（現68歳）が、「お母さん、お母さん。お父さんと来ましたよ」と声を大きくして呼びかけたところ、応えるかのように、それまでシンと静まり返っていた近くの林でウグイスが一斉に鳴き始めたのだった。

話は戻って、巨砲の掩蓋工事が進むに従い、三十センチ、二十四センチ榴弾砲、十五センチ・カノン砲などと合わせ、次第に「要塞」と呼ばれるようになった虎頭陣地のことだが、ソ連軍側がどこまでその実情を知っていたかは定かでない。半面、当然のこととして、日本軍側の諜報活動について極めて神経質になっていた様子がある。

「ハバロフスクからハンカ湖（興凱湖）までの四〇〇キロ以上にわたってソ連の鉄道が国境から近接したところを走っている。多くの地点で敵（日本軍）偵察隊は沿海州地方に向かうソ連列車の動きを観測することができる」「一九四五年（昭和二十年）春以降、極東地方のソ連領に対する諜報活動が活発になった」（マリノフスキー元帥『関東軍壊滅す』）

そこで、と、虎頭要塞を真正面から攻めることになったこのソ連軍第五軍司令官マリノフスキーは興味深いことを書いている。

「秘密保持のため、とくに重要だったのは、国境付近の状態および各部隊の勤務ぶりをこれまでと変わらないようにしておくことだった」「このため、国境地帯の市民は疎開せず、ソ連要塞地帯の守備隊は今まで通り勤務し、普通の生活を行なった」

ここらあたり、関東軍も似たような発想で動いている。まず、マ元帥のいう「各部隊、守備隊の平常勤務」のことだが、関東軍も十九年九月以降、いわゆる「根こそぎ動員」といわれた在満の適齢男子二十五万に対する臨時召集を行ない、その「見せかけの戦力」の誇示を図っている。精鋭師団はすでに南方戦線、本土防衛に抽出されており、それによる著しい戦力低下を数で補塡し、「ソ連得意の諜報」の目をくらまそうとしたのだった。一方、国境付近の居留民引き揚げに関しては「軍の企画を暴露し、ひいてはソ連進攻の誘い水になるおそれがある」とし、ぎりぎりまで避難等の指示を出すことはなかった。

ソ連軍も日本軍も、軍人という人種は、みな、同じことを考えるものとみえる。マ元帥の「国境地帯の市民は疎開せず」のくだりは、企画秘匿の軍事的見地から「市民は疎開を許されず」と解釈するのが、より実態に近いのではあるまいか。必勝への絶対的な自信がそうさせたともいえようが、万々が一、日本軍に大反撃され、領内進攻を許したとしたら（在満日本人が悲劇のどん底に落ちたように）ソ連市民の悲哀、軍に対する怨嗟の声は極東シベリアの天地に満々たにちがいない。

虎頭要塞の長距離砲のことである。

奇妙なことがある。公刊戦史『関東軍②』が「虎頭守備隊は四十榴の砲撃を当初から放棄していた」という意味のことを記しているのに対し、生き残り将兵のいずれもが「発射」の状況を具体的、かつリアルに著作や戦友会報などに記述していることだ。

たとえば、第十五国境守備隊「虎頭附近戦闘状況報告書」は「加農（カノン）砲は対砲兵戦、榴弾砲はイマン鉄橋、特火点（トーチカ）の破壊を実施す」と記録。全国虎頭会「虎頭要塞の戦記」にも「特定の目標に対しては、平素から準備してあった射撃諸元表に気象諸元等の修正を行ったうえ、連続して射撃し、大きな損害を与え」「中でもイマン鉄橋の橋礎付近に命中した四十榴の砲弾は左側橋礎及び橋桁の一部を破壊し、シベリア鉄道を一時不通にするほどの威力を発揮した」と記されている。

もう一方の二十四センチ列車カノン砲については「通化防衛で移動のため分解されていた」「いや、射撃できる状態にあった」という相反する論がみられるものの、「一発も発射されていない」という点に関しては争いはない。「宝の持ち腐れ」に終わってしまっている。

「通化防衛」の通化とは第二章「満州航空の翼」で記したところの皇帝溥儀都落ち先のこと

である。

三年間のシベリア抑留から帰国した今西少尉は、家業の建設業に携わる一方、学生時代から所属していた京大学士山岳会（ＡＡＣＫ）や日本山岳会の主要メンバーとして活躍した。三十一年（一九五六年）五月、ヒマラヤ・マナスル（八、一五六メートル）初登頂に成功。全国民を沸かせた。平成七年（一九九五年）死去。八十一歳。

マナスルついに征服
頂上攻撃二度とも成功
日本人・初の八千メートル突破

マナスルの初登頂を伝える朝日新聞（昭和31年5月18日付）

家人によれば、生前、山登りの話はしても、戦争に関してほとんど語ることはなかった。ただ、時に遠い目をし、思い切って深酒した夜など、ひょいと妻と子ども二人の名前を口にすることがあった。二人とも男の子。当時、四歳と二歳。いちばんの可愛い盛りであった。

いまなお、母子三人は虎頭要塞地下陣地に眠ったままなのである。

『虎頭要塞の戦記』によれば、守備隊員千四百のうち、帰還し得た者、五十三。

勝関陣地の女郎花

ソ満国境には番号で呼ばれた十四の日本軍国境守備隊があった。このうち、いちばん最後に誕生した虎頭要塞を守る第十五守備隊はソ連軍侵攻直前の昭和二十年七月、第四守備隊を基幹として新発足した部隊だった。第四守備隊はその時点で解消したから、数の上では差し引き十四のままとなる。最後までナンバー付きで呼ばれたのは第十五守備隊だけだったが、すべての部隊が虎頭要塞のような装備や施設を備えていたわけではなかった。

「一応の設備を施していたのは、虎頭、ハイラル（海拉爾）、東寧及びA琿（ただし地下居住は総員の三分の一内外）位のものであった」（公刊戦史『関東軍①』）

しかも戦争末期の十九年十月から翌二十年七月にかけて多くの守備隊で編成替えが行なわれた。欧州戦線におけるドイツ戦勝利のあと、きびすを返して満州の国境線に大軍を集結し始めたソ連軍に対する緊急対処策だったが、あまりにも性急で慌しい改編、作戦計画変更だったことから、ソ連軍侵攻時、陣地が未完成だったり、「火砲あれど弾薬なし」の状態であったり、その反対だったり。そのうえ、例の根こそぎ動員で補充されてきた新兵に対する訓練もほとんど手がついていない部隊が続出したのだった。

それが、どんなものだったか。

小池繁徳

小島稔三

野戦重砲兵第二十連隊は「東満国境突破の重火力部隊」として知られていたのだが、五つの部隊に分割運用されて戦うハメになっている。急な陣地転換で、第五中隊の場合、砲すら到着していなかった。タコつぼ壕に身を潜めた同中隊初年兵、小池繁徳二等兵（84）＝写真＝は「これが関東軍か」と思っている。あとは爆雷を抱えての「決死隊」しかなかったが、ここでちょいと感動に似た思いをしている。日ごろ粗暴な言動で嫌われていた下士官の何人かが先頭に立って突っ込んでいったことだ。「やはり腐っても鯛の関東軍だ、と」

虎頭要塞の通信中隊にいた小島稔三兵長（84）＝写真＝は教育掛助手として初年兵三十人の教育に当たっている。「三十代後半の新兵が中心で、なかには四十代という大学の先生や片目が不自由で銃の照準もままならない人もいました」「重機（重機関銃）、軽機の多くが南方戦線に転用され、実弾射撃や完全武装による演習もできない」「古参兵の私的制裁もある。耐えて生き延びろ、と。それぱかり言い続けました」。三十人のうち、戦後、消息が分かったのは、わずか四人だけだった。

「国境に点々とつくられた要塞は、砲さえ十分にあれば、おたがいに連携して敵の侵入を押さえられるが、肝心の砲がないばかりに、敵は間隙をすっと通り抜ける。個々の要塞はあとで包囲してゆっくり料理する。主力は後方の重要拠点に殺到する」「そして、東部国境の敵の主力は、牡丹江をねらって来ました」（『昭和史の天皇⑤』）

こうしたソ連軍牡丹江突入の意図を粉砕すべく、最前線に張り付いた守備隊は懸命の防戦に努めている。「現地固守」の命令は「死守せよ」と変わった。「後方からの増援、主力による収容の予期されない固守は、決死にあらず、必死である」（『関東軍②』）

これまでムーリンの独立重砲兵第一中隊と各重砲隊、虎頭要塞の第十五国境守備隊の戦いをみてきた。ここでは八月二十六日まで激闘を続けた東寧の「勝鬨陣地」における東寧重砲兵連隊の将兵の動きを追ってみることにする。

東寧にある郭亮船口の高地は、虎頭要塞ほどではなかったが、ソ連領を見下ろせる要害の地だった。「ソ連側から見れば目の上のタンコブだった」。ただ高地は狭いので、南方に勝鬨陣地を設け、これを増強した。岩盤をトンネル状にくり抜いてつくった穴ぐら陣地（坑道陣地）で、壕内には弾薬、糧食、給水、換気、発電施設なども備えてあった。

守備に当たっていたのは独立混成第百三十二旅団独立歩兵第七百八十三大隊と東寧重砲兵

連隊第一中隊を主力とする約一千の将兵だった。この勝鬨陣地を囲むようにして、逆時計回りに左翼、後背、右翼にかけ、朝日山、勲山、出丸、夕陽ケ丘、栄山、軍艦山と名づけられた中小の陣地があった。いずれも真正面から怒涛のごとく押し寄せてきたソ連軍の圧倒的攻勢により壊滅していった悲運の守備隊である。

重砲兵連隊には二十四榴弾砲が二門、歩兵大隊にも三十センチ榴弾砲（長砲身、大正七年製）、山砲、歩兵砲、九七式中迫撃砲の各一門、小迫撃砲四門を持ち合わせていたが、もちろん昔日の比でなく、「あわれな装備になれ果てて」いたのが実状だった。そのうえ、将兵たちの大半が未教育の補充兵であり、将校の顔ぶれも予備士官学校を出たばかりの見習士官が多く、寄せ集めの「にわかづくりの部隊」だった。

いきなり始まった戦闘は険しいものだった。重砲兵連隊第一中隊、海野米次伍長（85）＝写真＝は、一メートル余のコンクリート掩体を貫き、坑道内で炸裂した敵重砲弾の爆風によってコンクリート壁にたたきつけられている。

「ピカッという強烈な閃光を感じ、同時にぐわーんという大音響を体全体で受け、戦友数人と共に倒れこみ、気を失った」「洞窟の中に自分の死体を見つけ、死んでも目が見えるのかと不思議に思ったりしているうち、白衣を着た六歳位の童子になって～色と音と苦痛のない心地よい雲海の果ての明るい光に向かって歩いていた。その光の手前に、小さいころ可愛がってくれた母方の祖父が怖い顔をし、両手を広げて無言で立ちふさがっていて近づくことが出来ない。そのとき、戦友の呼ぶ声に蘇生した」（手記）

この日、重砲隊の中心だった中隊長が戦死した。観測所が集中砲火を浴び、日の丸の鉢巻き、双眼鏡を持ったままの姿で倒れた。「隊長がやられました。ほかに十二、三名」。絶叫が上がる。さらに厄介なことに洞窟内にガスが充満して一酸化炭素中毒の兵が続出している。守備隊員「半数に当たる五百人」が一時的に戦闘能力を失ったと記録されている。

海野米次（初年兵時代）

十五日（終戦の日）、満を持していた二十四榴重砲二門が火を噴いている。開戦七日目にして待望の射撃。撃ちに撃っている。相手は日本軍には重砲ゼロと見て油断し切っていたから、砲台などむき出し。そこを狙い撃った。面白いように当たる。ソ連軍砲台は砕かれ、戦車は横転、ソ連兵が宙に舞う。海野伍長が爆風に飛ばされ、頼みの中隊長が戦死したのは、思わぬ反撃に怒り狂ったソ連軍による空と地上からの総攻撃によるものだった。

虎の子の重砲二門を破壊された勝鬨陣地守備隊は、それでも屈しなかった。終戦を知らず、わずかな小銃、手榴弾、急造爆雷で敵の前進を拒み、夜間は斬り込み隊が敵陣を攪乱し続けている。それだけ陣地の構造が頑丈だったし、（先の野戦重砲兵第二十連隊小池二等兵の話にもあったように）補充兵たちも古参兵を基幹とし、ここを死に場所と定め、頑張り通した結果といえようか。戦闘開始から十七日に及んだ激しい戦いの末、ソ連軍の要請により急きょ派遣された関東軍参謀による「停戦」説得に応じたのは、奇しくもあの虎頭要塞が矛を収めたのと同じ、八月二十六日のことだった。

ところで洞窟内に充満し多大な損害を与えた「ガス」のことだが、じつは同様のことは虎頭要塞攻防戦でも起きている。「猛虎山山頂に侵入のソ軍は煙突、換気孔等より手榴弾、液状爆薬（ガソリン）を投入したる為、地下陣地内は一酸化炭素充満し、中毒患者続出す」（「虎頭附近戦闘状況報告書」）。東寧陣地の場合もこうしたことがガス発生の原因とおもわれるのだが、いくつかの虎頭、東寧戦に関する戦記の中に（ソ連軍の）「ガス弾」「ガス攻撃」といった言葉が出てくるのが気になるところだ。

日本陸軍には「チビ弾」と称する片手でにぎれるほどの「丸いガラス容器に特殊ガス（青酸ガス）を充填」した対戦車用の毒ガス兵器があった。中国戦線におけるガス兵器使用や満州の関東軍七三一部隊による細菌兵器開発問題は、戦後、強い国際的非難を受けたことでよく知られている。しかし、日本軍だけが手が汚れ、一方のソ連軍や米英の連合軍がそうした兵器に無関心、無頓着だったとはおよそ考えにくい。対抗手段としてはもちろん、穴ぐら陣地、坑道陣地攻略には最も即効性に富み、効果的な兵器なのだ。

毒ガスではないが、関連してこんなハナシがある。

ホロンバイル平原の放牧（「満ソ殉難記」より）

十七年（一九四二年）だったか、満ソ国境の農牧地でヒツジ、ウシが大量斃死した。調査したところ、この地方では珍しい品種のノミがついたネズミが見つかった。ソ連側による細菌謀略の疑いが濃厚となり、緊急手配の越境者検問で不審の男を発見した。だが、逮捕直前、男はピストル自殺した。遺留品調べでソ連軍獣医と分かり、所持品のアンプルの中から炭疽菌が検出されたのだった。（全記録ハルビン特務機関）

また、これも時期とその規模は明らかではないが、牡丹江郊外の鉄道沿線一帯に炭疽菌がまかれるという事件も起きている。「極秘裡に取り調べているうちに、何人かの白系露人の若者が何者かの指令で（中略）撒布したという事実だけはわかった」。が、捕まったのは、ほんの組織の末端であって、ついに全貌をつかむことは出来ず仕舞いに終わっている。（原田統吉『風と雲と最後の諜報将校─陸軍中野学校第二期生の手記』）

さて、勝鬨陣地の最後である──。悲劇が起きている。陣地内に保護され、臨時看護婦として走り回っていた若い女性四人が、勝鬨陣地の運命を知ると、あらかじめ自殺用に渡されていた手榴弾四発を枕元に置き、服毒自殺してしまったことだ。連名による遺書があり、「お世話になりました。手榴弾は兵隊さんが使って下さい」とあった。

海野伍長は手記に書いている。

「天皇のためと教育され続けてきた戦争ではあるが、私にはそうは思えなかった。『撃たなければ撃たれる』。それだけのことだった。強いていえば同胞のためであったろうか」「陣地を（ソ連軍に）明け渡して、シベリア抑留への運命の旅立ちはその日の夕方であった。私は重傷を負った後遺症のため、傷痍軍人として今に至っている。いずれにせよ、戦争に大義はなく、悪である」

わずかに生き残った坂本軍曹、中林伍長、高沢兵長、飯塚兵長、そして海野伍長は、砲爆撃により焼けただれた戦場の片隅に咲くオミナエシ（女郎花）を摘み取り、中隊長、戦友、女性らの遺体を収容した地下屍室に供え、永遠の別れを告げている。

第四章　磨刀石の戦い

幹部候補生隊出陣

南　雅也

関東軍石頭予備士官学校は昭和二十年春、それまでの所在地である間島省延吉から牡丹江省石頭に移転、新規開校したばかりの陸軍初級将校養成学校だった。六月、第十二期生千五百人が卒業。後を継いで七月二日、満州全土、朝鮮、北支（中国北部）の部隊から選抜された第十三期生甲種幹部候補生三千六百人が入校してきている。

「第十三期候補生は第十一期および第十二期生に比し、三倍近い多人数であった。年齢も不揃いであり、召集者も含まれていた。前期までと異なり、員数（人数）をそろえることに重点がおかれ、選抜は二の次となっているように思われた」（石頭会編「楨幹—関東軍石頭予備士官学校第十三期生の記録」）

それだけ初級指揮官が不足していたことを物語っている。「年齢も不揃い」「召集者も含まれていた」とあるが、多くは大学、高専在学中に召集された学徒出陣組だった。すでに原隊（出身部隊）で幹部候補生としての初期教育を終えており、この石頭予備士官学校に入って一ヵ月後の八月一日、つまりソ連軍侵攻の九日前、軍曹の階級が与えられた。数ヵ月後には将校の卵である見習士官に進級して第一線部隊に配属されるはずであった。

しかし、彼ら第十三期生は、入校してわずか四十日後、武器らしい武器も与えられず、磨刀石の戦いでソ連軍重戦車隊に真正面からぶつかり、壊滅していっている。生き残りの一人、南雅也候補生（元富士急行広報室長）＝写真＝は、その著書『われは銃火にまだ死なず』の中で痛憤の思いを込めて書いている。

「ソ連国境、磨刀石という名の戦場――ここで若い学徒たちが死んだ」「知られざる戦場、磨刀石に戦った学徒兵はいずれも陸軍甲種幹部候補生であり、平均年齢弱冠二十歳。この地に九百二十余名が出陣し、わずか二日間の戦闘でその大半が散華した」「候補生たちはそれが初陣で、つい昨日までペンを待ち、学窓にあったとは到底思えぬような、文字通り軍人らしい最後を遂げたのだ」「ソ連赤軍の大機甲軍団に銃剣と手榴弾、そして手づくりの急造爆雷を抱えて敵戦車に体当たりを挑んだ凄絶無比の死闘だった」

磨刀石位置図

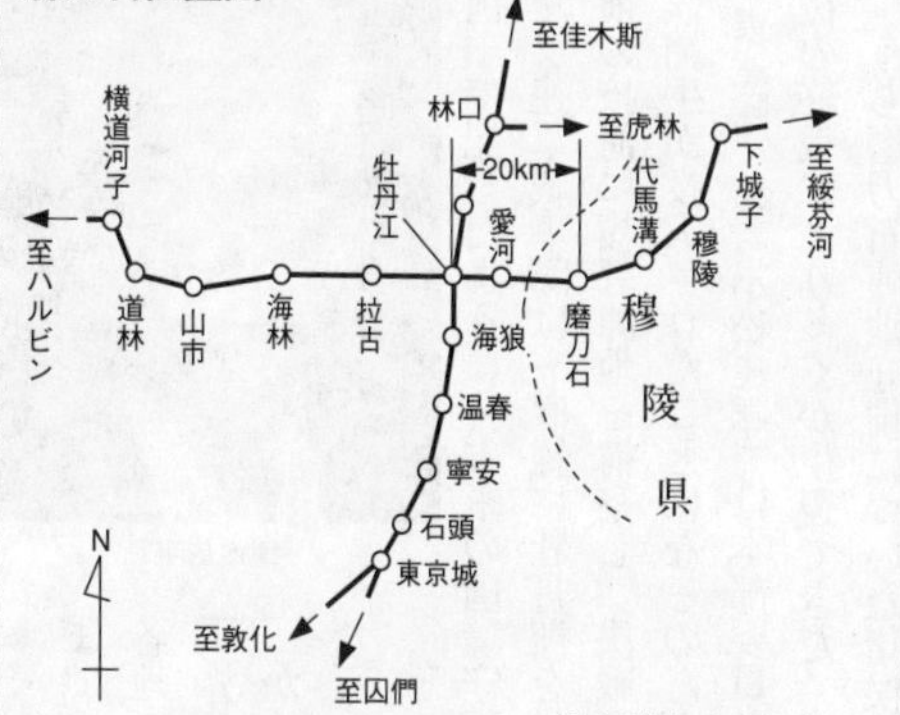

（「われは銃火にまだ死なず」より）

榎本彰平

その戦いは軍主力が後方に有力な複郭陣地を築き上げるまでの「死の抵抗線」の保持であり、牡丹江在留日本人や各地からの避難日本人が牡丹江を経て無事南下するまでの「身代わり防波堤」たらんというものだった。

かくて軍曹の階級章と幹部候補生の徽章（座金といわれた）をつけた戦闘集団は、その面目にかけ、阿修羅のごとく戦っている。

前項で記したように日本軍の国境守備隊の抵抗をやり過ごし、ムーリンの重砲陣地も突破したソ連軍戦車隊は一直線に牡丹江を目指した。そこで軍は「最後の防衛線」として牡丹江手前の掖河に複郭陣地を構築し、決戦を挑む作戦を取った。ここに石頭予備士官学校第十三期候補生が投入されたことになるのだが、候補生隊は大きく二つの部隊に分けられた。一隊（伊東連隊。のち小松連隊）は本部要員とともに学校がある石頭近くの東京城郊外に配備され、直後の終戦により多くが生還できた。そして、もう一隊（荒木連隊）が掖河と磨刀石に布陣し、うち磨刀石陣地守備についた猪俣大隊（猪俣繁策大尉）九百二十五人が臨時編成の第三野戦築城隊（小林達輔工兵大佐指揮）に組み込まれ、ソ連軍と死闘を交えることになったのだった。

運命の岐路は第一から第六まであった教育中隊の偶数、奇数番号によって分けられたことによるというから切ない話ではある。まことに「軍隊は運隊」であった。偶数番号隊が伊東連隊（伊東洋一少佐）、奇数番号隊が荒木連隊（荒木護夫少佐、元陸相荒木貞夫の息子）。これに、それぞれ、やはり候補生で構成された機関銃中隊、歩兵砲中隊がついた。

八月十三日、教育第一中隊第三区隊、榎本彰平候補生（82）＝写真＝は、磨刀石陣地の一人用タコつぼ壕の中で、やがて殺到して来るであろうソ連軍戦車群との戦いを前にした心境を振り返って次のように記している。（「続・楨幹」）

「南東の道路から敵戦車が入ってくるのが見えたのは、十三日の午後もだいぶ遅くなってからだった。最初の一両が視界に入って来た時の気持ちを、なんと表現しようか、迷ってしまう」「その頃には遠雷の如き砲声も、近雷のそれに変わり、小銃や機関銃の銃声も至近距離で激しさを増していた。そして、いま振り返って、あの時の心理状態はどうだっただろうか？。と考えてみても、思い出せない。おそらくは死ぬることも生きることも考えず、ただただ一途にオレたちはここで戦うんだとだけ、考えていたのではなかろうか」

すでに親友の幾人かを失っていた。石頭から磨刀石に向かう途中、乗っていた無蓋貨車がソ連軍戦闘機の機銃掃射を受けた。退避してやり過ごしたのだが、すぐ横で伏せていた同じ区隊の小野候補生が立ち上がらない。弾丸が後頭部を貫通していた。あるいはまた、道路沿いの一軒の農作業小屋にいた銃剣術仲間の豊田候補生が、小屋ごと直撃弾によって吹き飛ばされるのを目撃している。榎本候補生、もはや、戦うのみであった。

こうした石頭予備士官学校生徒たちの懸命の姿はよほど印象深く映ったらしく、第一線から避退した他部隊将兵の戦記にもいくつか記録されているところだ。

「真新しい軍服と襟に軍曹の階級章をつけた若い学徒兵の幹部候補生の一隊が、黄色火薬を詰めた位牌箱を晒しの布で結び着け、敵戦車に体当たりする構えで潜んでおりました。私は彼らの特攻精神に感動し、ただただ『すまない、すまない』と念じながら、次の集結地、牡丹江へと急ぎました」（かごしま文庫『私の戦争体験・下』）

「牡丹江に隣接する愛河、磨刀石一帯の上空は、硝煙がもうもうと覆い、炎が赤々と夜空を焦がしていた。磨刀石の戦場では、一途な幹部教育隊候補生たちが肉弾攻撃を繰り返し、ソ連軍重戦車部隊の進撃を阻止していた。候補生諸兄の尊い犠牲によって一時的ではあったが、ソ連軍の牡丹江侵入が阻止された～退却する友軍に『なぜ後退するのか、回れ右』と叫ぶ候補生の心情が痛ましい」（同）

「襟に座金を着けた幹部候補生の一隊に出会う。肉迫攻撃に行くという。その中の一人が『和歌山県人はおらんか』と叫ぶ。返事すると、『貴様が無事に帰ったら、我が父母に渡してくれぬか』と手紙を預かる。手紙というより、遺書だったのではないだろうか」（平和祈念事業特別基金「平和の礎―シベリア強制抑留者が語り継ぐ労苦・8」）

榎本候補生は戦い続けている。以下、その手記によれば――。

遠くの方で聞こえていた銃声がだんだん近づいて来る。布陣している左前方に重機関銃隊が配置されており、そこの候補生の姿がよく見えた。下の本道上を代馬溝方面から逃げてくる兵隊の姿はすでに途絶えている。エンジン音がますます大きくなってきた。重機関銃隊が撃ち始めた。その前の道路から、でかい鉄の塊のような敵重戦車が不気味な砲塔をこちらに向けて進んで来るのが見えてきた。なんという大きな戦車だろう。

と、そのとき、道路わきのタコつぼ壕から一人の候補生が爆薬を持って飛び出した。が、なんということか。行き着く前に目標の戦車が急停止した。距離感をずらされた候補生はなおも突進しようとしたが、戦車の数メートル前で爆薬が炸裂してしまった。硝煙とともに、首、胴体、手足がばらばらとなって宙に舞う。火炎放射、マンドリン銃（自動小銃）の掃射。次々と候補生が潜むタコつぼ壕が制圧されていく。

国境突破以来、日本軍捨て身の対戦車攻撃法を身をもって体験したソ連軍は、柔軟な対応を見せている。壕を見つけ次第、銃撃、次いで火炎放射し、仕上げに随伴歩兵が各壕をシラミ潰しにつぶすという三段階の攻撃法をとった。このため、爆薬を抱いて飛び出した候補生は銃撃または火炎でやられ、あるいは壕中で突撃の機会をうかがっていた者は自動小銃の狙撃あるいは戦車の車体の下で「壮烈な戦死」を遂げたのだった。

夜間ともなれば候補生たちは挺身斬り込み隊となり、手榴弾や爆薬でもって敵陣を撹乱している。その爆薬のことだが、候補生たちは学校教育の途上とあって、教材用模擬火薬、あるいは少量の実物爆薬しか持ち合わせていなかった。磨刀石陣地に着いて急きょ支給されたのは、黄色火薬のほか、地雷として使用する飛行機の五キロ爆弾。一斗缶入り黒色火薬。満州事変で使われた古いアンパン地雷（破甲爆雷）、それに旧式手榴弾だけだった。

五キロ爆弾は即席地雷として敵戦車侵入予想路に埋設したが、火薬類に関しては必要な起爆装置の信管「一式信管」がなかった。やむなく候補生たちは自らの手で火薬に手榴弾を埋め込み、発火、爆発させるという重さ十キロほどの急造爆雷でもって対処している。だが、頼みの手榴弾は、発火まで四秒、七秒、十一秒の三種類があった。このため、戦車突入寸前に爆死する候補生、体当たりしたものの爆発の前に自身が戦車のキャタピラに巻き込まれて憤死するという候補生が出るなど凄惨な光景が続出することになっている。

こうした磨刀石における候補生たちの戦いについて（工兵連隊はじめ、他部隊の奮戦を含めてのことだが）ソ連軍は随分と手こずった様子がある。先にも引用したザバイカル方面軍総司令官マリノフスキー元帥はその著『関東軍壊滅す』の中で書いている。

「多くの決死隊員はとくにソビエト軍将校を目標とし、白刃をかざして襲った。彼らはしばしば爆弾や手榴弾を身体にしばりつけ、高いコウリャンの下にかくれながら、戦車やトラックの下に飛び込んだり、ソビエト兵たちの間に紛れ込んで自爆したりした。時には多数の決死隊員が身体に爆弾や手榴弾を結びつけ、生きた移動地雷原となった。牡丹江入口で日本軍が反撃に出たときは、地雷や手榴弾を身体中結びつけた二〇〇名の決死隊がおい茂った草の中を這い回り、ソビエト戦車の下に飛び込んでこれを爆破した」

磨刀石の戦闘でわずかに生き残った榎本候補生らは、のち撤退命令により後退している。牡丹江市街は燃えていた。終戦から三日後の八月十八日、敵の目を避けて山野を彷徨の末、たどり着いた集結地の横道河子には大勢の日本兵が集結させられていた。そして「戦争は終わった」なんて口々に言うのだ。「ほんとうか。で、日本が勝ったのか」。軍服は破れ、顔は硝煙ですすけ、目ばかり光らせた候補生たちは、さらに情報を確かめるべく、歩きはじめている。

榎本彰平候補生が二年間のシベリア抑留を経て帰国したのは二十二年末のことだった。

戦車隊分遣ヲ命ズ

牧岡準二

教育第五中隊第二区隊、牧岡準二候補生（82）＝写真＝は戦車部隊の一員として磨刀石周辺の戦場に馳けつけている。石頭予備士官学校では戦車教育は行なわれていなかった。なのに、なぜ、戦車に乗って戦うことになったのか。以下、その手記「私の履歴書・石頭予備士官学校全学出動」によれば――、

石頭予備士官学校には機関銃、歩兵砲の特科教育科目があった。牧岡候補生は重機関銃の銃手として特訓を受けていた。ソ連軍侵攻の急報に候補生軍団の一員として出動したのだが、列車で牡丹江を経て磨力石に向かう途中の愛河まで来たところで、とつぜん中隊長から呼び出しがかかった。そして、「特設臨時戦車隊分遣ヲ命ズ」と、こうだった。

おやおや、と思っている。重機関銃手としての教育期間中、敵の狙撃兵に真っ先にねらわれるのが射手だといわれてきた。それが、こんどは戦車である。「いよいよ危ないことになってきた」。敵味方を問わず、大きな損害を与える相手から順番に全砲火を集中させ、その

排除にとりかかるものなのだ。戦車隊行きを知った候補生仲間が水筒の水による「水さかずき」で別れを惜しんでくれるのも、そこらあたりを察知してのことなのか。

ソ連軍は満州侵攻に当たって「兵員百五十万、飛行機三千九百機、野砲・迫撃砲二万六千門、戦車三千三百両」を動員した（W・F・ニンモ『検証シベリア抑留』）。ほかにも「（概算で）人員百三十万、飛行機五千五百、戦車四千」（草地貞吾『その日、関東軍は』）、「兵員一七四万名、砲・迫二万九八三五門、戦車・自走砲五二五〇両、飛行機五一七一機」（中山隆志『関東軍』）といった細かい数字をあげた資料もみられる。

いずれにせよソ連軍は膨大な量の人員、武器弾薬を投入した。これに対して戦車だけ取り上げてみても、関東軍の戦車保有量はゼロに等しかった。ただでさえ劣勢だったのに南方戦線や日本本土防衛のための抽出が相次ぎ、とうとう財布の底まではたいてしまっていた。ちなみに石頭予備士官学校は日本本土に移転して行った戦車第一師団の兵舎跡を利用して開校したものだった。この師団にいた作家司馬遼太郎は書いている。

「東満で行きついたところが石頭という寒村で、この荒野に戦車第一連隊が駐屯していた。私はその連隊に所属し、冬を過ごした」「あらゆる草が一時に花をつけるという時期になって、われわれは連隊ごとここを去ってしまった」「この師団に属する機甲歩兵の連隊も機甲砲兵の連隊も、みな兵舎や施設を空家にして居なくなった。それぞれ、ちりぢりになって、太平洋方面の戦線に送られていったのである」（『歴史と視点』新潮社）

そんなこんなで終戦の時点で満州にあった戦車部隊は、昭和十九年（一九四四年）十月、急きょ編成されたところの戦車第三十四、第三十五連隊からなる独立戦車第一旅団（奉天駐屯）、それに終戦一ヵ月前の二十年七月に編成された戦車第五十一、第五十二連隊の独立戦車第九旅団（四平街駐屯）だけだった。隊名こそ一人前だが、その戦力に至っては、関東軍高級副官・泉可畏翁大佐『終戦時の満ソ秘話』によれば、いずれの車両も「軽装甲車級」であり、それも「三、四十台あったに過ぎなかった」と記されているところだ。これら戦車隊はソ連軍と直接交戦することなく終戦を迎えている。

牧岡候補生の話だった。

派遣先の特設臨時戦車隊についての公的資料は全く残されていない。だが、この隊こそ、（まがりなりにも）満州の広野でソ連軍と銃火を交えた唯一の日本軍戦車軍団となったのだ。シベリア抑留を経て復員した牧岡候補生らが「オレたちの戦争はなんだったのか」と、厚生省資料や関係者などに当たって独自の調査を続け、次のような結果をまとめている。

牡丹江には東満地区で唯一の機械化部隊だった第十七野戦自動車廠があった。ここに故障や事故を起こした九五式戦車が残置されていたのだが、このことをどこかの参謀あたりが頭の片隅で記憶していたらしく、日ソが交戦状態になったところで、「早急に修理して一コ中隊規模の戦車部隊を編成せよ」との命令が天下ってきた。そこで修理を急ぎに急ぎ、九両を動かせるまでに漕ぎつけた。だが、運転兵は自動車廠の軍属や兵隊でなんとか間に合わせるとしても、自動車廠にはその必要がなかったことから銃手や砲手がいない。そこで幹部候補生隊に応援を求めた。この要請により、機関銃隊から牧岡候補生ら銃手要員六人、歩兵砲隊から戦車砲手要員五人が派遣されたという次第になる。
「まさに、特設にして、臨時に編成された戦車隊だった」と牧岡候補生は手記に書いている。と、まあ、ここまでは成り行き任せだとしても、搭乗すべき肝心の九五式戦車が頼りないのには気落ちする思いだった。正式には九五式軽戦車と呼称されていたもので、昭和十年（一九三五年）に制式化されている。自重七・四トン。乗員三人。三十七ミリ砲、機銃二基。装甲十二ミリ。とくにこの装甲の薄さは死命を制する問題だった。中国戦線や太平洋戦争当初の南方戦線における植民地軍相手の戦闘では「歩兵支援戦車」として活躍できたといっても、ソ連軍戦車相手に本格的な戦車戦を挑むにはあまりにも非力過ぎた。

対するソ連軍の主力戦車であるT34は、欧州戦線でドイツ軍を散々に悩ませた重戦車だった。自重三十二トン。乗員四人。八十五ミリ砲、機銃二基。車体前面の装甲板の厚さは九十ミリ以上。日本軍の速射砲、歩兵砲の弾など命中しても簡単にハネ返した。比較してケタ違いの怪物であった。

九五式軽戦車

このため、特設臨時戦車隊は、いざ出陣に際して次の

満州へ侵攻するソ連軍戦車T34

ような命令を受けていた。

「わが車体の小なること、また火力の弱小なるをもって、攻撃用として使用せず、防御・援護用の移動トーチカとせよ」

八月十二日、ソ連軍侵攻四日目。牧岡候補生は第一小隊車に搭乗して磨刀石に向かっている。国境線に通じる一本道のムーリン街道を走る。左右に湿地帯が広がっているから敵戦車もこの道路上をやって来ることは確実。道わきでタコつぼ壕を掘る候補生「肉攻隊」の一隊を見る。双方、声をかけ合い、手を上げて「健闘、再会」を誓い合う。さらに進み、丘陵地の窪地、家屋の陰で草木による擬装をして陣を敷く。前方で砲声が轟いていた。

十三日。早朝から敵機三十六機編隊による水平爆撃。次いでロケット砲カチューシャの一斉砲撃。それが終わると、いよいよ戦車百両以上による地上攻撃。「目もくらむばかりの猛攻」「独ソ戦で苦しんだはずのソ連のどこにこの戦力があったのか」。こちらの戦車隊も随伴歩兵を狙い、機銃を撃ちに撃つ。偵察機が飛び、爆撃機がやって来て爆弾投下。特設臨時戦車隊の存在が分かったのか。加えてロケット砲、戦車砲の一斉射撃。たちまち味方戦車三両に命中弾。炎上。戦死者が出る。さらにすぐ右側にいた僚車も被弾――。

ここで小隊長は陣地転換を決断、連絡がついた近くの三両とともに側面を下りて街道に出た。とたん、いまの今まで小隊長車がいた陣地に敵の榴弾砲弾が落下。周辺をうろついていた味方軍馬が高々と空中にはね上げられたものだから、車内の全員が顔を見合わせた。ところが、その馬は宙を一回転して「傷ひとつ負わず」に着地。とことこと歩き始めたものだから、忙しいなか、牧岡候補生ら戦車隊員はふたたび顔を見合わせている。

「陣地撤退に勢いづいた敵戦車群も、後方の高地から撃ちまくる友軍の対戦車砲撃と、幹候隊を主力とする『特攻』により、薄暮時までにはその多数（あとで数十両と聞く）が擱坐させられ、それ以上の進攻を避け、後退していった」

この日午後、今日まで候補生仲間の間で語り継がれている物語が磨刀石の戦線で生まれている――。味方陣地に進入して来た敵戦車が候補生の爆薬によってキャピタラをやられ、乗員は徒歩で逃げ出した。鈴木秀美候補生（岐阜県出身）がこれに乗り込み、戦闘帽のひさしを後ろに回し、砲塔もぐるりと反転させて後続の戦車を連続攻撃。「一発必中。またたく間に五、六台の敵戦車をやっつけてしまったのです」（『楨幹』）。ただ、残念ながら鈴木候補生は、不慣れな敵戦車内で発射直後の砲身の反動（後座）を顔面に受けて重傷を負い、周囲に別れを告げたのち、爆雷を抱いて自決している。分捕った戦車からはバッテリーの電力が尽きる夜半過ぎまで換気扇のモーター音が聞かれていたという話だ。

翌十四日から十五日にかけて繰り広げられた磨刀石攻防戦は「壮絶そのもの」であった。

轟音と閃光。硝煙、黒煙。小隊長から「牧岡候補生、あれを見よ」と手渡された双眼鏡に巨大な敵戦車に次々と飛び込んで行く候補生の果敢な姿が「大写し」で入ってきた。だが、味方戦車隊も被弾車相次ぎ、随伴の弾薬類、隊員の装具類を積んだトラックも炎上。十五日夜、撤退命令。牡丹江大橋を渡って後方へ下がる。横道河子に集結できたのは、九両のうち、わずか三両。ただ、派遣候補生十一人は全員無事だった。十六日。横道河子の丘に戦車をバックで移動させ、擬装して敵の襲来を待ち構えた。ここには「兵器、弾薬、糧秣類が集積」されていた。この峠に敵を迎え入れ、一挙に撃滅する作戦と聞いた。だが、十七日、停戦の報。十八日、近くにあった製材小屋で「やけくその酒盛り」をしていたところへ、ソ連軍戦車隊が進駐して来た。

「顔も被服も薄汚れ、目ばかりぎょろつかせた奴が、マンドリン銃を振り回し、四、五人乗っかっている」「こんな薄汚い奴らに負けたのかと思うと、無性に腹立たしかった」

——それから二年七ヵ月後、牧岡準二候補生はシベリアのチタからナホトカ経由で舞鶴に帰還している。二十三年（一九四八年）十月のことだった。

タコつぼ壕の中で

永友　敏

教育第三中隊第二区隊、永友敏候補生（82）＝写真＝は、燃える牡丹江市街を抜けて横道河子に撤退する途中、丘陵地で動けなくなって立ち往生している特設臨時戦車隊の九五式軽戦車を見ている。初めて目にする味方戦車だった。あ然としている。「これでは戦いにならん」。ソ連軍の重戦車群に散々にたたかれ、後退に後退を重ねてきていた候補生にとって、それはいかにも頼りなげに映って仕方がなかったのだった。

「私たちはこの小さな日本軍の戦車を見て、ソ連軍の戦車に比べていかにも力弱い感じで、心細いかぎりであった」「ソ連機は山陰から超低空で急に来襲してきて、一本道を敗走する日本兵に銃撃を加える。道路上には無数の日本兵が倒れている～そんな地獄の道を何千人とも知れない日本兵が敗走する」（永友敏『シベリア抑留・凍土の果てに』）

永友候補生の所属する荒木連隊第二大隊（和沢直幸大尉指揮）は磨刀石に出陣した第一大

訓練に明け暮れた初年兵時代。前左端が永友
（「凍土の果てに」より）

隊（猪俣繁策大尉指揮）の後詰役として、牡丹江近くに位置する掖河陣地で戦っている。『シベリア抑留・凍土の果てに』を中心に状況の推移をみると——、

もうそのころともなると、どこにいても戦場であった。日本軍に飛行機がないことを知った敵機は自在に空から襲い、敵長距離砲もまた容赦なく撃ち込んでくるようになった。

これに対して、出陣時、候補生たちに渡されたのは九九式小銃と弾薬十五発、手榴弾三発。それに食料としての乾パン二袋だけだった。心細い限りだった。が、戦線に向け、みな、黙々と駆けている。駆けながら「死への思い」が身体中にのしかかってくるようであった。

それまで東満の赤土の原野で実施された幹部候補生教育には過酷極まりないものがあった。「ソ連は鬼だ。こっちも鬼にならねばやられる」「金筋に星二つ付けるようになったわれわれ学徒兵の、かつての紅顔のほほからは何時の間にかウブ毛が消えてなくなり、固くたくましい不敵な面構えができていた」（南雅也『肉弾学徒兵戦記』）

それが、いま、まだ心の準備が整わないまま、身体だけが戦場へどんどん近づけられていく。和沢大隊長は「敵はそこまで来た。諸君は幹部候補生だ。とにかく征け！」と慌しく訓示する。

永友候補生は「あとは死あるのみと覚悟を決め」るほかなかった。

話はわき道にそれるが、こうした幹部候補生隊の戦いはフィリピン・ルソン島戦線でも記録されている。

戦争末期の二十年五月、激烈を極めたバレテ峠攻防戦に第十二期甲種幹部候補生（一部、第十一期の見習士官を含む）五百人が投入され、「戦車撃滅隊」として米軍戦車群に爆雷による肉迫攻撃を敢行。その「数両を破壊」したものの、全員が玉砕した。ある戦記は「軍曹の階級章と座金はつけていても、まだ経験の浅い」「若桜全員が玉砕散華し若い命を国に捧げた」と、その若過ぎた死を悼んでいる。（金丸利孝『南十字星煌く下に』）

金丸利孝

ただ、このフィリピン派遣幹部候補生たちによるせっかくの戦いだったが、その周辺事情についてはあまり芳しい話は伝わっていない。『南十字星煌く下に』には、部下を残して前線から逃げ帰った陸軍士官学校出（本物将校、本チャンといわれていた）の将校、仮病を使って危険な任務を幹部候補生出身の将校、つまり金丸少尉＝写真＝に肩代わりさせた本チャン将校のことが記されている。ここらあたり、関東軍北満の野戦重砲兵連隊からこの南方戦線に連隊ぐるみ送られてきた金井英一郎主計少尉（幹部候補生出身、元日本スキー指導者協会顧問）もまた、その著『白骨山河』のなかで、ものすごく怒っているところだ。

「自身は砲弾から護られる岩陰をピクリとも動かず、斬り込み命令、戦車肉迫攻撃命令を乱発し『岩陰大隊長』とあだ名された大隊長の少佐がいた。この中年男のおかげで、一五〇人（五百人？）もの学徒兵がフトン爆弾という爆薬を背負って、戦車のキャタピラの下に飛び込まされた」「学徒兵、幹部候補生の兵士は家門の誇りを思い、逃げない。苦悩の果てに必ず非道な命令でも遵守する。そこをつけこまれたのだ」「特攻隊、戦車肉攻、斬り込み、そのほか必ず死ぬといった場面には、すべてこの逃げない兵士……学徒兵、幹部候補生があてがわれた。その命令を出した高級将校はみにくく生き延びている」

このフィリピン戦は、武器弾薬欠乏、ゲリラとの消耗戦、飢餓、疾病、炎天、敗退行と、それこそ真綿で首をじわじわ絞めつけられるような極限の戦いだった。対して満州における戦闘は、時間的にみてあっという間の短期戦だった。このため、戦場での兵士たちのさまざまな思いを記録したものが少ない傾向にあるのだが、（その後にやってきた抑留生活があまりにも悲惨で、こちらの方の記憶、憤激の情が強いせいもある）、それでも本題の石頭予備士官学校幹部候補生隊の場合、石頭会「楨幹」「続・楨幹」や個人の著作などを見るとき、そこには若者らしい記述にぶつかることがあり、はっとさせられるものがある。

たとえば——、

「暗い穴（タコつぼ壕。「墓穴」とも呼ばれた）の中でいろいろのことを考えた。明日はいよ

掖河付近部署要図

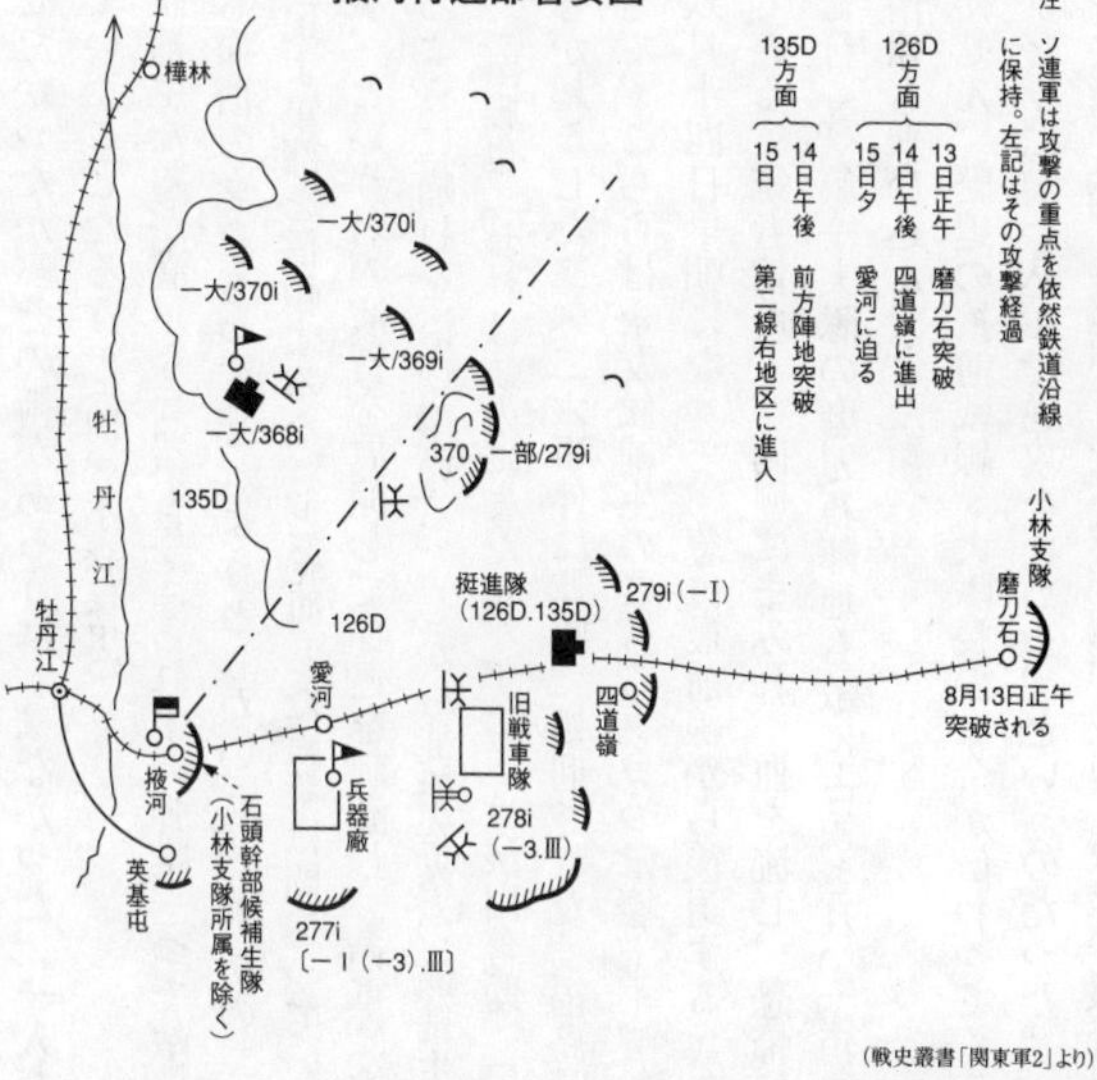

（戦史叢書「関東軍2」より）

いよ敵の戦車がくるだろう」「今二十歳の若さで自分の人生を閉じようとしている～生きていたら、これから本当の人生があるのではないだろうか」「そんなことを次々と考えていると、何となく自分が情けない気持ちになった」（教育第一中隊第五区隊、桜井喜好）

「朝飯とも昼飯ともつかぬ時刻に、にぎり飯が一個ずつ配給され、続いてタバコ『若桜』が一本ずつ、『これで潔く御国のために死んでくれ』との隊長の言葉と共に配られた。いよいよオレもここで死なきゃいかんのかと思うと、一両日満足な飯も食っていないのに、にぎり飯はさほどうまくなく、のどにつまり気味であった」「どこでどうして死んだか、親にだけは知らせたかったが、その術があろうはずはなかった。一人だったら、むろん、戦場から逃げ出していたことだろう」（同、小森保男）

「候補生たちが満足な兵器も与えられず肉弾唯一つで敵機甲部隊阻止に向かわされた悲劇を、今も痛憤の念をもって忘れようとしない」「今もあの二・二六事件で刑死した渋川善助*が『国民よ軍部を信頼するな』と絶叫した言葉は間違っていなかったと述懐するのである」「関特演、という名の演習を展開してソ連を刺激し、赤軍に挑戦した関東軍は、今その報いを受けるように痛打を浴びている。しかも徒手空拳の候補生たちが死を賭して向かわされたのだ」（南雅也『われは銃火にまだ死なず』）（＊渋川善助　民間人だったが、陸軍の一部青年将校らが起こした二・二六事件に連座、処刑された。福島県出身）

さて、こちらは永友候補生のこもるタコつぼ壕——。

八月十四日早朝になって、急に最前線から後退する兵の姿が数多く見られるようになってきている。銃も持たず、硝煙にまみれ、血を流し、恐怖に顔をひきつらせ、牡丹江へと下がって行く。第一大隊の磨刀石陣地も敵に占領され、「猪俣大隊長以下、ほとんどが戦死」との情報も飛び込んできた。

がぜん、緊迫の掖河戦線。大隊長の命令が伝わってくる。「丸太を用意せよ」。敵戦車のキャタピラに突っ込んで進攻を止めよ、というのだった。

正午前、「弾薬受領」の伝令。砲弾の雨、敵機の機銃掃射を縫って受領に行く。渡されたのは重砲の砲弾だった。戦車の下に滑り込み、車体に砲弾の信管をたたきつけて爆発させよ、というのだった。候補生相手にこんな命令を出さざるを得ない隊幹部の苦悩、重圧も相当なものがあったに相違ない。磨刀石の戦場ではついに候補生隊中隊長の一人（中尉）が発狂してしまっている。

「後衛戦において日本軍はとくに牡丹江方面で大損害を受けた。なんとかしてソビエト軍の進攻を阻止しようと、決死隊と遊撃隊をますます広く使いはじめた。だが、それらも効果が薄く、戦況を転換することはできなかった」（『関東軍壊滅す』）

先の丸太による戦車攻撃の件だが、関連して泉可畏翁『終戦時の満ソ秘話』には次のような壮絶な話が掲載されている。

掖河の戦いで、歩兵第二百七十八連隊の「名もなき兵」が迫り来る敵戦車に対し、かたわらにあった大石を抱いて「わが身もろとも」キャタピラめがけて突っ込んだ。戦車は止まった。だが、兵は文字通り「玉砕」した。九州熊本の兵だった。

その同じ掖河陣地で、永友候補生は覚悟を決めている。

「いよいよ敵も近い。私はタコつぼ壕の中を整理して、自分の持ち物（写真、手紙等）は、ぜんぶ、タコつぼの中につくった祭壇に並べて、家族との別れを告げ、さあこれで何時でも死ねるという態勢を整えた」

夜空にソ連軍による照明弾が絶えず上がっていた。真昼のような明るさが五分近くも続くと、それこそ命の縮まる思いであった。「明るさが恐ろしいことを初めて知った」。候補生たちは低い声でささやき合っている。

その翌朝、とつぜんの撤退命令で、永友候補生は死すべき命を永らえた。そして、集結地として定められた横道河子近くの丘陵で、冒頭の味方軽戦車を見たのだった。

のち、永友候補生らが戦った掖河戦場跡を見た兵隊がいる。歩兵第百三十五連隊・伊藤俊郎衛生上等兵（ペンネーム伊藤登志夫）はソ連軍兵士の監視を受けながら徒歩でシベリアに向かわされる途中、ここを通りがかっている。戦闘から「十数日」を経過していた。すこし長くなるが、その著『白きアンガラ河』から引用させてもらうと――、

その地帯に近づくと、あたかも鰯を干す海辺のような、そしてその数倍も強い悪臭がツーンと鼻を刺激する。屍体が幾十となくとなく散らばっているのだ。大部分がカーキ色の軍服の日本兵だが、ところどころに草色の汚れた服のソ連兵の屍体もまじえながら、それらのすでに物体と化したものは、奇妙にねじれた不自然な姿態のまま静止している。血潮はすでに夏草の上で乾き、鉄帽をかむったその顔は焼けつく太陽の下で腐敗が進行し、皮膚はひからびて、すでに髑髏と化しかけている頬骨に張りつき、眼球だけが不意におどかされた子供のように、びっくりしたような表情で突き出ている。

戦車が十両ちかく破壊され、そのうちのいくつかは、かぶと虫をひっくり返るように見事に腹を上に向けている。カチューシャ砲の一撃によるものであろうか。日本軍の戦車に

くらべて倍くらいの重量をもつソ連軍の巨大なT34戦車も擱座して動かない。ここは（中略）関東軍石頭予備士官学校生徒たちが百四十両以上の敵戦車群と死闘をくりかえした場所だった。そして、行動中、敵と遭遇したらおそらくぼくらも、これらの戦死者と同じ運命をたどったはずだったのだ。

駅頭の妹、岸壁の母

命令により掖河陣地を撤退した永友敏候補生は、次の抵抗線として指示された横道河子まで下がったところで停戦を知らされ、ここでソ連軍による武装解除を受けている。その後、シベリアに抑留され、「夢にまで見た」故国日本への帰還を果たしたのは昭和二十三年（一九四八年）九月のことだった。二十三歳になっていた。軍隊一年、抑留三年。「人生の最も大切な青春の年月」が、これであった。だが、磨刀石や掖河で戦った候補生の多くは帰れなかった。そして、まだシベリアには厳しい抑留生活を強いられている仲間がいるのだ。

舞鶴から故郷の九州宮崎に向かう列車は復員兵で満員だった。どこの駅頭、どの沿道でも、手を振り、日の丸の旗を振り、ねぎらってくれる祖国の人びとの姿がうれしかった。九州路に入って、なまりの声が思わず懐かしかった。その間にも、駅ごとに復員兵が下車し、肉親や友人の出迎えをうけて顔をくしゃくしゃにしている光景が見られていた。

列車が別府駅に停車したときだった。十六、七歳くらいの娘さんが、車両後部の方から車窓の内をのぞき込み、のぞき込み、懸命に大きな声で叫びながら、ホームを小走りに前方車両へと走って行く。

「復員のみなさーん。森沢を知りませんか。森沢務です！　どなたか、森沢のことをご存知ないですかーっ」

その声が永友候補生の耳をかすめていったとき、おっ、と思っている。そして飛び上がっている。森沢だ、森沢のことではないか。おっ、そうだった。うっかり自分のこと、間もなく宮崎駅頭で会えるであろう肉親のことばかり考えていたが、そういえば、まだシベリアにいる森沢候補生の「古里は別府」だった。住所もメモしていたはずだ。そこで、わっと車窓から上半身を乗り出し、かなり先まで行っている娘さんの後ろ姿に、こちらも大声で怒鳴っている。

復員列車は各駅頭で湯茶接待をうけて、労をねぎらわれた（舞鶴地方引揚援護局史より）

「森沢なら知っているぞーっ」
娘さんは息を切らしながら駆け戻ってきた。
「森沢務を知っていますか！」「知っていますとも！　たいへん元気で頑張っていますよ。同じ班で頑張っていましたので、近く必ず帰って来ますよ」
「私は妹です。こうして毎日尋ね歩いてい

たのですが、知っている方がいなくて、もうダメかと思っていました」

涙をぽろぽろ流し、発車合図の汽笛を振り払いながら、喜びにはずむ声で言うのだった。

「お名前を教えて下さい！」「宮崎の永友です。お宅のことは本人から聞いていますので、すぐお便りします」

ゆっくりと動きはじめた汽車を追って、「お願いします」「お願いします」の声、手を振る姿が、後ろへ後ろへと小さくなっていく。（森沢務候補生は教育第三中隊第八区隊所属。磨刀石にてソ連軍と交戦。永友候補生より一年一ヵ月遅れの二十四年十月帰国）

あの妹は、毎日、毎日、復員列車が駅に着くたびに、ああして兄の消息、一片の手掛かりを尋ね、求め続けていたのか。永友候補生は、人前ではあったが、目元をじゅっとにじませている。そして、シベリアから帰還したさいの舞鶴港のことを思い出している。「おかえりなさい」の旗の波に混じって、父や息子の名前、所属部隊名を大書してその消息を尋ねるノボリやプラカード、提灯が少なからずあった。そして復員兵が仮宿舎まで歩く細い道の両側に人垣が幾重にもでき、口々に肉親の消息を尋ねるのだった。とくに玉砕、激戦を伝えられた部隊ほどこのような傾向が強かった。情報が限られていたからだった。

磨刀石で壊滅するまで戦った石頭予備士官学校荒木連隊第一大隊（猪俣大隊）の場合も例外ではなかった。先にも紹介した生き残りの一人、猪俣大隊・南雅也候補生は『われは銃火にまだ死なず』で書いている。（一部手直しした）

「猪俣大隊の生き残り候補生たちは混乱する激戦の中で整々とした戦場離脱は困難となり、

小グループあるいは単独で各個の判断により、夜陰を利用して隠密裡に脱出を図った」「多くが状況不明のまま、山中をさまよい、終戦の噂をデマと否定し、あるいは武装解除を断固として肯んぜず、敵を求めつづけて彷徨した」「従って、のちに武装解除を受けた地点は実に広範囲にわたっている。拉古、蘭崗、東京城等をはじめ、遠く敦化やさらに新京に近く蛟川まで落ちのびて行った候補生もいた」

前項で登場した牧岡準二候補生の場合、戦車隊員として候補生隊本隊から離れ、横道河子まで後退したあとは、「徹底抗戦」の生き残り戦車兵七人とともに小興安嶺の密林地帯に潜り込んでいる。だが、どうにも動きがとれなくなってソ連軍に手を上げたのが、終戦から十八日経った九月二日。その後、ばらばらになり、ほかの候補生にも全く出会うことなく、シベリア・チタで他部隊の兵隊と抑留生活を送るハメになったから、戦後しばらく候補生仲間の間で「おそらく彼は……」と取り沙汰されていたものだった。

これは別の話になるが、あの磨刀石の戦いで、第一大隊（猪俣大隊）歩兵砲中隊は大隊本部の近くに布陣していた。中隊の持つ速射砲、大隊砲が敵重戦車に対して無力であり、またこうした砲や重機関銃を持つ陣地が真っ先に敵の砲火に狙われやすいことは、すでに述べた通りだ。第一大隊の歩兵砲は懸命に応戦したものの、たちまち壊滅状態となり、石頭会「楨幹」に「悲運の歩兵砲中隊」と記録されるところとなっている。

生き残った兵たちは爆雷を抱え、あるいは爆雷を背負い、肉攻手となって出撃の機会を狙っている。そのなかに端野新二《はしのしんじ》という「色白、長身」の候補生がいた。のち、「岸壁の母」のモデルとして知られるようになる端野いせ（五十六年七月一日、八十一歳で死去）の一人息子だった。東京都出身。立教大学中退。

この端野候補生らが迎えた最後の戦闘もまたすさまじいものがあった。ともに戦った米山猛候補生（旧姓・西村）が『槙幹』に寄せた手記「肉攻班」によれば——、

八月十四日も未明からの敵襲で明けた。一息ついたさい、空腹を覚え、近くのタコつぼ壕にいる端野候補生に声をかけ、乾メンポウ（乾パン）を投げてもらっている。ふたたび敵の猛攻がはじまった。ついに本部前まで接近した戦車が執拗に砲撃を繰り返す。小銃、手榴弾、棒爆雷で反撃するが、混戦、乱戦。周囲、すべて敵であった。

十五日未明、敵を警戒して密かに伝えられた命令により脱出、後退することになった。米山候補生が知るかぎり、このとき居合わせた者わずか十一人。端野候補生はすこぶる元気で「みなを勇気づけて」いた。だが、直後、脱出に気づいた敵は照明弾を打ち上げ、猛烈な攻撃を加えてきた。ここで米山候補生は敵手榴弾の破片四個を足に受け、近くの壕の中に崩れ落ちている。気づいたときは周囲に人影はなかった。「全員戦死」なのか。

その後、米山候補生は「気力ひとつ」で痛む足を引きずり、昼は岩陰や藪にかくれ、夜間のみ行動し、五日間をかけて後方の味方陣地にたどり着いている。端野候補生の姿はどこにも見ることはできなかった。のち、帰還した米山候補生は、この戦闘の模様を母親いせに詳しく語り、「おそらく端野候補生は戦死したものと思う」と告げている。

このとき、母いせは「新二の脈を取ったのですか」と言い、その死を信じたくない様子だった。そして、二十五年（一九五〇年）一月から六年間、舞鶴港の岸壁に立ち続け、シベリアからの復員船が着くたびに「新二を知りませんか」と尋ね回ったのだった。このことがラジオニュースで取り上げられ、二十九年、菊池章子による「岸壁の母」（藤田まさと作詞、平川浪龍作曲）のテイチクレコード発売となった。その後、二葉百合子がセリフ入りで歌い（キングレコード）、全国に知られるようになったことはご承知の通りである。

こうした母いせさんの懸命の思いに、もちろん、元候補生たちは全面的にバックアップし、励まし続けている。先の米山候補生にしても当時の状況と判断を率直に述べたに過ぎず、生存とあらば、これほどハッピーなことはない。生存説が出るたびに胸を躍らせている。事実、「端野候補生は生きている」といった話は少なくなかった。

たとえば、こんな話がある。五十五年（一九八〇年）発刊の石頭会「続・植幹」所載の中谷正信候補生による手記「終戦後も端野君と一緒にいた」によると――、

終戦翌年の二十一年七月ごろ、ソ連軍引き揚げ後にやってきた中共軍（中国共産党軍）支配下の牡丹江近くの海林で、満人農家の手伝いをやらされていた日本兵集団の中に端野候補生もいた。足にケガしていて「歩行が困難」なことから、荷物監視を兼ねた留守番役をしていた。その間、衛生兵が保管していた薬品類を持ち出して満人集落に出かけ、「色白、好男子」だったこともあって人気者になった。そのうち、好きな女性ができたらしかった。八月、中共軍から「明日、復員させる」との知らせがあった。その夜、中谷候補生が庭先に出てみ

経新聞　23　15版△　平成12年(2000年) 8月10日 木曜日

息子中国で生きていた

「母のイメージ壊す」と帰らず

「岸壁の母」逝って19年

「岸壁の母」が待ち続けた息子は、中国で生きていた―。終戦後、引き揚げ船が着く京都・舞鶴港に通いつめ、演歌「岸壁の母」のモデルとなった故端野（はしの）いせさんの一人息子、新二さん(75)が中国・上海市で生存していたことが九日、分かった。帰還を待ち続けた母の思いを知りながらも、「死んだことになっている自分が帰れば、有名になった母のイメージが壊れてしまう」と帰郷を断念した新二さん。日本中の涙を誘った"岸壁の母伝説"が、逆に母子の再会を永遠に引き裂く皮肉な結果となった。

生存を確認したのは「引揚を記念する舞鶴全国友の会」理事、唐桑康行さんらが平成二年に結成した慰霊墓参団のメンバー。元関東軍の唐桑さんらは毎年、旧満州や旧ソ連軍に強制抑留されたロシア・ハバロフスク、中国などを訪問、戦友らの慰霊しや墓参りをしている。

中国残留者の情報で新二さんに初めて会ったのは、八年六月で、上海市内の集合住宅に住む新二さんには中国人の妻子がいた。その後、十年六月と十一年六月にも訪問している。

新二さんは昭和二十年九月十日ごろ、抑留先のシベリアから旧満州に移送され、中国共産党軍の八路軍に従軍。以後、中国人として静かに暮らしてきた。「岸壁の母」が世に出た後の昭和三十年ごろには、いせさんが岸壁で自分を待ち続けていることを伝え聞いていたが、「帰るに帰れなかった」。

演歌「岸壁の母」のモデル、故端野いせさん（中央）。引き揚げ船が着くと息子の姿を追い続けた　（昭和29年）

75歳 上海で妻子と暮らす

唐桑さんらには「自分は死んだことになっており、有名になっている母のイメージをすべて壊すことになる。今さら帰れない」と帰国する意思がないことを伝えたという。

舞鶴港への引き揚げ船は昭和二十年十月七日の韓国・釜山からの雲仙丸を皮切りに三十三年九月まで延べ計三百四十六隻が入港し、引き揚げ者約六十六万三千人と約一万六千三百柱の遺骨が日本に戻った。

仕立ての内職をしながら女手一つで新二さんを育て上げたいせさんは、二十五年一月から六年間岸壁に弁当とケーキを持って立ち続け、「新二はいませんか」と引き揚げ者に声をかけた。

これがラジオニュースで流れ、藤田まさと作詞、平川浪竜作曲の「岸壁の母」となり、菊池章子さんが歌って二十九年十月にレコード発売。五十年には二葉百合子さんがせりふ入りで歌い、三百万枚を売る大ヒットとなった。

いせさんの元には二十九年九月に厚生省から死亡認定理由書、三十一年九月には東京都知事から死亡告知書が届いた。しかし、いせさんは死亡の客観的な証拠がないことを支えに、五十六年七月、八十一歳で亡くなるまで息子の生存を信じ続けていた。

中国・上海市で生存が確認された新二さん（昭和19年入隊当時）

「ぜひお墓参りを」

二葉百合子さんの話「なぜ帰って来てお母さんに会ってあげなかったのか。『歌のヒットで』という話は信じたくない。歌詞の内容は一人息子に会いたい母の気持ちが歌われていたので、会ってあげてほしかった。帰ってこれなかったのは、何かほかに大きな理由があったとしか思えない。お母さんは昭和五十六年に亡くなってしまったが、今でもお墓の中で、息子に会いたいと思っているはず。今ではもうどうしようにもできないが、ぜひお墓参りに来て墓石を抱きしめてあげてほしい」

平成12年8月10日付産経新聞

ると、折からの月を眺めながら、なにごとをか思案顔の端野候補生に気づいた。ピンときた中谷候補生は「妙なことは考えず、必ず内地（日本）に帰るんだ」と強く説得している。だが、翌朝、集合場所に彼の姿を見ることはできなかったのだった。

このほかにも、戦後四年間にわたってレントゲン技師助手をしていた端野候補生と一緒に中国杭州の軍病院で働いていたという元軍医の証言などもあり、同候補生が戦死することなく、戦後は「本人の意思」で中国に留まったことは、ほぼ間違いないことと思われる。母いせの息子に寄せた情愛は確かだったのだ。

その後も端野候補生に関する話題は続いている。（最近でも結局は未確認情報と分かったのだが、かつての激戦地ニューギニアで旧日本兵見つかった、というニュースもあった）。いまなお、人びとがこうしたことに大きな関心を寄せるのは、是もなく非もなく遠い戦地に投入され、悲運の道をたどらざるを得なかった若者たちへの深い哀切、憐憫の情が底辺にあるからではなかろうか。

平成十二年（二〇〇〇年）八月十日付産経新聞は社会面トップで「中国上海で中国人妻子と暮らす」端野候補生のことを伝えた。共同通信の配信らしく、以降、数日の間に北国新聞、北海道新聞、信濃毎日新聞、京都新聞なども同様の記事を掲載した。

だが、石頭会では独自に調査し、そして問い合わせに対して共同通信側から「その後、それらしい事実は確認されなかった」という内容の連絡があったこと（石頭会報第36号）もあり、一連の報道に関しては「静観の立場」をとることにしたという話であった。

第五章

避難列車の悲劇

悲惨極める逃避行

前々章の中の「虎頭要塞のウグイス」で記したが、あの凄絶な攻防戦で、要塞に避難していた居留民三百人もそのほとんどが地下陣地内で果てた。後方に位置していてソ連軍の直接攻撃目標とならなかった平頂山陣地の居留民百二十人だけがわずかに脱出した。

当時、虎頭要塞守備隊の指揮官西脇武大佐は不在だった。掖河の第五軍司令部で行なわれた兵団長、直轄部隊長会同で出張中だった。急報により帰隊を図ったが、すでに虎頭はソ連軍の完全包囲下にあり、ついに帰隊を果たせなかった。このため、戦闘の総指揮は留守居役の砲兵隊長大木正大尉にゆだねられていた。（不運の西脇大佐は戦後、ソ連軍収容所を経て中国共産党軍の管理下に置かれ、軍事協力を求められたが拒否。その後、消息不明に。和歌山藩代々剣術指南役の家柄だったといわれる）

大木守備隊長代理ら守備隊の奮戦ぶりは既述の通りであり、大木守備隊長代理夫人も運命を共にした。その最後の模様は伝わっていないが、指揮官の妻として収容居留民の先頭に立

六百余人が集団自決した高社郷開拓団慰霊碑（長野県中野市東山で）

ち、患者看護、炊事、食事運び等に当たり、あるいは周囲を励まし続け、そして地下陣地内でガスにまかれ倒れていったものとおもわれる。

　一方、平頂山陣地を脱出した老人、婦女子組もまた、到底無事ではあり得なかった。「根こそぎ動員」で成人男子は不在。伍長指揮の兵十人が護衛についたが、街道の要所にはソ連兵が立哨し、満人自警団が徘徊していた。夜の闇を利しての逃避行が続いたのだが、「精神的肉体的疲労」は限界を越えた。夜間行動におびえる幼児が泣き騒ぐ。そこで護衛兵と避難民側が相談の末、乳幼児二十八人を「処分する」ことにした。（『虎頭要塞の戦記』）

　満州もここらあたりになると、早くも秋。木々は落葉し、赤い実だけが鈴なりになっていた。その赤い実の一枝をにぎらせたあと、首に手をかけた、と記されている。

　こうした限界状況における悲劇は、ほかにもみられるところだ。たとえば蘭星興安会『私達の興安回想』には、別の避難団体で起きた次のような出来事を収録している。

昭和二十年八月九日、ソ連軍侵攻の日。ハイラル北方にあるソ満国境の地・巴彦庫仁を脱出した居留民六十人はソ連軍と満人暴徒の執拗な追撃を受け、興安嶺の密林地帯に逃げ込んだ。だが、子ども連れでの興安嶺越えは困難を極めた。終戦を知らず、飢えと疲労が極限に達した十八日、ついに幼児二十四人を涙のうちに「処置」した――。慰霊碑が東京・中野区の正見寺にあり、「今にして想えば鬼か蛇か当時の心境知る人ぞなし。測らずも停戦により奇跡的に生還せし吾身を恨み万感胸に迫る」と碑文に刻されていた。(正見寺住職によれば、その後、碑は関係者の意向で千葉県に移されたということだった)

先の虎頭要塞守備隊長代理の大木大尉には一人娘がいた。牡丹江の女学校に在学中で寮生活をしていた。「気丈夫で可愛い娘さんだった」。それが、要塞玉砕により、いちどきに両親を失うことになった。直後、終戦。頼りの軍隊組織は霧散し、兵隊たちはシベリアに送られた。身寄り頼りのない牡丹江で少女一人の難民暮らしが始まった。やがてソ連兵の乱暴を避けるため、満人の元に身を寄せ、その妻となったという噂が立っている。

戦後、全国虎頭会の元守備隊員や生き残り兵、旧居留民らは、その消息を求めて奔走した。長い苦心の結果、大木大尉の娘さんは牡丹江近くの東京城で、男四人、女三人の子どもを生み、暮らしていることが分かった。全国虎頭会では経済面の支援をする一方、その強い帰国願望を知ると、牡丹江の女学校卒業生会、旧軍関係者とともに力を尽くし、家族ぐるみの日本帰還実現まで漕ぎつけている。
公刊戦史『関東軍②』は書いている。以下、引用が少々長くなるが、大事なことと思われるのでお付き合いいただきたい。

満州北鮮 日本人居留民避難概見図

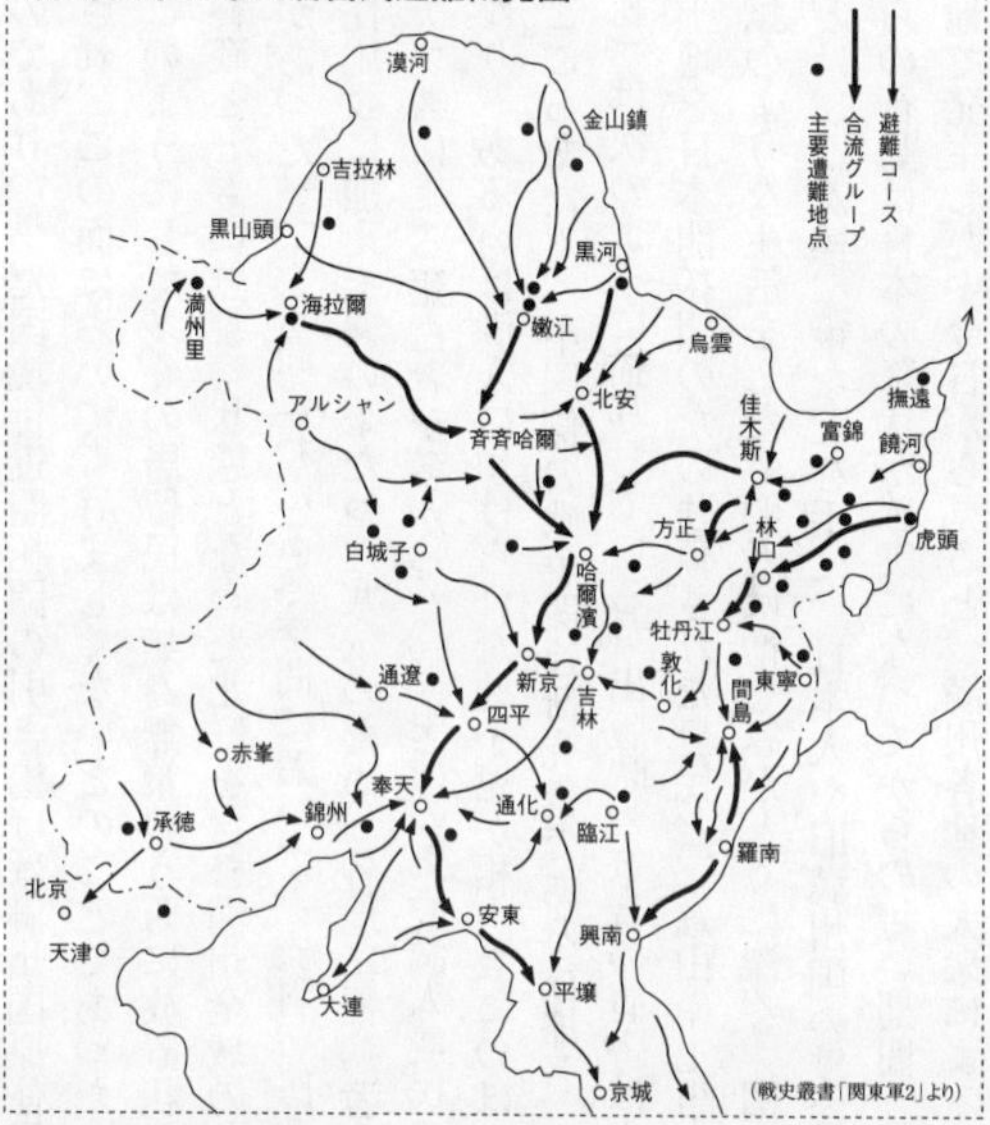

（戦史叢書「関東軍2」より）

「せめて老幼婦女はこれを南満もしくは最小限日本軍の抵抗地域の後方に後退させ、この自然の庇護に入らしめる要ありとし、兵站部と第四課（政策担当）は相互研究のうえ、（東京の大本営）作戦課の当事者と協議数次に及んだ。作戦課当事者の回答は『大本営においてはソ連が早急に対日参戦に踏み切るとは考えておらず、かつ今、国境付近の居留民を引き揚げることは軍の企画を暴露し、ひいてはソ連進攻の誘い水となるおそれがあるので反対の意見である』というのであり、また国境付近開拓団の引き揚げは満州国原住民に対して動揺を及ぼすことが懸念され、この面においても好ましくないとのことであった」

このようにして多くの居留民は無為無策のうちに放置状態におかれた。そして、「終戦とともに無警察状態となった北鮮を含む満州全域の各地所日本人の惨状は甚だしいものがあった」「半年間にわたる冬季間において、衣料、医薬及び燃料の極端な不足、不備な居住施設に加えて襲い来たった寒気のため、各地に罹病者が続発し、ことに栄養失調症や発疹チフスによる死亡者が多かった」「生活のため満人農民の使用人となり、または満人の妻となり、あるいは満人に預けられた幼小児が相当数にのぼったのである」

ここらあたり、中国側の戦争関連研究書である徐焰著『一九四五年満州進軍』(一九九三年刊)は次のように描写している。出版時、筆者の肩書は中国軍国防大学教官。

「土地を日本開拓団のため強奪された農民と、鉱山や工事現場で強制労働に従事させられて地獄のような生活をした労働者は憎しみがとくに深く、関東軍の敗退後、彼らが最初にしたことは、こん棒、鍬などを手に、日本人や旧満州国の警察などに復讐することだった」「これらの行動は日本の降伏が確実になってからの短い期間、半月か一ヵ月以内に集中的に満州各地で発生した~今日から見ると、満州各地の大衆による報復行動には確かに度の過ぎたところがあった」「(だが)あなたが所有する土地が他民族の人間に強奪され、長い間抑圧され、毎日のように殴られ、多くの同胞が虐殺された状況を想像していただきたい。そんなとき、突然、報復の機会が訪れ、政府の取り締りもないとき、そのような行動を抑制することができるだろうか」

軍が「戦闘第一」「作戦第一」であり、そこにはさまざまな戦略が介在するであろうことは理解できる。前にも述べたように、戦力の劣る関東軍が主力を鮮満国境の通化周辺に集結させる作戦を取ったことも「戦術上、止むを得ない処置だった」かもしれない。だが、そうした大バクチ同様の作戦の手駒にされ、果ては「棄民」の憂き目にあった居留民、開拓団員こそ、迷惑もいいところだった。最前線の「張りつけ部隊」となり、来るはずもない援軍をひたすら待ち続けた将兵たちも同じである。思えば、すべてを承知しながら、「無敵の関東軍がおる限り大丈夫だから安心せい」と開拓団を講演して回った将校（『満ソ殉難記』）。あるいはぎりぎりの段階になってもなお、「関東軍が健在である現在、（ソ連が）満州を攻撃することはあり得ない」と大ミエを切っていた高級参謀あたり（『ソ連獄窓十一年①』）は随分と罪深いことをしたものだ。

かくして、終戦時、満州全域に居留していた日本人は開拓団員も含めて百五十五万人（除く軍人）。うち二十四万五千人が戦闘間やその後の難民生活で死亡、行方不明となった。そして一万人を超える中国残留婦人、三千人余の中国残留孤児を出したのだった。

そうしたなか、「満州もの」といわれる満州に関する回顧録、引揚記の中で、いまなお、怒り、憤激、怨嗟の声が渦巻いているものに「高級軍人家族の夜逃げ」事件がある。ソ連軍侵攻の報に高級軍人の家族だけが早々に「特別列車」を仕立てて逃げたというのである。どういうことだったか。先にも紹介した満州国文教部・前野茂次長に各著作を代表するかたちで語ってもらうことにする。以下、『ソ連獄窓十一年①』から――、

「（これが）精鋭を誇っていた関東軍の中核である司令部幹部の態度なのか。この機にのぞんで一般市民を見捨て、いち早くおのれの妻子を戦線の後方遠く、もっとも重要な軍事輸送機関である鉄道を使用して逃がしている」「いかなる理由があったとしても、精神主義を強調し、道義を基盤としている日本軍の指導者たちである以上、むしろおのれの妻子は犠牲にしても、まず一般市民を先に退避させるべきではなかったか」

これに関して関東軍参謀草地貞吾大佐は『その日、関東軍』で次のように反論する。

「関東軍としては、居留民に対しなんら処置するところがなかったかというと、そうではない」「（ソ連軍侵攻翌日の）八月十日正午ごろ、南満沿線の邦人を（民―官―軍の順序により）東辺道地帯から北鮮にわたる地域に避退させる方針を決定し、ただちに大陸鉄道司令部と満鉄に、その実施を命令した」。そして翌日、「軍の家族が第一号列車に昨夜乗り込み、本早朝（十一日）出発しました」との報告に対し、「なんということをしてくれたのか。なぜ、軍の家族をイの一番に出したのだ」と、居留民関係の中佐を「少し気色ばんで難詰した」とある。（『関東軍②』によると、第一号列車の出発は「十一日〇一時四〇分」）

だが、状況はこの草地反論とは随分と異なるようだ。

なんと、「第一号列車」、いや、その前に「特別列車」ともいうべき避難列車が、居留民避退方針決定の前日、つまりソ連軍侵攻の当日の九日、新京駅を出ているのだ。総司令部要員、

主要国策会社の家族らが乗っていた。『その日、関東軍は』や公刊戦史には、ここらあたりのことは全く記されていない。「特別列車」だったから話は別ということなのか。

この列車に乗るには軍発行の「乗車証」が必要だったから、総司令部内でその扱いをめぐっての論議はなかったのだろうか。担当中佐を「気色ばんで難詰」するほど見識を持っていた草地参謀がこの件を全く触れていないのは不可解、と言わざるを得ない。

草地参謀の上司に当たる参謀副長松村知勝少将の記述に次のようなものがある。

「こうした特別の列車編成をしたのは新京だけであったと思う。筆者の家族もこの時まで新京にいたが、急きょ引揚列車が出る直前まで、事情を知らされていなかった」「筆者の妻子は苦心の末、どうやら帰還できたが～鉄道と憲兵の家族は情義（道義？）の上から最後まで残していたようであった」（『関東軍参謀副長の手記』）

憲兵警護の特別列車

関東軍憲兵伍長、菅原幸助（82）＝写真＝は、この特別列車に警護担当として乗り組んでいる。菅原伍長自身の談話と同伍長を主題とした神奈川新聞報道部編『満州楽土に消ゆ』（平成十七年刊）によれば、乗車に至るまでのいきさつはこんな具合だった——。

「お前は中国語がしゃべれるな。大丈夫だな？」「高位高官の家族が乗った特別列車が出る。それを警護し、内地（日本）まで送り届けるのが任務だ」。大きな軍用トランクが五個、用意されていた。百円札紙幣がぎゅう詰めになっていた。「列車妨害があるやもしれぬ。そのさいは、なるべくなら銃撃戦は避け、金で解決せよ」。とにかく、いかなる手段を払っても全員無事に内地に到達させよ。「これは至上命令だ」。くどいほど念を押されている。中国語通の菅原伍長はじめ、中国語、ロシア語に達者な同期生八人が選ばれていた。

「正規の憲兵を手配する時間がなく、われわれ新米が急きょ動員されたようでした」

出発時刻は「八月九日午前十時」と知らされた。ソ連軍侵攻から約十時間が経過していた。

菅原幸助

新京市内には警戒警報、空襲警報が鳴り響いていた。郊外の南嶺附近が爆撃を受けている最中での満州脱出特別列車であった。もっとも、ここらへんの菅原伍長の記憶は若干あいまいである。なにせ、新京郊外にあった関東軍憲兵教習隊下士官候補者隊にいて、この日、九日午前二時、爆撃音とともに「非常呼集」でたたき起こされ、「本日、ただいま、お前たちは任官だ」といわれ、「座金」の憲兵候補生（上等兵）から一挙に二階級特進して憲兵伍長となり、即、「特別列車の警護に行け」と、こうだったのだ。

肝心の特別列車の出発日について——。この特別列車に伍長と同じ関東軍憲兵教習隊の電話交換手、タイピスト、経理室勤務の計三人の女性が乗っていた。ごく最近、『満州楽土に消ゆ』発刊を機にこのうちの経理女性と連絡がとれたのだが、彼女の記憶とを突き合わせた結果でも、やはり「八月九日」との結論に達したということだった。また、出発時刻に関しては、たとえ後刻にズレ込んだとしても、八月九日の「日中の発車」だったとする認識に変わりはない。「夏の太陽が照りつける晴れの日でした」。（公刊戦史によれば、第一列車出発時刻は午前一時四十分の深夜であり、しかも「小雨降るなか」だったとする資料もある。この面からいっても特別列車と第一号列車とは別物だったことがうかがえる）

新京駅前広場は早くも近在から避難してきた居留民でふくれ上がっていた。朝鮮半島に向け南下する列車を求めて駅改札口に殺到するのだが、憲兵や警察官によって手荒く追い返された。「民間人は乗せるな」が上層部からの指示だった。避難順序「民—官（国策会社を含む）—軍」の建て前はハナから崩れていたのだ。そうした喧騒をよそ目に、カーテンを下ろして停車中の特別列車内では、生田省三憲兵少佐指揮のもと、菅原伍長ら新米憲兵八人が四班に分かれ、二人一組となって初仕事にとりかかっている。

例の「乗車証」の点検である。「いいか、持っていない者は容赦なく引きずり降ろせ」。そんなふうに命令されていた。車両は二十両編成。先頭は客車だったが、後方になるに従い無蓋貨物車が目立った。「使える車両なら何でも連結した感じでした」。菅原組は前から三班目、十一両から十五両が担当だった。全乗客数は「二千人」。これは噂だが、前部車両には関東軍総司令官・山田乙三大将夫人も乗っているとも聞いた。

乗車証には顔写真が貼ってあった。いちいち見比べてチェックしなければならない。時間に追われ、いきおい、口調もぞんざいになる。「乗車証を見せなさい」「よし、次!」。高位高官の家族といえど、憲兵の徽章、腕章の前におびえた表情があった。両肩から革ベルトをたすきにかけ、大型軍用ピストル二梃を吊っていた。そして黒色の長靴。

「一人だけ、この乗車証を持っていない平服姿の男がいましてねえ」

おっ、と険しい目を向けると、男は目を伏せ、内ポケットから身分証明書を差し出し、頭を下げる。「予備役の陸軍中将」とあった。現役(現職)でない予備役とはいっても、出るところに出れば、伍長の階級なぞ、ふっ飛ぶような超大物である。それが、いま、「見逃してくれ」といった格好で身体をすぼめている。そのとき、菅原伍長、二十歳。「あんたねぇ」(「閣下ねぇ」と言うべきかもしれないが)と、軍規云々を言う前に、その初老の男に「哀れ」をおぼえている。そして、黙って、次の点検に移ったのだった。

満州・朝鮮半島要図

さて、憲兵警護つきの特別列車は、人目を避けるようにして出て行っている。第一目的地は鮮満国境を越えた北朝鮮・平壌。だが、北上、南下と慌しい軍用列車の運行の合間をぬい、暴徒による列車妨害を警戒してのノロノロ運転が続くことになっている。「皇帝溥儀を住まわせる場所を準備中」という通化駅も通過した（皇帝溥儀の通化行きは十三日）。

新京を出て二日目の夜。鮮満国境近くで飲料水補給のため停車したときだった。水筒を下げて川に向かっていた一行に、いきなり、大鎌や丸太を振りかざした満人暴徒四、五十人が襲いかかってきた。十分に警戒したはずだったが、不覚であった。憲兵たちはピストルで応戦。列車の発車を急がせている。鍛えた身体のうえ、身軽の憲兵たちは飛び乗ったが、子ども連れはそうはいかなかった。「十人ほど」の母子が置き去りになった。月明かりのなか、鎌の刃先がきらめいた。絶叫を聞いたようにおもった。

ガケ崩れにも出くわした。破壊工作の疑いが濃厚だった。だが、そんな詮索よりも列車を走らせることが肝要だった。菅原伍長らは例の紙幣が詰まった軍用トランクを担いで近くの満人集落に向かっている。その札束と伍長の中国語で五十人ほどの作業員を集めることができた。列車の満人機関士にも逃げられた。これもトランクから「ワシづかみ」にした紙幣にモノをいわせ、運転代行役を見つけることができている。

平壌に着いたのは十四日のことだった。新京から平壌まで通常だと「半日の行程」なのだが、これだけの日数がかかったことになる。翌十五日正午、終戦の報――。だが、憲兵たちはあくまで「至上命令」遵守を貫くことにしている。列車を再編成し、朝鮮半島先端の釜山をめざし、そこから船で脱出するのだ。とりあえず、乗客たちを平壌市内の憲兵隊官舎に宿泊させた。この平壌滞在は約二週間にわたった。あとで述べるような予想外の出来事が起こったのと列車の手当てに時間がかかったためだった。この間、伍長は確認していないが、噂の山田大将夫人は平壌飛行場から日本の軍用機に乗って帰国したといわれる。例の皇帝溥儀の通化脱出を待ち受け、内地に亡命させるため待機していた飛行機だった。

終戦直後の平壌には、ソ連軍はまだ進駐しておらず（八月二十六日進駐）、のち北朝鮮の最高指導者となる金日成も帰国していなかった（九月二十二日平壌入り）。ただ、「日本負けた、朝鮮勝った」の反日のうねりは市内至るところに広がっていた。それは、やがて、軍人を含む全日本人に対する極端な暴力行為となって具現化していっている。

「三十六年の恨み」がこもっていた。

一九一〇年（明治四十三年）の「日韓併合」のことである。満州国は建国（一九三二年）後、わずか十三年で崩壊した。これに対して日本による植民地支配三十六年目を数える朝鮮半島では、それだけ「恨み」は根深かったということになる。中国共産党の東北抗日連軍に属する金日成の朝鮮人隊（第一路軍第六師）が満鮮国境地帯を根城とし、日本軍討伐隊と過酷なせめぎ合いを続けていただけに、北朝鮮では余計に反日感情が強かった。

北朝鮮威興郊外で野宿生活をしていた避難民グループは、木刀をもった自警団の男たちに「おれたちの生き血を吸ってきたお前らには恨みがある」「早々に立ち去れ」と威嚇されている。「日本の憲兵がやったことを、みなやってやる」とすさまじい拷問を受けた人もいる（『満州に残留を命ず』）。あまりのことに雄基から船で脱出した避難民の一団は、いざ船出のさい、「さらばラバウルよ」の替え歌である「さらば雄基よ、もう来るものか」と大合唱。せめてものウサ晴らしをしたという資料もある。

話は少し戻って、せっかく新京を脱出して平壌までたどり着いた特別列車の乗客たちだったが、思いもよらぬ出来事が起きている。

終戦の翌日、八月十六日。一息ついていた菅原伍長らに非常呼集がかかり、乗客宿泊先へ急げ、といわれている。そこには、あっと声を上げ、思わず足が震えるようなすさまじい惨劇が繰り広げられていた。あの「高位高官」の妻子たちが自殺を図っていたのだ。それも一人や二人ではなかった。手分けして各部屋を調べたところ、「七、八人」が布団の上に正座し、前に倒れたかたちでうつ伏せになっていた。菅原伍長は、小学生に入ったばかりとおもわれる男の子をピストルで撃ち、自身もノドから脳天にかけ弾丸を撃ち込んでいる母親を見ている。白装束だった。その白い衣装を赤く染め、布団からはじゅくじゅくと血の海が広がっていた。あとで短刀による自殺もあったとも聞いた。

「奥さんたちは新京を発つ時点で、ある程度覚悟していたんじゃないかなあ」「白装束も、拳銃も、用意していたんだろうね。避難の途中で敗戦を知ったら、軍人の妻として潔く自決せよ。そんなふうに言われていたんだと思いますよ。悲しい話だよねえ」

市中は日を追って物騒になっていく。平壌神社が焼き打ちされた。急がねばならぬ。憲兵たちは、手を尽くし、札束をちらつかせ、時に高圧手段に出て、新しい列車の編成に奔走している。自決者たちを火葬にして骨箱に入れ、食料も確保し、やっと平壌を離れたのは、ソ連軍部隊が全北鮮に展開する直前のこと。危ういところで日本降伏と同時に設置された米ソ軍の占領分担境界線である北緯三十八度線を突破できたのだった。

釜山に到着したのは九月初めになっていた。ここでトランクの底をはたき、「かなり大きな」漁船五隻を買い求め、朝鮮人船員を雇って玄界灘を渡り、山口県豊浦に着いている。新京を出て二十数日間に及ぶ大輸送作戦だった。

菅原伍長にしても「生きて帰れぬ」と覚悟していた内地への帰還だった。山形県鶴岡出身。十四歳で満蒙開拓青少年義勇隊の一員として渡満。五年間にわたって各地訓練所を回っているうち、中国語をおぼえた。現黒龍江省の開拓団にいて、十九年（一九四四年）九月、東寧近くの独立輜重兵第六十四中隊に入隊。初年兵教育が終わった時点で、「北京官語二等通訳」の資格を持っていたのを見込まれ、憲兵教習隊入りとなっていた。

原隊の中隊は沖縄にもっていかれ、玉砕している。きわどい運命の分かれ道だった。きわどいといえば、終戦後、憲兵出身者はソ連軍、あるいは北鮮の保安隊や自警団の目の敵にされていた。反満抗日運動を弾圧していたからだった。その反動で厳しいシベリア抑留生活を強いられた者は多い。長期「懲役刑」を言い渡された人も少なくない。ここらへん、菅原伍長は命令に従ったままでだったが、結果的にラッキーだったということになる。

こんな資料がある――。シベリア抑留中、その身分をひた隠しにし、二十二年（一九四七年）五月、一般兵に混じって舞鶴に復員してきた元チチハル憲兵隊憲兵伍長（菅原と同階級）は係官に驚きの表情とねぎらいの言葉で迎え入れられている。

「よく戦犯にならず……」「貴方は関東軍憲兵としてシベリア復員第一号です。ご苦労さまでした」（『平和の礎・シベリア強制抑留者が語り継ぐ労苦⑬』）

憲兵服の菅原幸助。帰国後に撮影されたもの

菅原憲兵伍長ら特別列車警護の憲兵グループは、なんと、その一年六ヵ月も前、早々に帰還を果たしていたことになる。

その後、庄内日報を経て朝日新聞記者となり、主として社会部畑を歩いた。関東軍の旧幹部にもたびたび会い、「終戦前後の満州」を取材し続けた。三度にわたったインタビュー相手には草地貞吾元参謀もいた。定年退職後は中国残留者救済で精力的に走り回り、現在、中国「残留孤児」国家賠償訴訟原告団の全国連絡会代表相談役。

「真っ先に逃げ出す関東軍家族らの手先となり、救いを求める多くの婦女子をほったらかして生き延びたんだからね。命令とはいえ、このことが、いつも頭にあって――」「軍用トランクの札束のこと？　満洲銀行券と日本銀行券の二種類があった。日本銀行券は朝鮮に入って有効だった。現在のお金に換算して、ウン億円はあったと思うよ。あの特別列車の逃避行で全部、使っちゃった。随分と派手なことをしたもんだ。おかげで、そのあとは、すっかり金運に見放されちゃってサ」

特別列車で避難した人々の顔ぶれ、人数、行方不明者、自決者の身元など随分と調べたのだが、とうとう正確なところは分からずじまいに終わった。おそらくは「軍用列車」の名目のもと、特別に仕立てられたものではなかったか。そんな話であった。

満鉄社員は現地死守せよ

第二章の「満州航空の翼」で、終戦を知らずに転戦を続ける第百七師団の捜索に向かった満州航空機を取り上げたが、ここで取材ノートを整理していて、次のような文章がぽつんと未整理のまま残っているのに気づいた。昭和二十年八月二十九日の救出劇で活躍した滝沢美喜代操縦士の手記（『満洲航空史話』所載）の末尾にある「追記」の数行で、捜索基地としていた王爺廟飛行場におけるメモである。こう書かれてある。

「八月三十日　ソ連小型連絡機に薬袋少佐が搭乗して現地（百七師団所在地）を往復する。八月三十一日〜九月一日　王爺廟滞在。廟見学を申し出るが、ソ連側は言を左右にして許可しない。あとで、廟附近でソ連兵による大量殺人があったことが分かる」

この数行のメモがこれまでの記述の過程で消化されずに残っていたのだが、「大量殺人」とは穏やかでない。気になっていた。文脈からいって被害者は日本人であろう。ここで調べてみたところ、在満日本人避難グループの中で最大級の悲劇を生んだ「葛根廟事件」に突き当たった。終戦前日の八月十四日、王爺廟（興安）からの婦女子を中心とした千数百人が葛根廟附近でソ連軍戦車隊と遭遇。民間人だけの隊列に一方的な攻撃が行なわれ、全滅に近い被害が出た事件である。暴徒の襲撃も加わり、絶望の果てに自決者も相次いだ。

「戦車は今にもつかみかからんばかりの勢いで眼前に迫り、あたり一面ごうごうと響く中で、戦車砲はどかどかと火を吹き、バババババと連続して戦車機関銃も鳴り、びゅんびゅんと頭上を飛ぶ弾の音」「おじさんが銃弾を受けて亡くなり～おばさんは生きていく気持ちも絶たれ～手拭いで赤ちゃんの首を絞め、次に坊やを絞めた」「おばさんの顔は死人のように青く、一点をにらみ、微動だにしなかった」（大嶋宏生『コルチン平原を血に染めて』）

生存者わずか約百五十人と伝えられる。戦後、日本で出された記録、著作類のすべてがこの葛根廟での惨劇を「虐殺事件」として厳しく糾弾するゆえんである。滝沢操縦士メモは、ソ連側もさすがに気になったらしく、事件直後から周辺立ち入りを禁止していたことをうかがわせる内容だ。あるいは武装解除されているとはいえ、まだまだ元気さが十分に残っていた百七師団の兵隊に知られたらヤバイと思っての処置だったか。その後、ソ連がこの事件をどのように総括したかについて知りたいところだが、残念ながら資料は見当たらない。それにしても滝沢操縦士メモにある「大量殺人」という言葉がリアルである。

王爺廟周辺では、東京荏原郷開拓団（九百人）や仁義仏立郷開拓団（七百人）らが全滅状態となった。また前項の菅原憲兵伍長が農業実習したことがある哈達河開拓団は集団自決（麻山事件、四百人）によって壊滅しており、その悲惨さと傷ましさには言葉もない。

満州は広い。辺境に点在していた開拓団避難民たちの唯一頼りの足は南満州鉄道（満鉄）だった。葛根廟事件でも、途中予想される暴徒の襲撃を警戒した避難民は、最寄りの興安駅乗車を避けて迂回ルートをたどり、懸命に葛根廟駅をめざしていた。だが、そのころともなると、避難民はいずれの駅においても命令により南下して新陣地に向かう軍隊とハチ合わせとなり、置いてけぼりとなるケースが続出していた。ここでも、のちのちまで「関東軍は避難民を見殺しにした」という非難につながることにもなっている。

たとえば葛根廟駅近くのチチハル駅頭の混乱ぶりに関して、こんな資料もある。

「北や西の国境線から南下してくるそれぞれの列車には、国境守備隊の大移動のため、兵器や軍需資材が満載されていて、かれら（チチハルから乗車の軍人家族）を収容するだけのスペースなんか、ほんの少ししかなかった～結局、避難できたのは高級軍人の家族だけだった」「一般民間人はもちろん、満鉄や公社関係の家族たちでも、チチハルを脱出した人は、おそらくごく限られた数ではなかったろうか」（小出綾子『女虜囚記』番町書房）

「我が（チチハル駅）配車科には供用令により矢継早に軍専用引込線に軍臨列車の編成を発令され～現場機関は大混乱に陥っていました」「（そんなところへ）輸送指揮官は、なんと、兵器弾薬積載車両の解放（引き離し）を強要するのです」「（かくて軍用臨時列車は）軍用列車という名を借りた軍人、軍属家族たちの引揚げ列車に成り下がっていました」「己さえ安全圏に退避すれば、と思われる我田引水的な軍の行動には哀れみさえ感じたくらいで、こうして我々社員やその家族を含め一般邦人は置きざりにされ、その不安は頂点に達しました」

（満鉄大連鉄道学院運輸科第30期『賛助会回顧』）

置き去りにされた側からすると、「恨みは深し」避難列車ということになるのだが、もちろん、これは満鉄駅員の責任ではない。ここで、しばらく、満鉄沿線の駅員の立場から見た避難列車の動きを追ってみたい。

ハルピンから牡丹江を経由して国境の町・綏芬河に通じる浜綏線綏陽駅は最終駅の綏芬河駅ひとつ手前の駅だった。

赤嶺新平

第三章「国境守備隊の最後」の「ソ連版真珠湾攻撃」で紹介した気象隊柳田昌男一等兵の語りにあったように、ソ連軍侵攻の日、二十年八月九日を待たず、綏芬河とともに前夜の八日夜からドカドカッとやられた町が広がっていた。

かつて一帯には関東軍の精鋭部隊が展開していた。先にも述べたように、一旦緩急あらば、「北進せよ」との命令一下、ウラジオストク占領を果たすべく猛訓練を重ねていた部隊だった。しかし、その多くが激戦のフィリピン戦線に引き抜かれ、勝手違う酷暑の地で苦戦することになった。兵隊たちは北の満州をしのんで歌っている。（綏芬河小唄　西条八十作詞、佐々紅華作曲）

流れ流れて綏芬河　月も冷たい　国境《くにざかい》
苦労しろとて　母さんが　生んだ私じゃないけれど

もともとは芸者の悲恋物語を題材とした歌といわれるのだが、満州の地名が巧みに織り込まれているところから、苦境にあった元関東軍兵士たちは自分の境遇と重ね合わせて口ずさんだにちがいない。（拙著『生き残った兵士の証言』参照）

さて、その綏陽駅のことだった。

赤嶺新平助役（84）＝写真＝は、運命の八月八日夜から九日朝にかけては当直勤務だった。駅舎で仮眠中、「助役さん、助役さん」と不寝番の駅員に起こされた。耳を澄ますと、町の上空を低空で飛行機が飛んでいるとの報告。九日午前零時半過ぎのことだった。町の上空を低空で飛行機が飛んでいるとの報告。九日午前零時半過ぎのことだった。国境や町はずれで「落雷のような響き」が連続している。当直責任者として牡丹江鉄道局に急報すると、「国境地帯でわが軍交戦中。鉄道輸送は軍の野戦鉄道司令部の指揮下に入れ」との返事だった。おまけに「満鉄社員は現地死守せよ」なんて言うのである。

身震いする思いだった。これが武者震いというものか。半面、「なに、無敵関東軍がいる。すぐ追い払ってくれるさ」とも思っている。新設の第百二十四師団歩兵部隊が駐屯していたからだった。だが、夜明けとともにソ連軍機による本格的な爆撃、機銃掃射が行なわれるようになり、綏陽市街上空に黒煙が立ち上りはじめた。また地区憲兵隊、特務機関が自動車で「逃亡した」という報告もあったから、「おい、おい」。にわかに慌てている。

第百二十四師団の主力は綏陽から約八十キロ後方のムーリン台地で新陣地を構築中だった。師団長椎名正健中将は掖河で開かれていた第五軍司令部の兵団長・直轄部隊長会同に出席していて不在だった（あの虎頭要塞守備隊長西脇大佐も参集）。なにもかも後手後手に回っているうち、ソ連軍侵攻を迎えたことになる。夜が明けて九日朝の綏陽駅には早くも避難を急ぐ居留者が集まり始めている。駅員たちも不安気な表情で続々と出勤してきた。

午前七時過ぎ、国境の綏芬河駅から避難列車が脱出してきた。屋根の上、デッキも避難民で鈴なりである。綏陽からも乗れるだけ乗せた。車掌に聞くと、綏芬河では在郷軍人と鉄道警備隊が立ち向かっているが、苦戦中ということだった（のち全滅）。

八時半、駅員全員による定例の「朝礼点呼」。夜勤組と当日組が交代する。赤嶺助役は非番となったが、休むどころではなかった。軍が仕立てた陸軍病院患者輸送列車に強引独断で避難車両を連結し、途方に暮れている避難民を乗せている。なんでもないことのようだが、軍用列車に一般車両をつなぐことは「鉄道運輸規則」の重大な違反行為であった。

このころ、撤退を急ぐ柳田一等兵らの気象隊が「汽車で牡丹江へ」とトラックに便乗してやってきている。ここで柳田一等兵は感動的な光景に出会っている。時刻や目撃内容が少々実情と合わない部分もあるようだが、綏陽駅員の心意気を伝える貴重な資料とおもわれるので、柳田昌男『ムーリン河』の一節をそのまま紹介すると――、

「プラットホームを進むと、そこには、満鉄社旗を中心にして日本人をはじめ満人を含む駅職員約二十人が満鉄社歌『東方より光は来たる』を整然として合唱していた」「国境の綏芬河からは早朝一本の汽車が到着したのみで、その後は着かないし、また通信も駄目とのことである。将校や班長は日系（日本人）職員に対して～『われわれのトラックで一緒に後退しよう』としきりに勧告しているが、彼らは『任務のためここを死守する』といって聞き入れない」「年齢十七、八歳位の少年に『兵隊さんと一緒に牡丹江市に行こう』と話しかけたと

ころ、赤銅の顔に笑顔をうかべて『線路が復旧したらまた汽車が通るから、それまで頑張る』と健気な返事をする」「軍隊でも状況が悪いと判断し、後退を企画しているのに、この無邪気な少年はまだ軍隊の健在を信じ、彼の先輩を信じ、いささかの動揺も来たしていない。こちらが恥ずかしくなるほど立派である」

その後、赤嶺助役ら綏陽駅員は「もはやこれまで」と列車を仕立て、駅舎を焼き、線路伝いに徒歩で行く避難民たちを収容しつつ、牡丹江に向け脱出している。車窓から（既述の）やがて激闘の場となるムーリン台地で陣地構築を急ぐ諸部隊兵士の姿が見えたのだった。

鉄路こそ我が命

原　時重

その日、八月九日朝、満鉄牡丹江鉄道工場勤務、原時重社員（78）＝写真＝は、休暇を取り、陸軍少年戦車兵学校受験のため、試験会場の牡丹江憲兵隊に向かっていた。

未明から空襲警報のサイレンがうるさかった。気のせいか、遠くで爆撃音が聞こえるようだった。「またアメリカの爆撃機か」。前年末、奉天がやられたことがあった。このとき、満州国軍蘭花特攻隊が敵B29機に対して敢行した体当たり攻撃は全満日本人居留民の血をわきたたせた。先に述べたように蘭の花は満州国の国花である。

「花は散るこそ生命なれ……その名は永久に芳ばしき　蘭花特別攻撃隊」

歌にまでウタわれ、その感動がたいへんに大きかったものだから、今回も米軍機の襲来と思ったのだった。それが――。で、結局、少年戦車兵になる夢は絶たれてしまった。試験会場である牡丹江憲兵隊では「ロスケ（露助）がやって来た」「試験どころではない」と目が吊り上がっていたからだった。このとき、原社員、十六歳。「軍国少年でしたから」

昭和十八年（一九四三年）四月、「海外雄飛」「満蒙開拓」を夢見て、故郷広島を飛び出し、満鉄大連鉄道工場技術員養成所に入所した。二年制の養成所だったが、折から太平洋戦争たけなわ。養成所教育は半年繰り上げ卒業となり、十九年十月、牡丹江に配属されていた。なお、大連鉄道工場養成所は明治四十三年（一九一〇年）の創設。歴史と伝統を持つ満鉄技術マン養成機関だった。（満鉄創立は明治三十九年）

余談になるが、「五族協和」「王道楽土」とかいった紋所を背負っていただけに満鉄マンの職場に懸ける意気込みにはたいへんなものがあり、社員教育にも力が入っていたようだ。草柳大蔵『実録満鉄調査部・下』には、こんなエピソードが記されている——。

ある入社早々の学卒見習社員が現場実習を受けていたさい、なにげなく、そばにあった鉄路の転轍器に触れようとした。すると、満人の転轍手が顔色を変えて飛んできて、「それ、だめです。（満鉄）総裁からのお預かりものです」と言って、シロウトには決して触らせようとしなかった。見習社員は「この一事に満鉄教育のものすごさを感じるとともに、これはえらいところに就職した」と、カルチャーショックを受けたという話だ。

同じような記述は前項で記した綏陽気象隊柳田一等兵の『ムーリン河』でもみられる。綏陽駅員が兵隊の説得にも応ぜず、職場を離れようともしないことについて、「このわずかな人数では、敵の攻撃に対してとても持ちこたえられるものでないことは火をみるより明らかである。それにもかかわらず、職場を離れないという強固な責任観念を、かくまで涵養した満鉄会社に私は驚くとともに、畏怖すら感じた」

ちなみに満鉄大連鉄道学院運輸科第30期『賛助会回顧』によれば、全社員のうち、満人従業員は六十五パーセントを占めていた。先の原社員は、「カタコトの日本語」で作業の手ほどきをしてくれ、あるいは日本人先輩のシゴキに苦しんでいるのを慰めてくれた満人社員の幾人かを感謝の念とともに懐かしく記憶している。

おいしいハナシばかりではない。

これまで全従業員をひっくるめて「社員」という言葉で紹介してきたが、その実、身分制度は厳しかった。下から順に、傭員、雇員、準社員、社員、副参事、参事……といった階級があり、日本人は雇員からだが、満人や朝鮮人は最下級の傭員からスタートせねばならなかった。「朝鮮人は最低の仕事。危険な仕事をやらされる」「満人は職場の清掃線路工夫」。あるいは駅員休憩室も同じではなかった。朝鮮人用休憩室に遊びに行ったら、先輩から注意された。理由は「朝鮮人たちも（気安く）日本人用休憩室に来るようになるから」だった。（浜口潤吉『満鉄少年社員の敗戦日誌』東京図書出版会）

満鉄の快速花形列車アジア号

　圧倒的兵力で侵攻するソ連軍を前にした満鉄幹部社員の狼狽ぶりも記さねばならない。「関東軍同様、満鉄の家族も早々に避難した」という非難の声があるのだ。これは前項で登場してもらった綏陽駅・赤嶺新平助役のことだが、駅舎を焼き払って命からがら牡丹江まで脱出してきたというのに、直後、牡丹江鉄道局長名による「赤嶺助役は七星駅に赴任せよ」という命令が下りている。げえー、と思ったが仕方がない。二十三歳。一人身だったから、なんとかやってくれるだろうということなのか。だが、そのわずか半日後、ソ連軍戦車に追われてふたたび逆戻りしてみると、牡丹江鉄道局はモヌケのから。命令者も雲をカスミだったから、一般避難民ならずとも、これが怒らずにおられよか。

　このときのソ連軍戦車隊との遭遇がすごかった。七星駅は牡丹江駅から北へ五つ目の駅だったか。そこをめざし、やりくりして編成した列車で北上していると、すれ違う列車という列車に第一線から後退してくる将兵があふれんばかりに乗っているのに気づいた。最前線はすでに崩壊しているのだ。そこへ非戦闘員の駅員がのこのこ出かけて行くという図はどうみてもゾッとしない。目的地の七星駅ひとつ手前の仙洞駅に着いたとき、左側線路に南下する日本兵で満員の列車が進入してきた。

　と、こんどは右側線路わきを走る街道の向こうから砂塵を巻いてやってくる多くの車両が見えた。ソ連軍の戦車群だった。一直線でやってくる。だから、上空から眺めると、北上する赤嶺助役の乗った列車を挟んで、左側の線路を日本軍満載の列車、右側街道をソ連軍戦車隊の縦列が一斉に南下していることになる。赤嶺助役の列車は、ただひとり、南へ下る水流の真ん中を抜き手を切って北へ向かっているといった格好なのだ。このとき、日ソ両軍が撃ち合っていなかったのは、日本軍は掖河集結を急ぎ、一方のソ連軍は牡丹江鉄橋を撤退する日本軍によって落とされる前に通過したかったからだったとおもわれる。（のちソ連軍到達直前、日本軍が鉄橋を破壊した）

ところが、ここでマズイことが起きた。赤嶺助役の列車に乗っていた戦闘経験のない鉄道警護隊がソ連戦車隊に向かって軽機関銃と小銃による発砲を開始したことだ。そっとしておけば見逃してくれたと思われるのに、たいへんなことになってしまった。水流から飛び出した川マスのように、二、三両の敵戦車が隊列から躍り出たかとみると、即、戦車砲で反撃してきた。初弾から機関車のボディに命中。たちまち猛烈な蒸気を吹き上げて機関車は立ち往生。続いて、第二弾、第三弾――。

赤嶺助役は大分県の夜間中学を出て「雄飛」を胸に満鉄に入り、牡丹江鉄道教習所を経て列車車掌になり、苦学して助役試験をパスし、「さあこれからだ」というところだった。炎上する車内で、一瞬、そんなことを思っている。ともかくも、そんな具合で七星駅赴任はパーとなり、出発したその日の八月十一日深夜、徒歩でよれよれになって元の牡丹江まで戻ってみると、管理職の多くがいなくなっていたという図になる。ヒラの駅員が「鉄道局おエラ方の逃げ足の早さったら」と、ぶつぶつ言いながらも、各地から徒歩や馬車、荷車で続々と集まってくる避難民をさばくため、懸命に列車の編成に取りかかっていた。

翌十二日、米村茂牡丹江市長名で「市民総撤退命令」が出ている。これにより、残っていた一般市民のほぼ全員が「数日間」のうちに、牡丹江駅ヒラ駅員の努力の結晶ともいえる避難列車で南満方面に向かっている。その「数日間」というのは、あの「磨刀石の戦い」で身を挺して戦った石頭予備士官学校生徒らの働きが支えてくれたものであった。

赤嶺助役も後を追うようにして牡丹江を離れた。撫順まで行ったところでストップし、ここで一冬の苦しい生活を強いられた。そんな具合で「軍人も鉄道局も、日ごろ威張っていた奴が一番先に市民や部下を見捨てて逃げた」と、いまなお、怒っているのだ。

念のためつけ加えると、戦後混乱期の一年間、多くの満鉄マンが鉄道運営を支え続け、終戦翌々年の二十二年、残留希望者を除く山崎元幹総裁ら全社員が引き揚げている。

「中国人、ソ連人どちらの技師も工員も完璧に列車を動かすだけの技量を持っていないことがわかってきた」「ソ連は（元満鉄の）日本人従業員たちを以前の職場に復帰させ、彼らにちゃんとした賃金を払うようになった」（W・F・ニンモ『検証―シベリア抑留』）

避難列車の話に戻って、そのころ、本項冒頭で紹介した牡丹江鉄道工場勤務の原時重社員ら男性社員たちは、家族や職場の女性陣を避難列車に乗せたあと、そのまま居残るかたちで、工場の破壊準備作業を急いでいた。（のち工場爆破）

修理機関車を吊り上げるクレーンを支える鉄筋コンクリート製支柱に穴をあけ、爆薬を詰めるのである。そのうち、どこで調達してきたのか、原社員ら若手・独身組「青年隊」約三十人に軍用の銃剣も渡された。これを木銃の先端にくりつけて「ソ連軍に突撃、一人一殺せよ」なんて、幹部が訓示を垂れる。すでに市外東方の空は真紅に染まっていた。東方戦線は磨刀石から掖河へと移動し、確実に牡丹江に近づきつつあった。

十四日朝、またまた青年隊集合で、こんどは「駅周辺の社宅焼き払い」命令が出た。続いて満鉄直営生計組合（スーパー）にある食料搬出命令も出されたから、なんのことはない、殺人予備、放火、強奪等をいっぺんに学習させられたことになる。その間にもソ連軍機による爆撃もあったから、青年隊全員が「興奮と恐怖」で身震いのし通しであった。

同日午後四時過ぎ、工場総員撤退命令――。残存していた車両をかき集めて列車を編成。牡丹江市街上空を覆う黒煙を背に駅を離れている。まさに「落武者」そのままの姿だった。

なお、米村市長ら市要人は、このあと、最後の列車で南下している。（米村は熊本出身。その行政手腕を含め、かねて評価の高い人物だった）

原社員らの避難列車はハルピン経由で新京をめざした。最終的にはその新京で苦しい難民生活を送ることになったのだが、途中の避難列車から見た「忘れられない」光景について、手記「１９４５年」の中で次のように記述している。

「（沿線には）多数の開拓団が入植していた。終戦間際の根こそぎ動員で屈強な男たちを召集され、ソ連軍侵入で避難が遅れた開拓団の婦女子は、幼子の手を引き、奥地から苦難を続け、鉄道線路めざして出てきていた。そして通過する列車に乗車を請うた。私たちの列車が何度目なのか分からないが、私の目前、手の届くところで、婦人たちは必死であった」「だが、若輩の私に何の権限があろう。その願いを叶える力はなかった。許してほしいと、せめての思いを込め、車窓から食料を投げ与えた」

「日中国交正常化後、肉親を求め、訪日する中国残留孤児の姿がテレビで放映される。走行中の列車を必死で追い、手を振る姿が目に浮かんでくる。その都度、当時の状況が脳裡をかすめ、涙を流している」

第六章　長期刑の不条理

一方的な戦犯製造

ずっと気になっている写真があった。

掲載の写真で、いくつかの資料で目にすることができる。これに付随する説明文は、たとえば、平成七年三月八日付西日本新聞では「旧満州で武装解除された関東軍兵士たち。帰国を信じ表情に明るさも……（ノーボスチ提供）」とあり、光人社『あゝハイラル 第八国境守備隊顚末記』（平成四年三月刊）では「武装解除された日本兵たち。その後、シベリアへ抑留され、強制労働をしいられた……」となっている（ノーボスチはソ連通信社）。ほぼ同じタッチで説明されているのだが、どういう状況で撮影されたのだろうか。一見、随分と和やかな情景なのだが、本当のところ、どうだったのだろう。

笑顔で語りかけるソ連軍将校。日本兵の心境は……
（「あゝハイラル第八国境守備隊顚末記」より）

ひょいとしたきっかけで写真左下手前の人物のことが分かった。綏陽陸軍病院衛生隊、浜田重義少尉(83)。撮影場所は牡丹江から東京城を経て真南に位置する吉林省敦化。陸軍病院があった綏陽は前出の赤嶺新平助役がいたところでもある。浜田少尉はその綏陽から激戦地・牡丹江掖河で戦い、その後は徒歩で南下、敦化に到達したということだった。

お身体の調子がいまひとつで、当方の無理な願いに短時間だけ電話で応対してもらった。以下、そのときの電話取材メモによれば――、

ソ連軍将校がやってきて「みな集まれ」「ロシア語ができる者はいるか」と言う。だれも申し出がなかったので、「ブロークンでもよかったら」という意味合いを込めて手を上げたら、「どこで覚えたか」と尋ねられた。兵隊たちの手助けになれば、といった程度の軽い気持だった。写真はこの問答中に写されたものとおもわれる。

満州国立奉天工大機械科卒。在学中、ロシア語を多少かじっていた。昭和十九年召集。衛生兵から幹部候補生を経て見習士官になり、綏陽の衛生部隊に配属された。ソ連軍と戦闘状態になってからは、押されに押され、掖河からの逃避行はたいへんだった。右足首を撃たれ、山中で三日間、出血が止まるのを待った。「そこは衛生隊で包帯とヨーチンは持っていた」。都合一週間をかけ、集合地とされた敦化にたどり着いたということになる。

この直後に課せられることになる「シベリア抑留」「強制労働」といった事態は頭の中をかすめもしなかったことだった。すぐにでも実現するであろう故国への帰還を思ってか、若干屈折した表情ながらも周囲の兵たちの明るい笑顔が痛ましい写真である。

――ソ連最高指導者スターリンは一連の満州侵攻が終了した二十年九月三日、ソ連国民向け布告を出している。（鹿島平和研究所編『日本外交史第21巻』）
「日本の侵略行為は露日戦争に始まり～ロシアから南カラフトを奪い、千島列島に根をおろし～ソ連カムチャツカ、北氷洋の諸港に至るあらゆる出口を封鎖した～露日戦争の敗北は我国に汚点を留めた。我々は日本が撃破される日を待ったが、それが今日来た」
あるいは「日本軍は（革命前後の）国内戦のとき、ソ連極東でかなりの間支配した。いまその軍国主義的意図に終止符が打たれる。借りを返すときだ。さあ、返してやる」（V・カルポス『スターリンの捕虜たち』）とも述べている。
つまりは、日本には積年の恨みがある。（借りを返す、という表現には戸惑わされるが）ツケを払わせてやる、ということになろうか。だが、その日ソ中立条約違反、千島列島の不法占拠、シベリア抑留等のいずれもが著しく不当な行為であり、今日なお、たとえば、いわゆる北方領土をめぐる争いにみられるように両国間に横たわるトゲとなって残されているものだ。このうちソ連による中立条約違反に関しては、日本側にも条約そっちのけの対ソ武力行使計画があったし、それに基づく関東軍特種演習（関特演）もあったではないかという意見がある。だが、計画は政府や大本営の内部の話であり、また関特演にしても満州内部におけ る行動であって、一歩踏み出してなんらかの対外行動があったわけではない。その間、ソ連は常に日本側を上回る大兵力を国境に張りつけ牽制し続けていたのだから、ここから日本の中立条約違反問題云々は生じようがない。

武器を置いた日本軍将兵に対するソ連側の処遇には理不尽極まりないものがあった。そこらあたりを公刊戦史『関東軍②』に語ってもらうと――、

「復員を認めず、そのまとまった作業力を利用することにおおわらわになった」「編成人員に不足がある時は市民にまで手を伸ばし～いわゆる『軍人狩り』『男狩り』がこれであって～このほか満州国、同協和会、警察官、特殊会社などの各日系職員、殊に重要な職域の幹部は逐次ソ軍によって逮捕された」「ソ領内への移送は八月下旬から翌昭和二十一年夏秋の候に及んだ。作業大隊の編成は、東満、北満、中・南満、北鮮の四地域において行われた～この地域における約五十万二千名に、カラフト・千島地区の約六万八百名を加えた集団は、シベリアをはじめとして外蒙古、中央アジア、欧ソの各地に分布された」

「収容所の多くは冬季零下三〇～四〇度の酷寒地にあり、不十分な防寒被服及び暖房設備と燃料に加えて、常に質量ともに不足がちな食糧のために必要最小限のカロリーも得られぬ状態で、体力の消耗、栄養の失調を来し、これに乗ずる伝染病患者の発生のため犠牲者が多発した」「しかも医師、看護人、医薬品のはなはだしい欠員・不備のため、患者に対する治療が不十分なるを得ず、約一一年間におけるソ連・外蒙における死亡者数は約五万五千名（入ソ者の約一〇%）に及ぶものと推定された。これにカラフト・千島地域（それに北鮮）の死亡者を合するならば、その数はさらに

椎原芳郎

多くなる」

旧厚生省資料によれば、関東軍将兵と居留民を合わせて、戦闘間における死者六万、終戦後の死者は十八万五千、合計二十四万五千。これに抑留中の将兵死亡者を加えると、総数で三十万人の方々が満州と周辺地区、ソ連領で亡くなったことになる。将兵の死だけでも、あのインパール作戦（約七万）をはるかに上回っているとみられ、その多くが戦後の不法な抑留生活で倒れていることに思いを馳せるとき、申し添える言葉も見つからない。

また、ソ連兵の乱暴狼藉、満州国財産の収奪もまた、現在なお、日本人はもちろん、中国人たちの間にも大きな傷跡を残しているものだ。独立守備隊歩兵第十三大隊、椎原芳郎兵長（84）＝写真＝は、シベリア・チタ郊外の収容所で抑留生活を送ったのだが、ソ連兵士の「卑劣な」所持品検査をよく覚えている。時計や万年筆を真っ先に取り上げ、それでもあき足らず、いくども家探しして私物を没収するのだ。「トウキョウ・ダモイ（帰国）の言葉になんどだまされたことか。そのたびに希望を失い、気力つきた者も多かった」「死者の半分は現地召集の老兵で、鍛錬されていない初年兵の二等兵でした」。椎原兵長は「スターリンめ、必ず仇を取ってやる」と心の中で叫んでいる。（拙著『兵士の沈黙』参照）

戦後も十七年経った三十七年（一九六二年）夏、神奈川県の国鉄鶴見駅で、長尾和郎元兵長は、六年間をシベリア収容所で過ごした戦友に出会っている。伊那節のうまかった「紅顔の美少年」の顔は「収容所の疲労と栄養障害の傷跡」で大きく変貌していた。最寄りの喫茶店内で、ひととおりの話が終わると、いきなり私の両手を握り、「生きているうちに、一度、露助の首っ玉を地面にたたきつけなければ、死に切れない」といって、大粒の涙をこぼして号泣した。十七、八年ぶりに生き残りの戦友に会え、思い切り熱いものを吐き出したかったに違いない。私も泣いた。（長尾和郎『関東軍軍隊日記』経済往来社）

一方、中国側の資料には、こんなものがある。

「ソ連軍が満州に入った時点から、その相当数の将兵は直ちに横暴な行為を露骨に現した。敗戦した日本人に略奪や暴行を振るっただけでなく、同盟国の中国の庶民に対しても悪事をさんざん働いた。とくに略奪と婦女暴行の二つは、満州の大衆に深い恐怖感を与えた」「（加えて）機械設備を持ち去ったことは中国人に極めて強烈な反発を引き起こした」「鞍山製鉄所、瀋陽（奉天）軍需工場、小豊満水力発電所などでは、『無償に』返還されたのは空っぽの建物だけで～家具類でさえ持ち去られていた」（徐焔『一九四五年満州進軍』）

そうしたなかで、ひときわ際立つ特異なケースとして抑留者に対する「戦争犯罪人」扱いがある。それにひっかかって長期抑留を強いられた人たちで結成する「朔北の会」の資料によれば、抑留そのものが「成ルヘク速ニ俘虜（捕虜）ヲ其ノ本国へ帰還セシムヘシ」とのポツダム宣言違反であるのに、ソ連は戦犯を「製造」し、受刑者「囚人」として取り扱った。その数は「三千人前後」とみられる。受刑者たちは囚人収容所に入れられ、長期にわたる矯正労働（強制労働）に服すことになったのだった。

「該当者は日ソ開戦後における行為よりもむしろ戦前に属するものが大部分であり、要するにソ連側において反ソ的と考える行為全般に及び、摘発された者は一般から分離し、収容所または未決監に収容」「受刑者の大部はソ連の平時国内刑法第五十八条中の資本主義援助・スパイ工作の罪状により刑期が決定（最高二十五年）された」（『関東軍②』）

繰り返すと、これら「戦犯」は、一般に理解されているような極東軍事裁判で罪状を問われたA級戦犯のような人たちではなく、あくまでソ連側が一方的に「製造」したものなのである。あの圧倒的な機甲兵団を先頭に侵攻して来たソ連軍に対し、それも短日のうちに終わった満州の戦場において、日本軍が「戦犯」に指定されるような状況を生み出すヒマがあったとは到底考えられない。ましてソ連領には一歩も足を踏み入れていないのである。

いわゆるシベリア抑留者の多くは二十四年（一九四九年）末ごろまでに帰還しているが、これら長期刑受刑者の帰国は二十八年十二月以降となり、最終の釈放者グループが懐かしの故国の土を踏んだのは三十一年（一九五六年）十二月のことだった。

恐怖の「ゴパチ」刑法

話は少し前に戻って、寝耳に水のソ連軍満州侵攻で大混乱に陥った日本軍将兵や居留民たちだったが、間もなく流れてきた意外なニュースを耳にして「おっ」と思っている。「ワガ軍ウラジオストクニ敵前上陸セリ」「関東軍がハバロフスク、ウラジオストクを占領。進撃中」「連合艦隊、ウラジオストクに向かいつつあり。陸戦隊上陸の見込み」

まことに景気のいいハナシもあって、「流言ヒ語の類だろうが」「まことしやかな噂が」と断わりながらも、多くの戦記や体験記類で「久々の快ニュース」として記述されているところだ。うちひしがれ、絶望の淵にあった人たちが「根も葉もない噂」とは思いながらも、ワラにもすがりたい気持で耳を傾けたことを物語っている。

だが、どっこい、これにはちゃんとしたネタ元、情報発信源が存在していたのだ。情報といってはなんだが、「根も葉もあるウワサ」だった。仕掛け人がいたのである。

満鮮国境の間島地区にあった関東軍情報本部間島支部（間島特務機関）は、急きょ編成された第二特別警備隊の諜報中隊・遊撃中隊の中核として行動することになった。ソ連軍侵攻の翌日、伝単（宣伝ビラ）を散布するとともにアドバルーンを上げ、「満州内の人心を収拾する」ことにしている。アドバルーンには「赤魔B懲」「日本軍百万浦塩（ウラジオストク）上陸」と大書されてあった。（『全記録ハルビン特務機関』）

掖河にいた牡丹江支部（牡丹江特務機関）宣伝班でも「日軍、ウラジオストク上陸」「日軍、カラフト占領」のロシア語伝単を気球に装置し、ソ連軍部隊の上空に飛ばしている。夜には、やはり敵陣地に向け、ロシア語による「日本軍大反撃」のニュースを放送した。

以上のようなことが先の怪ニュースの流布につながったものとおもわれるのだが、ロシア語の伝単を気球散布した牡丹江特務機関の鏡清蔵機関員は、こうした宣伝戦は「味方が優勢か、あるいは膠着状態のときに効果がある」のだが、ソ連軍の一方的攻勢という状況の中では「効果はどうだったか」と疑問符をつけて記している。（『シベリア抑留八年』）

そんな具合だったが、戦後、ウラジオストク近くの収容所にいた鏡機関員は「ソ連軍が満州領内に進攻したさい、掖河正面に於いて宣伝謀略を実施し、心理的影響を与えた」として逮捕されているから、こんな割りの合わない話はなかった。そして出された判決は「強制労働二十五年」というベラ棒なものであった。前項でも触れたが、ソ連邦刑法第五十八条四項「資本主義援助」に抵触するというのだ。

抑留者の間で恐怖感とともに「ゴパチ」と呼ばれていたこの刑法第五十八条は、元はといえば、一九二七年（昭和二年）に施行された法律で、革命後、成立したばかり（一九二二年）のソビエト社会主義共和国連邦に反対する国内の危険分子を排除するための法律だった。「内外の敵に囲まれて発足したソビエト政権にとって、外に対する急速な軍備の充実と、内に対する仮借ない弾圧は、その出発時からの体質であった」「逮捕状なしの拘禁、裁判なしの自由剥奪、自白のみの処刑など、近代法の原則を全く無視した刑事政策がとられ」「このような近代以前的刑事政策の改革はスターリンの死後ようやく発足し、一九五八年（昭和三十三年）から六一年にかけて行われた」（『シベリア捕虜収容所・下』）

問題の第五十八条は一項から十四項まであり、スターリン政権に不都合な者に対しては、そのいずれかの項目が適用できるようになっていた。たとえば、鏡機関員がひっかけられた第四項「資本主義援助」は、極言すれば、いわゆる資本主義国に住んでいるもの全員が該当するという始末におえないものだった。ほかにも六項（スパイ行為）、九項（反革命の意図による爆破、放火）、十四項（反革命的サボタージュ）などがあり、苦しめられた日本人抑留者は多い。この法律で受刑した抑留者のことをソ連側は戦争犯罪人、「戦犯」と呼んだのだが、その呼称が著しく不当なものであることはいうまでもない。

井上平夫

最高刑罰は「銃殺及び全財産の没収」だったが、終戦直後の一九四七年（昭和二十二年）、死刑は廃止された。代わって強制労働の最高刑が十五年から繰り上がって二十五年となり、これが乱発されるようになっている。なお、一

長期抑留から帰国――母との再会を果たした井上元特務機関員

連の裁判は、わたしたちの承知しているような正規の裁判所での弁護士つき、通訳つきといった事例は極めて少なかった。おおむね、弁護士なし、下手なロシア人通訳がつくだけで、場所も内務省出先の事務所、収容所、あるいは監獄内で行なわれ、しかも非公開だった。

このような「暗黒裁判」における取調官とのやり取りについて、王爺廟（興安）特務機関員、井上平夫曹長（86）＝写真、旧姓・田中＝の記憶は鮮明だ。その手記「私の受けたソ連の裁判」（『続・朔北の道草』所載）によれば――、

「私は先にも供述したとおり、外蒙古に対しての諜報には携わったが、ソ連に対しては諜報も防諜もやっていない。なぜ、ソ連の取り調べを受けなければならないか」「ソ連は外蒙古と相互援助と軍事同盟を結んでいる。外蒙古に対するそれらの行為は、即ち、ソ連に対する行為と見なす。だからソ連が代わってお前を取り調べているのだ」「では、なぜ、そんな罪になることを、ソ連も外蒙古も満州国に対して行ったのか。諜者をどんどん投入したり、また武力をもって住民や国境監視兵を拉致したではないか」

「観点が違う。ソ連や外蒙古は世界のプロレタリヤートを解放するために必要な事を調べる

目的でやっている。正義の行為だ」「それではソ連、外蒙古の行為に他国が大迷惑しても、これを防ぐ方策を講じるのはいけないということになる」「そのとおりだ」「他の国々の独立主権はなくなるではないか」「そんなこと、ソ連の知ったことではない」

また、「お前たちは日本帝国主義、資本主義の手先だ」とも罵倒する。

「だれでも生まれた国の国民としてその制度の中で生活し成長する。手先ではない。善良な国民だ」「資本主義は社会主義の敵であり、その資本主義に加担し、兵隊として勤務したことは手先だ。ソ連には資本主義援助の罰則がある」「それは社会主義ソ連国民に対するもので、我々のような資本主義の国民には該当しない。あなたの論法に従えば、ソ連国民以外は皆、罪人にすることができるではないか」「――」

そんなこんなで、もうめちゃくちゃ。ロシア人通訳と警備兵との計三人の事務所一室で、モスクワ特別軍事法廷における書類裁判で決定したという判決通知状を読み上げられ、それで終わりだった。「強制労働二十五年。刑法第五十八条第六項（スパイ行為）違反。上告は認められない」。抗議しようにも相手が通訳ではどうにもならない。

南部吉正

井上曹長は鳥取の歩兵連隊で重機関銃手としての教育を受けているうち、特務機関員を養成する陸軍中野学校行きを命ぜられた。

「第一線で華々しく戦う自分を想像していたが、丈夫な身

樺太国境ではトナカイが物資の運搬に使われていた。人物は南部特務機関員（昭和18年7月）

体を見込まれたのでしょうか」。満州ではソ連や外蒙古から越境潜入して来る諜報員相手に丁々発止とやっていた。蒙古人青年四十人に対する諜報訓練もしていた。

ところで、先の鏡牡丹江特務機関員の場合もそうだったが、抑留後、井上興安特務機関員も関東軍時代の前歴をひた隠しにしていたのだが、それがバレたのは抑留者仲間の「密告」によるものだったというから、やるせない話である。

「ソ連公安当局は抑留という逆境下を利用して日本人の中から密告要員を獲得し、ひそかに終戦前の職務について、密告による暴露工作を行ったのである」（『シベリア抑留八年』）。「（取調官は）隠してもこのような証拠がある、とロシア文字で書いた紙を振ってみせる。おそらく文化部や積極分子等の日本人が作成し、前職等を密告したものであろう」（井上曹長手記）。「この裏切り役を進んで引き受けたのが（収容所内の）民主運動の推進役と自他ともに認めていたアクチブと称する人たちだった」（山本泉一『シベリアの凍土』）

これら長期受刑者の抑留生活は厳しいものだった。

樺太特務機関員として国境地帯で対ソ防諜任務についていた南部吉正曹長（86）＝写真＝

も、終戦直後、真っ先に逮捕され、「強制労働十年」となった組だった。中野学校出身でロシア語をよくした。樺太ではソ連のラジオ放送をモニターしていたのだが、これが「ソ連の軍事機密を盗んだ」とされた。

「長期抑留の人びとは主として政治犯ラーゲリ（強制労働収容所―ソ連でいう矯正労働収容所）に投じられた」「異国の囚人に囲まれた生活は～毛布も布団もなく、着たきりのままで木の寝台に寝起きし～粗悪な食料で、一年中、日曜を除き労働に明け暮れ」「囚人に対する扱いは苛酷を極め、真に地獄絵の再現を思わせるようなものがあった」

南部曹長手記「シベリア、最後の日本馬」（『平和の礎―シベリア強制抑留者が語り継ぐ労苦⑬』所載）によれば――、

シベリアの奥地で「ソリ道清掃」の仕事をやらせられた。雪を白樺の枝でつくったホウキで掃き寄せ、ソリの通り道を確保するのである。入ソ三年目の冬、体力は弱り切っていた。馬が駆けながら目の前でフンをする。その馬フンも即、片づけなければならなかった。たちまち凍りついて岩石の塊のようになり、ソリ通行の障害になるのだ。南部曹長はかすかに湯気を立てている馬フンを両手ですくい上げ、道わきに捨てながら、「世界中を探してもこんな仕事はあるまい」と思っている。「みじめな、そして孤独な作業であった」

そのうち、どうにか仕事にも慣れ、往来する約五十頭の馬ソリ馭者の何人かとも顔見知りになった。馬の特徴も分かるようになってきた。

小型が多いシベリア馬の中で、中型の栗毛がいた。ノルマに追われる若い馭者に乱暴に扱

われ、栗毛のアゴにはつららが下がり、まつ毛は凍りつき、やせて肋骨ばかりが目立ち、四本の足はぶるぶる震えていた。

数日後の夜、バラック宿舎で空腹を抱えて寝ていた南部曹長は、共に寝泊まりしていた駅者たちが騒いでいるのに気づき、目を覚ました。肉が焼けるうまそうなにおいがする。

「死馬が出た」「その肉を食っているのさ」

年中腹ペコで過ごしている者にとって、たまらないニュースだった。仲間の日本人抑留者と二人で厩舎に行ってみると、死馬はすでに白骨化していた。ロシア人駅者たちは久し振りの蛋白源とあって内臓まで持ち去っていた。二人は舌打ちし、溜息をつくほかなかった。だが、よくよく見ると、後ろ足の間に黒い物が残っている。

「馬のチンポコだ」「食えませんか」「ロシア人でさえ残したんだから到底食えまい」

それでも、と、切り取り、三十センチほどの一物を二センチ幅に輪切りにし、雪とともに飯盒に入れ、ペチカにかざしている。調味料も塩もなかった。二人にとって腹がふくれるということ、そのことだけでも貴重なことだった。ぜんぶ平らげてしまっている。

翌朝、死馬はあの栗毛だったことを知った。旧関東軍の軍馬にちがいなかった。死に至るまで酷使された軍馬。死してなお、一物まで食い尽くされた軍馬——。

雪はしんしんと降り積もる。

今日もまた、白樺のホウキで清掃し、馬フンを拾わなければならぬ。

デモクラ運動の果て

本書第二章「満州航空の翼」で記したように、第百七師団は終戦を知らず、満州西部国境地帯でソ連軍と最後まで交戦を続け、満州航空機の決死的飛行によってようやく武装解除に応じた部隊だった。だが、ソ連が相手ではこの代償は大きかった。将兵たちは「反乱軍」扱いにされ、その後のシベリア抑留で「懲罰的待遇管理」を受けた。師団所属の第九十連隊を主力としたジップヘーゲン収容所の場合、抑留一年間で千五百人のうち「半数の七百余名が死没」（師団史）した。入ソ部隊の中で「最も高い死亡率」であった。

ソ連当局が「戦犯」として追求したのは、軍司令部、特務機関、憲兵、警察、防疫関係などに勤務従事した者をはじめ、語学教育（とくにロシア語）を受けた者など多岐にわたった。民間人も例外でなかった。満州国政府の要職にあった者、調査研究機関従事者、報道機関に携わった者。あの笠戸丸の日魯漁業関係者たちも長期抑留組だった。

反乱軍扱いにされた先の第百七師団関係者のうち、兵たちはそれでも抑留四年ほどで無事復員を果たしているが、将校級で「戦犯」となり、長期刑を言い渡され、長の抑留生活を強いられた者も少なからずいた。その数は必ずしも明らかではないが、たとえば師団長安倍孝一中将は「強制労働二十五年」、少尉クラスでも「同十年」を言い渡されている。

そうした中で、これも「満州航空の翼」で登場してもらった同師団挺身隊林利雄見習士官の場合、なんと「二十五年」の刑を受けている。念のため申し添えると、見習士官の位は軍隊の階級でいう少尉の下に位置する。文字通り将校見習いで正式には将校ではない。それが、どうして師団トップの安倍中将並みの重刑を受けることになったのか。実は終戦までの仕事（前職）が反ソ的であったという理由で受刑したのではなく、シベリア抑留中に「デッチ上げられた」スパイ事件に連座したため、というから穏やかでない。

林見習士官らは当初、シベリア・チタ地区の収容所で伐採作業に従事させられていた。広大な原始林の広がりがあった。タイガー（密林）である。やがて雪。赤マツの切り出しに拍車がかかった。木材運搬には雪道でソリを利用した方が便利だからだ。暖かくなると松ヤニが出てきて材質が悪くなる。倒木の下敷きになって死人が出た。夜間、トイレに出た将校が警備兵に逃走と誤認、射殺された。林見習士官は右足親指が凍傷にかかった。

抑留されて二冬を越した二十二年（一九四七年）の春だったか、顔見知りの将校から書き物をした便セン二枚を渡された。「白帮会」（パイパン会）という友好組織結成の呼びかけで、「収容所生活の苦労を分け合い、相互扶助し、友情を密にし、内地帰還後も相協力して祖国復興に努めよう」といった趣旨のことが書かれてあった。会の名称は中国民衆の間でみられる相互扶助を目的とした秘密結社「青幇」「本幇」にならったもので、呼びかけ人として「煙草谷平太郎大尉」の名前があった。

足に凍傷を負って旧日本軍軍医がいる山小屋的病院に一時入院したさい、いちど、この煙草谷大尉に出会っている。「鷹揚で太っ腹な人物」といった印象だった。組織結成趣意書が回ってきたのも、向こうでも林見習士官のことを覚えていたためと思われ、とくに反対する理由はないので入会することにした。あとになって「シベリア出兵の経歴を持つ大陸浪人で、誇大妄想狂的人物」といった噂を耳にしたのだが、先の好印象もあり、一度、会のメンバーである将校四、五人に紹介されている。だが、それ切りで、その後は会合開催の知らせもないうちに会のことは忘れてしまっていた。

煙草谷平太郎（昭和12年撮影——手記「自叙伝」より）

煙草谷大尉はチチハルの関東軍臨時補充馬廠区長をしていて終戦を迎えた。陸軍士官学校二十九期卒。同期生の多くが大佐クラスになっていたのに大尉の階級で留まっていたのは、いちど軍を退職したからだった。香川県出身。二十九期会誌第二十一号『任官六十周年記念特集』（五十一年十二月刊）に寄稿した「私の履歴書」をみると、退職理由として「陸士時代から満蒙に憧れていた」とあり、その後の履歴として、熱河作戦騎兵第三支隊指導官（満州国軍）、第二軍長兼総軍顧問（内蒙古）、防共軍最高顧問（中国）、日華興業社経営（中国北京）と記されている。十九年（一九四四年）五月、関東軍に再召集されていた。

変わった姓は本名で、抑留中、諸外国人受刑囚から「インターナショナルチックな名前だ。いちど聞いたら忘れられない」といわれる一方で、「刑務所看守にいち早く覚えられて非常に損をした」とも書いている。

林見習士官のことである。

シベリア抑留の「三大苦」は、重労働、飢え、極寒の三つだった。これに伝染病を加えて「四大苦」とした体験記もある。それに、もうひとつ、抑留将兵たちの心を荒廃させ、心身とも疲れさせたものに収容所内の民主運動があった。別名「デモクラ運動」。

「民主運動はソ連政治部将校の所管業務であり、最初はソ連に学び、共産主義を学習するサークル活動として展開させたが～逐次単なる学習運動の範囲を越えて政治運動へと指導「まず、かっての上官に対する兵士の不平、不満をかき立たせて～収容所内の管理体制をいっきょに変換させた」「（さらには）各人の過去の行為について『批判』と『自己批判』を要求、これに服しない者に対しては集団的吊し上げを行わしめ、『反動は日本に帰さない』『反動は白樺の肥しにする』のスローガンを採択させるに至った」（『朔北の道草』）

そして運動の行きつく果てはソ連の「戦犯」製造政策への協力であった。反動、すなわち反ソ分子は尊敬すべき「ソ同盟」革命の障害になる、排除せよ。そんな理屈だった。同じ理屈で密告も奨励された。それまでの「天皇」が「スターリン」に変わったようなものだった。彼ら活動家（アクティブ）のことを「悪痴夫」と呼んでいたという資料もある。「消されるかもしれないという不安と、悪痴夫になれば助かって祖国に帰れるだろうという一抹の希望とが、人々を次々と悪痴夫へ仕立てた」（後藤脩博『シベリア幽囚記』）（あまりのことにこれら先鋭分子は陰で「デモさん」と呼ばれ、憎悪の的となり、お仕舞いには復員船上から「しょっぱい河」に放り出される人も出てくることになる）

林見習士官はこの民主運動にやられた。

先に一応入会の意思を示した白幇会のことだが、民主グループがこの会を「反ソ的な秘密結社」と決めつけ、密かにソ連側に通報していたのだ。ソ連国家情報機関員はこの民主グループが作成した書類を突きつけ、「帰国後、在ソ中に知り得た情報をアメリカ帝国主義側に提供することを目的とした秘密諜報組織に違いない」と責め立てるのだった。

林見習士官はこれを断固拒否し、会の親分である煙草谷大尉に聞けば分かることだ、と、その証言を求めている。ところが、あろうことか、連れて来られたその煙草谷大尉が「会は諜報組織だった」と目の前で認めるのだから、すっかり気落ちしてしまっている。

同じころ、チチハルの元関東軍大陸鉄道司令部、兼子善信中尉も、白幇会事件に関与していたとの容疑で調べられていた。こちらも煙草谷大尉との対決が実現したのだが、兼子中尉を前にして、「白幇会は反ソ諜報団体だね」との取調官の問いかけに大尉が「ハイ」と答えるものだから、林見習士官同様、もう絶望するより他なかった。

「ごま塩ひげをぼうぼうにのばした煙草谷氏は『これ以上抗弁しても無駄です。裁判のときに……』と漏らしながら看守に引かれていった」

兼子中尉はその手記「流人のうた」の中で、のち、監獄大部屋で知り合ったロシア人受刑囚の言葉を記録している。

「裁判の予審を行う取調官は、自分の仕上げた事件の数によって奨励金をもらうことが出来るので、一所懸命に囚人を作るように努力する。国家にしても、計画経済遂行のためには、安くつき、しかも比較的有効な労働力を期待しているのだ。だから、いったん狙ったら遮二無二罪に陥れてしまう。たまったものではない」

林見習士官、兼子中尉ら白帯事件連座者は三十三人。全員が「強制労働二十五年」を言い渡された。例によって監獄事務所において通訳が書類裁判による判決文を読み上げて終わり、抗弁は一切認められず、受刑者全員が極北の地インターに送られた。ほかにも伴諜報団事件、村田諜報団事件といわれる類似の冤罪事件もあり、多数の犠牲者が出ている。

夏は白夜の世界。冬、太陽は午前十時ごろ顔を出し、地平線を転がって、昼十二時には姿を消す。あとはオーロラの世界。そうした中で炭鉱での採炭作業となっている。ロシア人、ドイツ人、ユダヤ人、リトアニア人、ラトビア人、ウクライナ人、グルジア人。いずれも出口のない長期囚だった。そんな奇天烈なグローバル世界における重労働が続く。

「スターリンが死ぬ前にくたばってたまるか」

なお、煙草谷大尉も「二十五年」組だった。復員後、四百字詰め原稿用紙十六枚程度の手記「ソ連抑留中の回顧」を書き遺しているが、共産主義支配体制やスターリンに対する批判が書きつらねられているだけで、多くの「同志」を道連れにした白封事件に触れた箇所は見当たらない。いずれは「法廷で弁明を」という思いがあったのかもしれないが、その裁判がゼロなのだから、どうにもならなかったことだけは確かである。

民主運動は抑留者の間に大きな亀裂を残した。先の「満州航空の翼」の項で林見習士官の初年兵時代における軍隊の私的制裁について「シベリアでは寒さと飢えと労働で泣かせられたが、ビンタが飛んでこない点、こちらの方がまだまし」と紹介したが、民主運動による大衆吊し上げは「旧軍隊の野蛮で原始的なビンタや営倉よりずっと恐ろしい私刑（リンチ）である」（高杉一郎『極光のかげに』）といわしめるものがあった。

反ソ的だ、反動だと、壇上にあげ、長時間にわたって攻撃する。前職を取り上げ大勢で批判、罵倒する。いちど反動と目されると逃げ場がない。自殺に追い込まれる者も出る。そうならないためには攻撃サイドに回るにかぎる。より声を大にし、他人を告発（密告）し、急進的にならねばならぬ。「○○天皇」「××天皇」と称し、反対者を蹴落とし、収容所を牛耳る者さえ出てきた。だが、そうした先鋭分子が一時的にソ連当局に優遇されたにせよ、利用価値がなくなればソデにされ、周囲より早く帰れたという形跡はない。

みな、「スターリン」という掌の上で踊らされていたのだ。

『シベリア捕虜収容所・下』には、復員船が帰ってきた舞鶴港引揚援護局の寮の壁に「日本人は世界最低の民族だ」という落書があった、と記されている。

機動第一旅団の戦闘

もうちょっと林利雄見習士官に関して書き加えたいことがある。

ソ連取調官が示した白帯会名簿には「百二、三十人」の名前があったが、「戦犯」は三十三人に留まった。その限られた人数の中に、なぜ、「ほんの下っ端」の林見習士官がいたのか。前者についてはよく分からない。積極的役割を果たしていたかどうかの「ふるい分け」があったのかもしれない。一方、「下っ端」の林見習士官に対する戦犯追及については、「あれがタタったのかな」といった程度なのだが、ご本人にも心当たりがないでもなかった。

満州侵攻に際してソ連軍が厄介視していたのは関東軍の「特殊任務部隊」「決死隊」だった。マリノフスキー元帥『関東軍壊滅す』は書いている。

「特殊任務部隊の主要任務はソビエト軍指揮官への襲撃と装備の破壊であった。決死隊は普通、小グループまたは単独で行動した~ソビエト軍の進行路の橋梁を破壊する特別決死隊もあった」「日本軍司令部は特別〈遊撃隊〉〈挺身隊〉も編成した。優秀で屈強な将校や兵士から編成されたこの部隊は～ソビエト軍の後方を撹乱する任務をもっていた。偵察、牽制、通信網の破壊、守備隊や小部隊への攻撃が〈遊撃隊〉の任務であった」

林見習士官が所属していた第百七師団でこうした部隊にタッチしたのは、林本人と稲毛主計軍曹の二人だった。ソ連軍侵攻年の昭和二十年二月、西部国境一帯を管轄する第三方面軍では挺身奇襲教育隊を急きょ編成することになり、翼下の第百七師団挺身大隊からこの二人が派遣された。教育隊は隊長有富大佐の名から「有富隊」とも呼ばれ、二ヵ月間の教育実習修了後、二個連隊で構成する遊撃連隊が正式発足している。（教育実習修了の時点で林見習士官は元の挺身大隊に戻っていた。稲毛軍曹のその後については資料がない）

この遊撃隊の任務は、ま、マリノフスキー元帥の記述と当たらずとも遠からずの内容だったが、突然のソ連軍来襲で部隊展開ができず、戦いに参加することはなかった。で、この遊撃隊に関しては結果的にマ元帥の懸念は杞憂に終わったことになるのだが、戦後、関係者に対する追及は厳しかったのだ。のち、林見習士官は収容所で「戦犯」となった遊撃隊将校たちに出会っているが、顔見知りの見習士官が何人もいてびっくりしている。

謀略「パルチザン部隊」、すなわち悪、と一方的に断じられ、そろって「二十五年」の刑を受けたという話だった。同様に林見習士官もこれに引っかかったのではなかったか。おかしな話である。あの怒濤のようなドイツ軍の進撃に抗してパルチザン部隊を組織して果敢に戦ったのは、どこの国だったのか。

もうひとつ、これは林見習士官とは直接関係のない話だが、関東軍には「機動部隊」という特殊部隊があった。正式部隊名「機動第一旅団」。第一から第三までの連隊を有し、新京近くの吉林と公主嶺に駐屯地があった。この部隊こそ、太平洋戦争開始直前、密かに編成された機動第二連隊を中核とする関東軍直轄の極秘兵団だった。マ将軍の懸念はかねての諜報活動でキャッチしていたこの部隊の存在を強く意識していたものとおもわれる。

戦後、遊撃連隊同様、「謀略の罪」を問われ、将校ら総勢八十七人が長期刑を言い渡されている。一単位の部隊でこれほど大量の「戦犯」を出したのは稀有の事例であった。国際法でいう破壊、謀略とは「非軍人または平服を着た軍人が行なう行為を意味し、制服軍人が行なうものは正規の作戦行動だ」と抗弁したのだが、聞く耳を持つ相手ではなかった。

じっさい、機動第一旅団はすさまじい戦闘力を秘めた部隊だった。

週刊朝日編『父の戦記』（朝日選書）に、この機動第一旅団の前身である機動第二連隊に所属していた山田敏文隊員の「挺身奇襲隊の風船旅行」なる一文が収録されている。

「ぼくらの部隊はほんとうに変わっていた〜演習や訓練の仕方も普通の部隊とはちがっていた」「零下三十度の雪のなかで露天コタツ法という露営の仕方をやってみたり、スキー行軍を二日も三日も続けたり、二百キロも離れたところまで汽車で出かけて、そこから夜間行動だけで部隊まで〜競争で帰ってきたりした」「鉄橋や駅、給水塔などの戦略上重要な場所の爆破の仕方、漕舟訓練、夕方から翌朝まで重さ五百キロもあるような鉄舟を担ぎながら十キロも十五キロも歩いたりした」「この変わった部隊の名は、機動第二連隊、またの名を挺身奇襲隊という忍者部隊であった」

この文の題名にもあるように、「ふ」号作戦という気球（風船）による敵地潜入訓練も行なわれている。日本から米国本土向けて飛ばした風船爆弾のことはよく知られているが、関東軍も大興安嶺のふもとに位置する白城子近くの広大な台地で密かに気球を使った作戦を企画していたのだ。そこから爆弾装備の気球を上げれば、偏西風に乗って「一夜のうち」に沿海州のソ連軍飛行基地に到着する。あるいは兵員がぶら下がって敵地へ隠密潜入することも可能だ。演習や訓練が「普通の部隊」と違っていたのは、このためだった。

太平洋戦争たけなわの十八年（一九四三年）五月、この「ふ」号気球搭乗演習が白城子郊外で初めて実施されている。技術陣が苦心の末に開発した「親子気球」による集団飛流訓練だった。同連隊鈴木敏夫少尉『関東軍特殊部隊』『風速0作戦』によれば、腰に降下調整のためのバラスト用砂袋をつけ、武装した兵員が背にした直径五メートルの気球（五号）を親とし、手にする直径一・八メートル（一・八号）を子とするもので、予定高度に達して子気球を放すと降下する仕組みになっていた。このときは要員十人が飛んだ。

「実施者たちは高度平均約三百メートルまで上昇し、秒速三メートルの風に乗って四キロあま

親子気球による飛流の仕組み

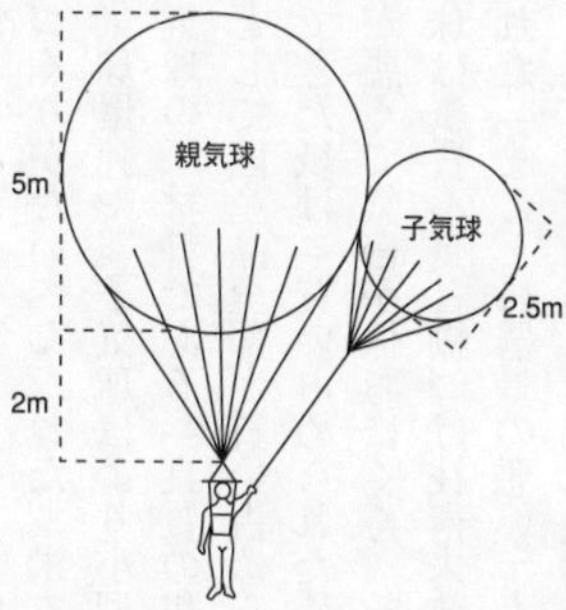

（「関東軍特殊部隊」より）

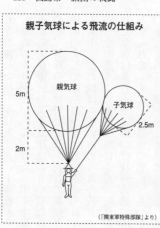

りを飛流した後、半径五十メートル程度の範囲内に無事に降下した」

気球づくりがたいへんだった。米本土爆撃用の風船爆弾は直径十メートルだったから、関東軍の気球爆弾や親子気球はより小型なのだが、浮揚のための水素ガスはなんとかなったものの、気球の原材料である「良質の和紙とコンニャク玉」の確保が難関だった。米本土爆撃風船用として国産品全部が買い占められており、とくに和紙の手当てに苦労している。やっと入手できた紙は「買い占められた残りの、質があまり良くないもの」で、コンニャク糊の浸透度が悪くて気密が保ちにくく、乾燥段階でヒズミができやすかった。果たして出来上がった気球は紙質不良と糊づけ技術未熟で本土製風船より重く、つぎはぎ修理の紙がべたべたと貼られた「まことに器量の悪い」ものであった。

十九年八月、機動第二連隊は機動第一旅団と看板替えし、兵員も六千八百に達した。初代旅団長には「陸軍部きっての横紙破り」といわれた長勇少将が予定された。「大物」である。それだけ旅団に対する関東軍の期待のほどが分かる。だが、直前、米軍サイパン島上陸の報に少将は陸軍部内で対応に追われ、旅団長就任は沙汰止みとなった。少将は先の第一回「ふ」号気球搭乗演習の視察で来満しており、気球作戦に大いに乗り気だったといわれる。サイパン島逆上陸作戦を企画したさい、この機動第二連隊投入を発案。実際に連隊将兵は朝鮮半島釜山まで列車で南下したのだが、早い時期でのサイパン島玉砕でご破算となった。その後、少将は沖縄第三十二軍参謀長となったが、玉砕戦で自決した。

さて、機動第一旅団と生まれ変わった部隊だったが、対ソ「静謐保持」の方針から、任務はそれまでの「長馳斬り込みをする果敢な」ものから「満州国防衛」的性格が濃くなった。だが、それでも気球による敵陣背後への潜入構想は変わらず、気球搭乗要員中隊（飛流班約四十人）、気象中隊も健在だった。翌二十年三月、これも新京にあった関東軍補給廠に気球製造部ができ、大量生産体制に入っている。仕上げ作業場も新京市内の映画館を接収してつくられ、敷島高等女学校の生徒が勤労奉仕のかたちで動員された。

製造された気球総数については資料に乏しいが、機動第一旅団第二連隊山本泉一主計少尉『シベリア凍土』には、終戦時、ストックされていた大小気球は「五十個」と記されている。約九千個が放球されたという米本土向け風船爆弾には及びもないが、関東軍としてはそれなりに力を尽くし、さあこれからというとき、ソ連軍を迎えたことになる。一方、ソ連軍侵攻時、旅団の将兵たちは、東満国境小興安嶺一帯で防諜名「き号演習」と称して遊撃拠点構築に当たっていた。老黒山～金蒼～十里坪～汪精を結ぶ線である。旅団第二連隊第八中隊、森田東明少尉（85）＝写真、旧姓・柿田＝は密林の中で擬装兵舎づくりや対戦車壕掘りに汗を流している。

森田東明

「極秘行動をうるさくいわれ、将校も階級章をはずし、一般兵の服装でした。冬、河が凍結すればソ連軍が越境して来る。そんな予想の下での拠点づくりと思われました」

戦闘となると、隠密行動が基本だから補給物資を届けようがない。代わって随所に拠点を設け、あらかじめ弾薬や食料を貯蔵しておく。状況に応じてその各拠点から出撃して行くのである。一般部隊に比べ、曹長、軍曹、伍長といった下士官の占める割合が多く、「組長」と称し六人の兵を指揮していた。一般部隊では「分隊」（約十三人）に当たる。このため、組長を仰せつかった古参曹長が「格下げになった」と、ブンむくれたという話が残っている。

そうした小単位で独立行動するため、将兵は「一騎当千」の特徴を持つ者ばかりだった。銃剣術、格闘術、射撃、爆薬、障害物排除、暗号、山岳登はん――。さすがに末期近くなると、例の「根こそぎ動員」でやってきた初年兵も配属されるようになったが、とにかく満州駐屯部隊からの強兵スカウトに忙しかったから、営内で起床、点呼、消灯など重要事項を知らせるラッパ手の手当てを忘れ、どうにか吹ける伍長が代役に指名されたものの、「プー」「スー」としか音が出ず、混乱したというハナシまである。

「原則として二、三男ばかりでした。だから後腐れなく、いつ死んでもいいと」

そういう森田少尉は明治大学繰り上げ卒業の学徒動員組。歩兵部隊にいたところを部隊長推薦で送り込まれた。学生時代、東京六大学選手権で覇を争った空手有段者だった。

戦後、森田少尉はじめ、著書を引用させてもらった鈴木少尉、山本少尉ら機動第一旅団将校たちは「懲罰の意味があった」のか、モスクワ近くのタンホフ市ラーダまで送られた。一口に「シベリア抑留」といわれるが、このような遠方の場所へ運ばれた人たちも含まれているのだ。

収容所はドイツ軍のモスクワ攻撃に備えてつくられた半地下式丸太組み兵舎だった。太陽は射さず、衛生状態きわめて不良。発疹チフスと栄養失調で多くの犠牲者が出た。一年後、ウラル山脈ふもとのエラブカに移されたが、ここでも腸チフス患者が多数発生している。ソ連当局も気にしているようだった。森田少尉とその仲間は率先して衛生環境改善に乗り出し、フン尿処理に当たった。だれもが嫌がる重労働だった。

このことはよほどソ連側の心証をよくしたものとみえ、二十二年十一月、シベリア抑留将校帰国第一陣の一人として帰国できている。じつに幸運だった。直後、一連の「戦犯」摘発が始まり、彼らがいうパルチザン部隊の旅団将校の多くが既述のように「強制労働二十五年」を含む長期刑を言い渡されている。事務系の山本主計少尉もまた、パルチザン幇助という珍妙な罪名で「十五年」の刑を受けたのだった。

その機動第一旅団のことだが、なすところなくソ連の軍門に屈したわけではなかった。侵攻直前、拠点づくりをしていてそのまま敵中に取り残された小単位の隊がいくつかあった。彼らは連隊本部との連絡途絶により終戦を知らず、かねての訓練通り、砥石やヤスリで磨いて「ねた刃」合わせをした銃剣をきらめかせ、後方の補給隊、補給拠点に対して果敢なゲリラ戦闘を挑んでいる。鉄橋破壊、輸送車両爆破、旧満鉄駅舎襲撃――。

旅団第二連隊第一大隊第一中隊、木下主計二等兵（80）＝写真＝は信濃村開拓団にいて「根こそぎ動員」された組だった。古参兵の尻にくっついて密林を転戦していたが、八月二

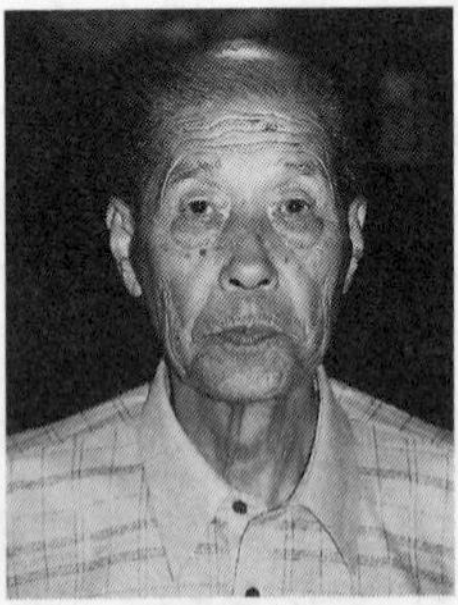
木下主計

十日（終戦五日目）になってもソ連軍と白兵戦を交えている。その後、武装解除により、将校と兵は分離され、将校グループは前述のようにソ連領奥地へ、兵隊たちは汪精近くの延吉市に送られている。「明らかに〜報復であった」（『関東軍特殊部隊』）。延吉はソ連軍、中国政府軍（国府軍）、中国共産党軍が入り乱れた地区で、食料事情や衛生環境が極めて悪く、抑留将兵や避難民の死亡者数が東満一多かったところだ。

病み衰えた木下二等兵はここの収容所で一度死んでいる。

「おかしい。ヘンだなあ」。天井を見つめているうち、頭がはっきりしてきた。厩舎だった。床に座り直し、あたりを見回しておどろいた。死体の山だ。「そうか」と、やっと気づいた。「おれは死体置場に捨てられたのだ」。発疹チフスによる高熱で脳が冒され、倒れてしまったことまでは記憶している。下着に靴という姿だった（なぜか靴はそのままだった）。そんな格好で医務室のドアをたたいたところ、出てきた旧日本軍軍医が亡霊でも見たかのように「えぇーっ」と棒立ちになった。この軍医が「もはや処置なし」と死体置場直行を命じたのだ。「お前は心臓が人一倍強かったから蘇生できた」と言うのだが、冗談じゃない。

――このあと、木下二等兵は「帰国」のみを念頭に生き抜いている。一年後、辛うじて佐世保港に帰って来たときは、入隊時六十五キロの体重が三十キロ以下になっていた。

スターリン死して

機動第一旅団将校の多くはモスクワ近くの収容所まで連れて行かれて「戦犯」となり、劣悪条件の収容所で辛酸をなめた。「明らかに〜報復であった」。ソ連側は関東軍総司令部副参謀長松村知勝少将はじめ、浅田三郎大佐、草地貞吾大佐、藤井昌三中佐ら主要参謀に対しても厳しい尋問を重ね、機動第一旅団の全容解明に躍起となった。その結果、「破壊工作旅団」であったとし、「報復」につながったという構図になる。

だが、ソ連当局の追及理由はそれだけだったのであろうか。元全国捕虜抑留者協会長・斉藤六郎『シベリアの挽歌』には次のような気になる記述がある。

「(スターリン死後) 誤れる裁判の見直しと (受刑者の) 名誉回復がソ連社会の世論となっ

ハバロフスクの日本人墓地——帰国者たちが「せめてもの供養」としてつくった (「朔北の道草」より)

た」「第五十八条は極めつけの悪法である。これによって、どれほど罪のない民が泣いたか知れない」「ペレストロイカの時代（一九八〇年後半）になって廃止されるようになり、多くのロシア人の名誉が回復された。そして外国人である日本人にも全面的に適用されることになった」「しかし～日本人の場合、七三一部隊と遊撃隊員が除外されていた」

なぜか、七三一部隊と遊撃隊（機動第一旅団）だけが最後までブラックリストに載せられていたというのである。この執念の深さはどういうことだったのであろうか。

七三一部隊はあの細菌兵器開発で知られる関東軍防疫給水部本部のことだ。部隊長石井四郎軍医中将の名から「石井部隊」ともいわれた。本部はハルピン郊外平房地区にあった。終戦直後、主要幹部は所要研究設備や多数の資料を破壊、焼却し、早々に日本に引き揚げている。

ソ連軍は残余の「一部の隊員」を捕らえ、一九四九年（昭和二十四年）十二月、ハバロフスク軍事裁判で有罪判決を下した。細菌兵器（生物化学兵器）使用はジュネーブ条約で国際的に禁止されているからだった。（V・カルホフ『スターリンの捕虜たち』）

機動第一旅団はこれとなんら関係がないようにみえる。だが、七三一部隊開発の細菌兵器が風船（気球）に装備されるとしたらどうなる。例の「ふ」号作戦のことだ。ここに、まるで他人同士とみられていた両者の接点が出てくることになる。そんな具合でソ連当局は七三一部隊と機動第一旅団に対し、最後までそんな疑いを抱いていたフシがある。

事実、米本土爆撃の風船爆弾の場合、細菌兵器を搭載する案があったことは、いくつかの研究書で明らかにされているところだ。ただ、計画だけで実際には放球されていない。戦後、米軍は旧日本軍の「ふ」号作戦関係者を調べているが、すぐ調査を打ち切っている。一方、当時のソ連側となると、もっと顔をしかめていた。国境を接している相手である。気球兵器によりどんな攻撃を受けるか分からない。疑うべき情報はいくつかあった。

①関東軍版「ふ」号作戦計画の主任研究員近藤石象少佐の特別研究チームが七三一部隊本部と同じハルピン平房地区にあった②この近藤少佐は関東軍総司令部参謀部作戦班付として作戦班の指揮下にあった③先に皇族竹田宮の帰国を途中まで護衛した一式戦四機が自爆したことを記したが、じつはこの竹田宮は「宮田武」の名前で右記作戦班の参謀中佐を務め、七三一部隊と機動第一旅団の双方とに関係があったといわれる。（竹を武と言い換え、下から読むと「宮田武」となる）④したがって両者は密接なつながりが？

そうした情報をソ連は諜報活動を通じて早い時期からつかんでいたのではなかったか。戦後、七三一部隊と機動第一旅団の関係をことさら厳しく追及したのは、その国際条約違反行為を事々しく言い立て、国際世論にアピールし、自己の主張する満洲侵攻の正当性を補完したかったのではなかったか。これに関しては次のような記述がある。

高杉一郎『征きて還りし兵の記憶』によれば――、

のち、昭和五十七年（一九八二年）、出かけたモスクワで「ゴビと興安嶺を越えて」という映画を見る機会があった。ソ連精鋭部隊がドイツ軍降伏と同時に反転し、七三一部隊のあるハルピン郊外平房に急行する映画だった。ソ連とモンゴル共和国の連合軍が、日本軍による真珠湾攻撃のさいの「トラトラトラ」と同じように「ヴォルク（狼）！　ヴォルク！　ヴォルク！」の合図のもと、一斉に国境を越えて平房に殺到するのである。

「私は～スターリンが～日ソ中立条約を破って満洲へ侵攻したのが、もし七三一部隊を捕捉するためだったとすれば、それは正しかったのではないか、いや正しかったと思った」

前述の関東軍主要参謀に対する厳しい尋問がそれであり、「プリンス・タケダ」も早くからマークされていた形跡がある。

「そのためか、入ソ後、プリンス竹田あるいは宮田参謀の名は、すでにソ連調査官にとって通り名になっているのに気がついた」「竹田宮は個人的にもソ連のお尋ね者だった～（宮は）その地位、能力から、対ソ作戦準備に関し、誰よりも重大な仕事と責任を負託されていた」（『その日、関東軍は』）

筆者草地参謀は「誰よりも重大な仕事」としか語っていないのだが、ほんとうのところ、どうだったのだろう。竹田宮は終戦二年後の二十二年（一九四七年）皇籍離脱。「竹田」姓となった。スケートをよくしたことから、オリンピック東京大会組織委員長、国際オリンピック委員会委員など歴任。平成四年（一九九二年）、八十二歳で死去した。

さて、そんな調子でのソ連当局による「戦犯」づくりだったが、こちらも、ほんとうのところ、なにをもってこのような処置に至ったのか。なにを基準として訴追の対象にしたのか、よく分からない面があって始末にわるい。

「ソ連刑法を日本人に適用できるのは入ソしてからの犯罪に限られるはず」「国際法違反と国内刑法犯を一緒くたにして『戦犯』と呼ぶこと自体がおかしい～どう考えても納得できない」（『シベリアの挽歌』）のである。

「シベリア開発労働力補充」説があるのをはじめ、「人質説」がある。戦後の日ソ交渉において想定される領土や戦時補償問題等で日本政府と駆け引きし、譲歩を迫る手駒にするためだったという見解だ。事実、昭和三十年六月に始まった日ソ交渉は領土問題をめぐって難航した。折衝の過程で次第に明らかになったことは「ソ連側は交渉が妥結しなければ抑留者を帰さないという態度を堅持した」（『シベリア捕虜収容所・下』）のだった。

――ソ連からの復員船（引揚船）は終戦一年後の二十一年十二月、まず病弱者送還をきっかけに開始されたのだが、本書第一章「笠戸丸がゆく」第一項「獄舎に刻まれた遺書」で記したように、二十五年四月でもって中断していた（ソ連は「送還完了」とした）。だが、「鉄のカーテン」の向こうにはまだ相当数の抑留者がいるはずだった。小樽の第一管区海上保安部・岡村三等保安士らが密漁船員からしつこく事情聴取していたのも、こうした抑留者情報をつかむためだったのだ。

これら不当に長期刑を受け、抑留されていた人たちの集団帰国が実現したのは二十八年末（一九五三年）になってのことだった。復員は三十一年（一九五六年）十二月まで十三次にわたって行なわれ、総勢二千六百八十九人が帰国した。最後の抑留者が念願の帰国を果たした三十一年度版経済白書は「もはや戦後ではない」と書いている。やっと帰国した長期抑留者にとって、寂しく、あるいは残酷とも響く言葉ではなかったろうか。

坂間文子＝写真、旧姓・赤羽＝は三十年四月、第三次引揚船「興安丸」で十年ぶりに故国の土を踏んでいる。終戦わずか一ヵ月後の二十年九月、いきなり逮捕された。そしてスパイ容疑で「五年」の刑を受けた。当時三十六歳。独身。

坂間文子

大連（現旅大）に生まれ、育った。生来、身体が弱かったことから「自活のため」に独学で英語を学び、英語教師の資格をとった。そのうち、大連のソ連領事館員に日本語を教えることになった。英語を使って教えようとしたが、相手の領事館員の多くが英語を知らない。そこでロシア語を猛勉強して意思疎通を図ることにし、かなりのところまでいった。

それだけのことだった——。だが、「ソ連の常識」では、語学教師は事前にスパイ学校で手ほどきを受けたはずであった。そんな理由による「五年」の刑だったのだが、これにはオマケがついていた。刑期が明けてもさらにシベリア奥地で「流刑囚」として過ごさねばならなかったのだ。悪名高い「ストリピン」（囚人護送専用車両）で送られた先では、その地区から出ることは許されず、たびたび当局出張所に出頭することを義務づけられた。

もっと困ったのは監獄生活とちがい、流刑地では自活することを要求されたことだった。

第3種郵便物認可

シベリア抑留問題
戦犯の名誉回復も着々

戦後のシベリア抑留問題は、全国抑留者補償協議会（斎藤六郎会長、本部・山形県鶴岡市）の働きかけでロシア政府が、抑留時の強制労働に対する未払い賃金問題の解決に必要な労働証明書を交付するようになったが、ロシア政府はさらに、戦犯の再審についても積極的な名誉回復に乗り出した。こうした動きに合わせて全抑協は今年、最大規模のシベリア墓参を計画、計百カ所の慰霊碑建設にも力を入れることにしている。（編集委員・白井久也）

◆戦犯再審

戦犯の再審問題は、ロシア最高軍事検察庁が、本人の再審請求とは無関係に、有罪判決の適否について審理を行い、無実と分かれば判決を取り消すことになった。ロシア刑法第五八条により、スパイ罪などで有罪判決を受け、服役した日本人戦犯は約三千人にのぼる。そのうち約二百人はすでに本人の請求による再審の結果、無罪となっている。

本人の請求を必要としない今回のケースに当てはまるものとしては、二人の元日本人戦犯の名誉回復通告がこのほど、ロシア政府から全抑協にあった。

本人請求なしで再審　ロ政府

その一人は、元憲兵大尉の「小日向和夫」さんで、出身地などは不明だが、生存していれば七十五、六歳と見られる。同元大尉はナホトカから帰国する直前に、セメント袋で作った五㌢四方の豆手帳を持っているのを身体検査で発見され、逮捕された。

このときの尋問記録によると、軍医として抑留者の死に立ち会うたびに、豆手帳に極小文字でその氏名を記録したが、取調官はこれを何かの暗号文字と誤認、軍事裁判でも言い分が通らずにスパイ罪で十五年の有罪判決を受けた。

もう一人は、やはりスパイ罪で十年の有罪判決を受けて服役した「赤羽文子」さんという女性。三十五歳前後の時に逮捕され、帰国時には四十五、六歳になっていたとみられるが、消息は不明。赤羽さんは中国・大連のソ連領事館に日本語教師として勤務していたが、日本の憲兵や警官らと付き合っていたことがスパイ行為とみなされた。

斎藤全抑協会長によると、日本人戦犯を裁いた旧ソ連の軍事法廷は通常、判事のほかに国家保安委員会（KGB）と内務省の係官が出席する「トロイカ方式」で行われた。弁護士の弁論もほとんど認められず、罪状認否のあと即座に判決を下す荒っぽいものだったため、誤判が多かったと見られる。

ただし、対ソ細菌戦を企図・遂行した罪に問われた旧関東軍七三一部隊関係者らについては、ロシア政府は「十分な証拠があった」として、今回の再審の対象からはずしているという。

全抑協　最大規模の墓参計画

◆墓参・慰霊碑

全抑協は今年、過去最大規模の計六百人の墓参団を十数回に分けて派遣する予定だ。墓参の対象となる日本人墓地は十五カ所で、ハバロフスク、沿海州地方、ケメロボ、アムール、クラスノヤルスク各州、ブリヤート自治共和国にある。墓参団は一組四十人で、六月五日の第一陣を皮切りに九月九日まで毎週一回ずつロシアを訪問する。

墓参と並行して慰霊碑の建立も行う。慰霊碑は極東とシベリアを合わせて計百基建てる計画で、すでに八十二カ所に建てており、今年は残りの十八カ所に建てる。

建立予定地はマガダン、ペトロパブロフスク、サハリンなどで、一九四五年の日ソ戦争の最大の激戦地とされる千島列島最北端の占守（しゅむしゅ）島に百番目の慰霊碑を建てる。

斎藤会長はこれとは別に、サハリンでの抑留問題についても調査することにしている。昨年四月にゴルバチョフ旧ソ連大統領が訪日したとき外務省に手渡した死亡抑留者名簿の中には、サハリンで抑留されていて死んだ日本人捕虜は含まれていなかった。サハリンは進撃する旧ソ連軍と日本軍との激戦場となり、厚生省発表で軍人、軍属と民間人計一万四千人が死んだが、詳細は不明のまま。このため同会長は、五月に現地調査したうえで、サハリン本島と北方四島にも日本人墓地や戦没者慰霊碑を建設したい、としている。

東シベリア・イルクーツク近郊のウソーリシビルスコエ村の一隅に、全抑協が地元の協力で建てた日本人埋葬碑

「戦犯」の名誉回復を伝える平成4年4月28日付の朝日新聞＝5段目の中ほどに「赤羽（旧姓）文子」の名前が見える

坂間訓一

ロシア人の元殺人犯、元窃盗犯、元政治犯、ウクライナ人の元独立運動戦士、元ユダヤ人亡命者。さまざまな女性流刑囚にまじり、ただ一人、日本人女性として生き延びなければならなかった。趣味の刺繍がわずかな気休めであり、（刺繍が好きなロシア人相手に）金を稼ぐ手段でもあった。そして、と、著書『雪原にひとり囚われて』で書いている。

「私たちは常に何かにおびえていなければならなかった〜何処かで目を光らせている警察や（共産）党員たち。何時またあのラーゲル（強制収容所）へ逆戻りさせられるか知れない不安。言葉の端々まで絶えず気を配っていかなければならなら ぬ緊張」「こんな穴の底のような生活でも、人々は生きるため、自分の表と裏を、上手に使い分けねばならない」

その独裁者スターリンの死を知ったのも、この流刑地だった。追悼式が行なわれた。国の最高指導者だった故人の功績を称え、その死を悼む演説が続いた。翌日、出会った地区有力者の一人も壇上で泣いて演説した一人だった。それが、言うのである。

「昨日の式では涙が出て困りました」「演壇に立った人のほとんどが反スターリン派なんだ。それを、同じ舌で、彼を褒めなければならない。それが悲しく、涙が出たのです」

弾圧、強制労働、密偵工作。スターリン独裁下、そんな無理を重ねていたソ連政治体制にいわゆる「雪解け」現象が見られるようになったのは、この男が死んで間もなくのことであった。ロシア人の囚人たちが「ＣＣＣＰ」と言って喜んだという話がある。「ソビエト・社会主義・共和国・連邦」のロシア語頭文字なのだが、「スターリンの・死は・ロシアを・救う」の四語にも置き換えられるのである。そうしたことが、やがて長期抑留者の第一次復員（引き揚げ）につながっていく――。

三十一年八月、第八次帰還者の中に元関東軍第一方面司令部参謀副長、坂間訓一少将＝写真＝の顔もあった。抑留事情について常々次のように語っていたということだ。

「終戦の日に松本空港より特別機で満洲の任地に飛んで、着任後間もなく抑留され、大尉時代の綏芬河特務機関長の前歴で、ソ連の戦犯に問われました」（『続・朔北の道草』）

なにも終戦の日に赴任しなくてもと思うのだが、「すべてに誠実な人だった」と紹介されている。俳句をよくした（戦後、この趣味の作句が縁で先の赤羽文子と再婚している）。帰国後、苦心して持ち帰った抑留仲間の作品を編さんし、「アムール句集」としてまとめた。

「十一年間、夢にも忘れなかった帰国のときがきた。シベリアの凍土の中に友を残していくのが心残りだ。せめて墓を浄めて別れを告げ、一握りの土を持って帰った」

木枯らしや　番号だけの　墓じるし

関東軍将兵六万余がいわれなきシベリア抑留で果てた。句にある「番号」とは囚人番号ということであった。

第七章　水子地蔵の秘密

引き揚げはじまる

満洲や北朝鮮におけるソ連兵の乱暴狼藉について記述のない文献は皆無である。「ダワイ」「ダワイ」と、なんでも欲しがり、銃を突きつけ、奪っていく。腕時計、万年筆、皮バンド。欲望をむき出しにし、女性を見ては「マダム、ダワイ」と追いかけ回す。腕や手の甲に刺青をしている者が多かった。こうしたソ連兵については「囚人」説がある。その暴力行為がしばらく続いたのは、侵攻速度が予期以上に早く、軍紀を取り締まるべき憲兵隊の到着が遅れたためだったともいわれる。

当時の悲惨な状況を伝える中国側研究資料に次のようなものがある。

「ソ連軍兵士のねらいは金銭と『マダム狩り』に変わった~老人と女性、子供がほとんどだった日本人居住区の民家に押し入り、暴威を振るい、婦女暴行を繰り返した」「(ソ連は)ドイツとの激しい戦争で大量の死傷者を出し、兵力補給の不足を来し、戦争後期、多くの刑事犯も軍隊に補給した」「(ソ連兵は)同盟国であるはずの中国の庶民に対しても悪事をさんざん働いた。特に略奪と婦女暴行の二つは～深い恐怖感を与えた」「十四年間も『亡国者』だった満洲の中国人には～日本の統治から解放したことで感謝の気持ちがあった。しかしこの『解放者』はかつての日本の侵略者と『同じ穴のムジナ』のような行為をした。期待が大きかっただけに失望も反発も大きかった」（『一九四五年満州進軍』）

ここらあたり、太田正『満州に残留を命ず』によれば、後日親しくなったソ連軍の将校は次のように話したということだ。「先陣で入って来た兵隊たちの中にはシベリア流刑囚がまじっていた。イレズミは囚人番号を消すため細工したのだ」「労働者は時計がないため、労働時間を超過して働かされることがある。それで欲しがるのだ」

片倉達郎『シベリア抑留十年の追想』（日本図書刊行会）にも同様の記述がある。

「スターリングラードが独軍の手に落ち、古都レニングラードで人類史上比類のない凄惨な戦闘が日夜繰り返されていたとき、クレムリンはソ連全土の刑務所の囚人に布告を出した。『祖国ロシアが危機だ。義勇隊志願者は減刑する』。欣然として集まった囚人義勇兵たちは正規軍を上回る勇敢な戦闘を展開し、キエフを奪還、ハリコフの独軍を撃退した」

原　清実

満州北部の佳木斯中学校二年、原清実（75）＝写真＝は、佳木斯からハルピンまで避難してきたところで終戦を迎え、こうしたソ連軍の恐怖を目の当たりにすることになっている。著書『極限の満州に生きる』から引用してみる。

「やがて進駐してきたソ連軍に略奪が始まり、私たちを震撼させた。昼夜を問わず（避難先の）郵政研修所にやって来ては、ピストル片手に意味の分からないロシア語でわめき散らす。ソ連兵の汗をたらたらと流した真赤な顔は地獄から這い出してきた赤鬼そのままの形相である。恐怖のため、抵抗もできず小さくなっている私たちを一人ひとり、にらみつけ、我が物顔で荷物をひっくり返してあさり、現金や貴金属類はもちろん、つけている腕時計まで剥ぎ取るように強奪した」「赤鬼は『うオーッ』とうなりながら容赦しなかった〜悲鳴を上げた女性は無理やりモンペのひもを解かれ、短剣で引き裂かれた」「私は〜部屋に戻るなり、『なんという野蛮な野郎だ。赤鬼、出て行け』と大声で怒鳴ってしまった。ソ連兵は私をものすごい形相でにらみつけ、威嚇するように銃口を向け、訳のわからない大声で一喝した。『殺される』全身が恐怖と怒りで震え、一瞬、観念した」

やがて駆けつけたソ連軍憲兵は「たどたどしい日本語」で弁明するのだった。

「先兵の中には刑務所に収監されていた囚人が多数含まれていて、正規軍は（あとから来る）後続部隊である」「日露戦争で親族を亡くした恨みを抱いている兵隊も多数いる」「ある程度の暴行略奪は防ぎようがない」

原少年、このとき十五歳。家族とともにハルピンから新京、奉天に出たが、支配者はソ連軍から中国政府軍（国府軍）、中国共産党軍（八路軍）とめまぐるしく変わり、そのたびに「地獄」を見た。強盗。殺人。レイプ。現地人保安隊による恣意的な取り調べと拷問。栄養失調。伝染病。何人かの幼児が満人に預けられた。二十一年六月、博多港引き揚げ。

それから約四十年間、福岡県で小学校の教壇にあったこの人は言うのである。

「中国残留孤児、残留婦人はいまなお戦争の傷跡を引きずり、望郷の念に涙し、帰国を待ち望んでいる。いまからでも遅くない。援護の手を差し伸べるべきです」

博多港に上陸する満州引揚者（博多港引揚資料から）

戦後、福岡市博多港は最大最高の引揚港となっている。
終戦直後の二十年十一月、厚生省引揚援護局が開設され、二十二年四月閉鎖までの一年半の間に百三十九万二千人にのぼる一般邦人、軍人引揚者を迎え入れた。その一方で強制徴用で日本の軍需工場や炭鉱で働いていた朝鮮人、中国人など五十万五千人の祖国送還もあったから、このわずかな期間で約百九十万にも達する人々が博多港を往来したことになる。
ほかにも朝鮮半島沿岸からチャーター船や買船（闇船といわれた）による帰国者も相当数あったから、博多港経由の引揚者は総数で二百万を超えたものとみられている。たとえば、本書第五章で記した「憲兵警護の特別列車」の一行もこの闇船利用組だった。終戦直後における福岡市の人口が二十五万人といわれるから、その十倍近い人たちの引揚業務、送還業務に当たった関係者の苦労や努力には「並大抵のものでなかった」という言葉以上のものがあったに相違ない。(『福岡史』『博多引揚援護局史』)

博多港が最大の引揚港となったのは大陸に近いという地理的条件によるものであり、似たような位置にある山口県仙崎港も、近隣主要港である下関港周辺海域の機雷撤去が進んでいなかったこともあって、ほぼ同期間に引揚者四十一万四千人、送還者三十四万人を迎え入れている。また、折にふれて紹介してきた舞鶴港の場合、シベリア長期抑留者受け入れがあったことから業務期間は十三年という長きにわたった。引揚者六十六万四千人、送還者三万二千人。このほか、佐世保港、函館港なども多忙を極めた港だった。

話は少しわき道に入るが、終戦時、外国にいた日本人総数は南方地域も含めてざっと六百六十万人。内訳は陸海軍将兵(外征部隊)が三百万、一般邦人が三百六十万だった。これらの人たちを、いかに全員無事に日本に引き揚げさせるか。ここで、まだ残務処理で機能していた陸軍は、まずは「三百万外征部隊軍人の引き揚げが急務だ」と強硬に主張しているからオカしい。

当時、国内全船舶を一元的に管理運営していた船舶運営会、有吉義弥理事は、どうにもならん、といった調子で『日本海運とともに』(日本海事広報協会)に書いている。

「(陸軍当局は)何を措いてもこれをやる。残存船腹の全部を挙げて外征部隊の帰還輸送に回せという。在外邦人の引揚げとは一言もいわず、外征部隊の引揚げといったところが語るに落ちた特権意識であった」

ここらへん、満州における関東軍の一般避難民保護問題と状況が酷似していて、軍というのはやはりそんな体質だったのか、と思わせるものがある。有吉理事は日本郵船出身。英国、ドイツなどの支店勤務の経験があり、当時から国際通で知られていた。船舶運営会の仕事は戦時中からだったが、引揚問題でもその実行力と語学力で監督役の米海軍担当者と真正面からやり合っている。日米軍人の考え方の違いに気づくこともあり、美辞麗句のお題目を並べ立てることが好きだった「日本の軍人さんとはえらい違いだった」と慨嘆しているところだ。のち、日本郵船に復帰、社長、会長を務めた。「紳士とはこういう人物をいうのか」。そんな雰囲気と見識を持った人だった。

さて、博多港のことだった。

引き揚げや送還業務も順調に進み、二十一年夏ごろともなると、南朝鮮（現、韓国）、中国方面からの引き揚げは「大体完了」した。以降、中国遼東湾奥にあるコロ島経由の北朝鮮・満州方面引揚者の受け入れ業務が主務となったのだが、それまでほとんど見られなかった特異な傾向が顕著となってきて慌てさせている。『博多引揚援護局史』によれば——、①北鮮方面や北満・東満の奥地から単独で脱出して来た者が多い②「九死に一生」を得た人たちばかりで、栄養失調状態にあり、手荷物も極めて貧弱③孤児が多くなった④婦人病に悩む婦女子がだんだん増えてきた⑤コレラや天然痘などの伝染病患者が出ている。

京城大学生医療班

時間は少しさかのぼるが、終戦直後の京城府（現、韓国ソウル）には満州と北朝鮮からの一般邦人が「ハダカ一貫」で続々と避難してきている。終戦九日目の昭和二十年（一九四五年）八月二十四日には米ソ間の「軍事境界線」である北緯三十八度線が封鎖された。しかし、それでも途中の危険は覚悟のうえ、苦労を重ねて突破してきた人たちが多かった。

「終戦直後、北朝鮮にあった日本人は満洲から南下し難民生活をしていた者とともに、飢えと死を待つよりは、危険を冒しても三十八度線を脱出し、南朝鮮を経て日本に帰国することを企画した」「しかしながら、この脱出行は三十八度線に近いところに居住していた者でも三日ないし十余日かかり、また脱出行動には少なからぬ経費を要するなど困難なものであった」（厚生省援護局編『引揚げと援護三十年の歩み』）

すでに記したようにソ連兵や朝鮮人暴民の蛮行があった。日本兵はシベリア送りとなり、行政官や警察官は投獄された。老人、女性だけの日本人家庭への略奪、暴行、婦女暴行、殺人が相次いだ。食料不足、伝染病が追い討ちをかけた。道なき山道を脱出するにも、朝鮮人保安隊が関所を設けて行く手に立ちふさがり、金品、女性の提供を強要した。

それでも、ひたすら祖国日本をめざす避難民の流れだったが、海軍少尉・波多江興輔（83）＝写真＝の場合、その日本の博多港から「逆潜入」して、朝鮮半島釜山港近くにある鎮海から京城入りを図っている。京城には自宅がある。親姉妹がいる。なんとしても救出せねばならぬ。その一心からだった。

京城高等商業学校卆。十九年九月召集。旅順方面特別根拠地隊予備学生教育隊を経て神奈川県藤沢の海軍電測学校に行った。その後、海防艦乗りとしての訓練を受けているうち、佐世保軍港で終戦を迎えた。父親の実家がある福岡に復員したものの、京城の肉親を思えば居ても立ってもおられない。引き揚げ業務に当たっていた博多港の旧海軍武官府に日参すること約一ヵ月、やっと徴用機帆船で旧鎮海海軍要港部に渡ることができた。

波多江興輔（予備学生教育隊時代）

上陸したのは九月二十日前後であったか。武田幸男編『朝鮮史』によれば、この日をもって南朝鮮（現韓国）に米軍軍政庁が発足。以降、残留日本陸海軍に対しての管理、締めつけが一段と厳しくなっているから、そのぎりぎりの時期に鎮海潜入を果たしたことになる。

鎮海基地の旧海軍将校仲間に励まされ、帝国海軍の事業服（作業服）のまま、まだ戦乱の色濃い列車に無賃乗車を決め込んで京城に向かった。周囲の乗客、みな朝鮮人。刺すような目つきが気になったが、朝鮮半島出身者で日本軍志願兵も多かったから、ここは度胸ひとつ。故郷に帰るような素振りで、もっぱら無言の行。と、まあ、せっかくうまくいきかけたところで、ほぼ中間地点の天安駅で降ろされてしまったのは計算外だった。米軍の指示で車内点検に来た旧日本軍憲兵に一目で見抜かれ、「ここから先は身の安全は保証できない」と半ば強制的に降車を命ぜられている。

森下昭子

余談になるが、米軍当局はこの日本人引き揚げ問題に関しては武装解除した日本兵を最優先させている。「とくに軍政庁が引き揚げを急がせたのは、軍人、神官、芸妓・娼妓という日本の植民地支配の先兵となった人々だった」（『朝鮮史』）。

危ない連中、いかがわしい連中はどんどん送還してしまえ、ということだったか。チントンシャンの芸者までが植民地支配の手先とは恐れ入った話だが、案外、かねて日本人社会の宴会政治を耳にし憤慨していた若手朝鮮人行政官あたりからの入れ知恵だったのかもしれない。

そういうことからか、降ろされた天安駅頭には復員のための南下列車を待つ日本陸軍将兵であふれていた。「海軍さん」を珍しがって集まり、これ以上の「北帰行」は無謀だと親切に言ってくれるのだが、聞けば聞くほど京城のことが心配になるばかり。次の手段を思案していたところへ、「波多江ではないか」と日本語で声がかかった。京城高商時代の朝鮮人同級生だった。

「地獄で仏」とはこのこと。麻の背広に着替えさせてくれたうえ、京城まで同行してやる。ただし途中で民間の保安隊や米兵パトロールに怪しまれても絶対に口を利くな。オレがなんとかしてやるから、と、涙が出るようなことを言ってくれる。

一方、こちらは京城の波多江一家――。少尉のすぐ下の妹、森下昭子(79)＝写真＝は京城女子師範学校に在学中、終戦となっている。召集された男子教員の「穴埋め」的教育動員で北朝鮮・沙里院の国民学校（小学校）で教壇に立っていた。夏休みで京城の実家に帰省。運命の八月十五日、職場に戻る予定だった。昼近く、京城駅で知り合いによる「正午の重大放送を聞いてから北朝鮮行き列車に乗っても遅くはあるまい」との忠告に従ったのも、あとで思えば運命の岐路。

その終戦を告げる玉音放送の直後から京城府内の様相は一変した。翌十六日、指示を受けるため登校した師範学校の校庭には、刑務所から釈放された大勢の朝鮮人政治犯が青白いヒゲだらけの顔で「独立万歳、解放万歳」と入って来た。それに向かって教室の窓から、クラスでただ一人の存在だった朝鮮人同級生が紅潮した面持ちで手を振っていた。

京城の波多江家は病弱の母親はじめ、女ばかりの留守家庭だった。父親は京城府の国民学校や朝鮮人子弟のための「普通学校」教諭を歴任し、京城大学職員も務めたあと、北朝鮮の地区行政官となって単身赴任していた。だが、終戦で立場は逆転、海州刑務所に投獄された。残された女手だけで、どう日本に帰り着けばいいのか。一家の募る不安は極限に達していた。そんなところへ、波多江少尉がひょっこり戻ってきたことになる。少尉は「母や姉妹は驚喜した」と手記に書いている。九月二十五日のことだった。奇しくもこの日はちょうど一年前、海軍入隊のため出征した日に当たっていた。

その後、一家は少尉の先導で列車を乗り継ぎ、鎮海に着くことができている。ところが、ここでまた、少尉は単身、ふたたび京城にトンボ帰りし、残っていた親類一同の救出までやってのけているから、これはちょいとした離れ業だった。かくて一族は鎮海で勢ぞろいし、釜山経由、博多港に引き揚げている。

「わたしのことは別として、高商時代の朝鮮人同級生の献身的行為が私たち親族一同を救ってくれたのです。その友情は生涯忘れることのできない思い出となっています」

獄中にあった父親もまた、一年後、普通学校時代の朝鮮人教え子たち（多くが成人に達していた）が運動した結果、衰弱はしていたものの、辛うじて身柄釈放となっている。

ところで、二度にわたる京城潜行で、波多江少尉は京城大学医学部教授、医学生らによる避難民教護活動のことを耳にしている。のち、どういう運命の糸のからまり具合か、場所こそ違え、少尉自身もこの京城大学グループの教護活動に深くかかわるようになるのだが、このときは、敗戦の混乱のなか、彼らの献身的行為に「日本人ここにあり」といった感動めいたものを覚えたのを記憶している。

京城大学（現、韓国国立ソウル大）の正式名称は京城帝国大学といった。大正十三年（一九二四年）の設立。東京、京都、東北、九州、北海道に次いで六番目に誕生した帝国大学だった（このあと、台湾・台北、大阪、名古屋の帝大が誕生している）。終戦になって朝鮮人の職員と学生とで組織する大学自治委員会により、大学本部の表札にあった「帝国」の文字が消され、三十一年にわたる歴史を閉じた。

正確には終戦年の二十年九月末、米軍軍政部長官命令による日本人教職員解職でもって帝国大学組織は完全解体するのだが、その間にも学生たちは、在京城の日本人有識者よりなる日本人世話会の発足に呼応し、京城内地人学徒会（のち京城日本人学徒会と改称）を結成して避難民救護活動に従事していた。

横溝公明

これには府内の高等工業、鉱山、経済、医学、薬学、歯科医学、高等農林などの専門学校生はじめ、師範学校、無線学校、各中学校四年生以上の学生生徒も加わっていた。府内の学校施設も避難民収容所となったため、いやでもその惨状を目の当たりにすることになった学生生徒たちは、到底、見過ごすわけにはいかなかったのだった。（京城帝国大学創立五十周年記念誌『紺碧遥かに』）

岩永知勝

一方、京城大学医学部学生による医療班も活動を開始していた。リーダー格だった横溝公明（84）＝写真＝は、当時、医学部四年生。戦時中、軍医見習として京城駐屯の陸軍部隊にも出入りしていたことから、いささか外部の空気を知っていたうえ、剣道とラグビーで鍛えた頑健な身体を持っていた。のち、北九州病院医長。

「避難してきた人たち全員が栄養状態きわめて悪く、表情、着ているもの、言葉はわるいが、まるで乞食。苦労のほどがしのばれました」「病人が目立ったが、日本人医療機関は閉鎖されていた。終戦で感情が高揚している朝鮮人経営の医院、病院は日本人患者を忌避する傾向にあった」「これでは、とてもじゃないが放置しておくわけにはいかない」と

アイスホッケーと水球（インターカレッジ級）をやっていた医学部四年、岩永知勝（85）＝写真＝もまた、医療班の一員として身体にものをいわせ、走り回っている。のち、九電病院、伊万里市民病院を経て開業。

「収容先は避難民であふれ、避難途中で体験した恐怖感をひきずり、疲労し切っていた。あとになって避難してくる人ほど、その困窮の度、ダメージのほどがひどくなってくる。たまりませんでしたなあ」

彼らは簡単な応急治療はもちろん、身の回りの世話にも当たっていたが、やがて「いつま

でも一部学生の奉仕に任せておくべきではない」という声の高まり、急増する避難民、激増する発疹チフスなどの伝染病対策問題もあって、先の京城日本人学徒会とともに京城日本人世話会に大同団結して大きく羽ばたいていっている。

京城大医学部の活躍

救護活動が本格化していった経過について、その中心人物となった泉靖一・京城大法文学部助教授（当時）は著書『遥かな山やま』の中で次のように記している。

米軍政庁によって京城大を解職となり、「無為の一ヵ月」を過ごしていた（その実、戦争が終わってほっとしていた）。そこへ、山家信次京城大総長から「相談がある」との連絡があった。指定された京城日本人世話会に出かけてみると、総長はこう切り出している。

「ご承知のように、このとおりの混乱です。北朝鮮からの難民がますますふえています。引揚列車も続発しています。いちばんこまっているのは病人ですが、個人的な好意による診療ではどうにもなりません。医学部の人びとと相談して、一貫した診療と衛生管理の組織をつ

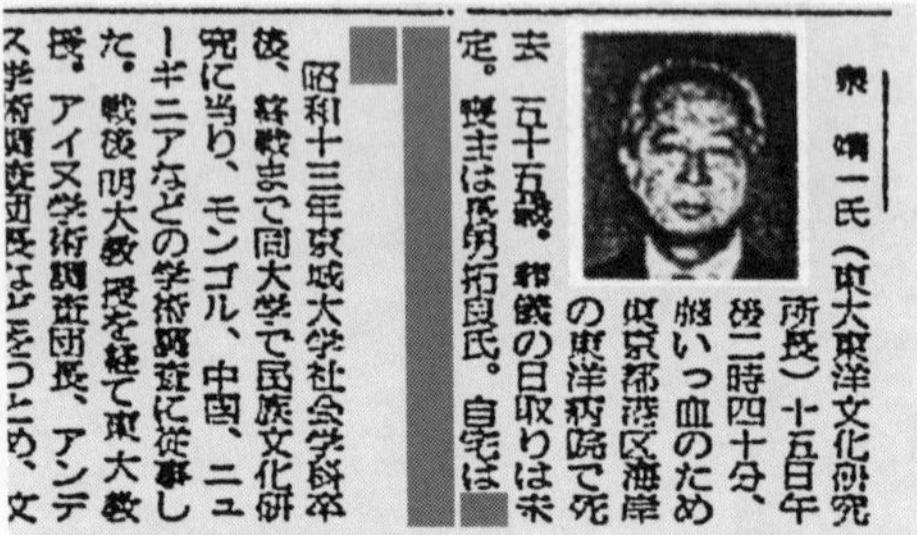
泉靖一氏（東大東洋文化研究所長）十五日午後二時四十分、脳いっ血のため東京都港区海岸の東洋病院で死去、五十五歳。葬儀の日取りは未定。喪主は長男拓良氏。自宅は

昭和十三年京城大学社会学科卒後、終戦まで同大学で民族文化研究に当り、モンゴル、中国、ニューギニアなどの学術調査に従事した。戦後明大教授を経て東大教授。アイヌ学術調査団長、アンデス学術調査団長などをつとめ、文

泉靖一の若過ぎる逝去を写真入りで報じる朝日新聞
（昭和45年11月16日付）

くってくれませんか？　必要ならば病院をつくってもらっても結構です」

なぜ、その任に選ばれたかについては、「山家総長は、私が医学部の人たちと親しいことを知って」いたからであろう、と書いている。だが、それ以上のものがあったようだ。

泉靖一（一九一五〜一九七〇）は人類学専攻。のち東京大学東洋文化研究所教授となり、昭和三十三年（一九五八年）、東大アンデス学術調査隊長としてペルー・ワヌコ市郊外のコトシュ遺跡発掘に成功。その業績を記念してワヌコ市に「セイイチ・イズミ通り」ができたほどだった。著書に『インカ帝国』『フィールド・ノート』『文化のなかの人間』など多数ある（朝日講座『探検と冒険①』）。『遥かな山やま』の解説コーナーで親友の元京都大学人文科学研究所、梅棹忠夫教授は「天性のフィールドワーカー、アドベンチャラー、オルガナイザーだった」と記し、その若過ぎる病死を悼んでいる。

優れたアルピニストでもあり、本書第三章の「虎頭要塞のウグイス」に登場したマナスル初登頂の今西寿男少尉（京大山岳部）とも接点があった。京城学派と京都学派の間には、少なくとも野外調査研究の面では一脈通ずるものがあったようにおもわれる。

山家総長が、当時、助教授に過ぎなかった泉靖一に大一番の仕事を依頼したのも「（オルガナイザーとして）集団の統率におどろくべき才能」（梅棹教授）を持ち合わせているのを見抜いてのことだったに相違ない。乱世の京城で得難い人物がいたものである。その後の事態の推移については、少し長い引用になるが、『遥かな山やま』をひもどいてみたい。

――「京城日本人会の建物を出ると、その足で、ニューギニア（一九四三年学術調査）に同行した衛生学教室の田中正四君（京城中学からの同級生。のち広島大学教授）を訪ねた。田中君は地獄耳でいろんなことを知っていた」「いま必要なのは、薬品と医師ではあるが、それを充足するための組織ができなければ、どうにもならないことが、田中君の話を聞いているうちに分かってきた。しかし、このような非常事態のもとでは、組織づくりに時間をかけるわけにはいかぬ。田中君を誘って、その時の付属大学病院長北村精一教授（のち静岡国立病院長）を訪ね、北村教授も加えて今村豊教授（当時、京城大医学部長。のち伊賀上野精神病院長）の家に赴いた」「（話し合いの結果）医学部は全力をあげてこの事業に協力しようという話が、またたくまに決まった」（一部手直し。カッコ内加筆）

まさに「おどろくべき才能」の持ち主の面目躍如といったところだが、ともかくも終戦から二ヵ月足らずの二十年十月一日、本格的な避難民救護のための京城罹災民救済病院が京城府内「小林病院」を本拠に発足している。前項で紹介済みの学生医療グループも「学生班」（横溝公明班長）として再出発することになった。ここらあたりについては、元京城大法文学部OB・木村秀明編著『ある戦後史の序章』が詳しい。

「このようにして救療活動は本格化していったが、半面、医療器械や医薬品は十分とはいえなかった」「手分けして知人の病院や薬局を回り、寄付を仰いだ。横溝ら学生たちも炎天下、代八車やリヤカーを引き、指定された医院や薬局から医薬品を受け取っては救済病院に運び込んだ。途中、朝鮮人のいやがらせに会うこともしばしばで、ときには生命の危険を感じたこともあった」「学生グループは細川正一教授（のち順化病院長）らに随行して各収容所を回り、伝染病患者発生の有無を調べて本部に報告する仕事が毎日の日課となったが、連日、四〜五名の患者が新しく発見された〜これらの患者を発見するたびに、米軍から払い下げられた六輪車で病院まで運び、収容するのもまた、学生の仕事であった」

こうして敗戦に伴う混乱の京城で医療救護活動の先駆けとなり、やがては福岡市における歴史的な引揚援護運動の端緒をつくった京城大学グループだったが、大車輪で奮闘した学生班のメンバーには、ほかに石田一郎（のち奈良保健所長）、三浦省二（門司鉄道病院副院長）、相良正信（開業）、金川一彦（岸和田市民病院長）、大村裕（九州大学教授）、長谷川健（都城国立病院医長）、島貫常雄（開業）といった面々がいた。先輩格の医師団には、扇田和年（浜の町病院内科医長）、須江杢二郎（聖福病院副院長）らの名前があげられている。

「それに泉さんが知恵をめぐらし、語学の達者な高松日出夫さん（高知大学教授）、小西英一さん（成蹊大学教授）あたりを動かしては米軍に折衝して（医薬品等を）調達してきた」といった記述もみられるところだ。

山本良健（のち開業）もいた。救済病院の小児科診療

聖福病院玄関（千早病院25年史より）

を受け持つ一方、赤十字の小旗を掲げ、封鎖された三十八度線近くまで行っている。終戦の年、十一月、早くも冬が訪れようとしていた。山道、小道を伝って避難民が脱出してくる。それを「掘立小屋」で治療した。別の医師によれば、「背負った子が、目が見えない、といって泣くんです」と訴える母親がいた。診てみると、過度の栄養失調により「眼球が溶けて」しまっているのだった。

次のような哀切きわまりない話もあり、山本ら医療グループを粛然とさせている。

「北朝鮮で農家だった老夫婦は、年頃の娘二人を連れ、三十八度線近くの鉄原までたどりついた。だが、そこで見たものは、日本人の娘達がソ連兵に犯され、朝鮮人の保安隊に引き渡されてさらに辱められたうえ、虐殺されている光景だった～娘二人も同じ運命をたどるであろうことを不憫に思い、近くの松の木に首をくくって自決させた。これはその遺髪ですと言って私に見せてくれた。もう涙もかれたのか、淡々と他人事のように語るその表情のなかに、私は深い悲しみを見た」(『ある戦後史の序章』所載、石田一郎手記から)

大神盛弥(長崎大学助教授、開業)もまた、「心に火を燃やせ」との恩師北村精一教授の教えのまま、三十八度線を走り回った組だった。ある日、小さな集落の近くで「鶴の舞う情景」に出会い、しばし我を忘れて見入っている。

二十年十月一日にスタートした救済病院が同年十二月末までに診療に当たった患者数は延べ五万四千人にのぼった。単純計算で一日当たり九百人。スタッフの苦労のほどがしのばれる数字である。経費等については、在留日本人からの寄付のほか、十分とはいえないまでも米軍からの援護金、食料や中古衣類の放出があったことが記録されている。（元外務省事務官・森田芳夫『朝鮮終戦の記録』）

その後の展開については、この京城罹災民救済病院設立の中心人物だった泉靖一助教授は『遥かな山やま』に書いている。

「京城以外の各地にも（救済病院と）同様の組織をつくるようにうながすとともに、とくに京城―釜山間の引揚列車、さらには釜山―博多、または仙崎（山口）間の引揚船に診療班を乗りこませる移動医務局（ＭＲＵ）が鈴木清教授のもとに組織された。私はこの二つ、ときとして無数に分かれて活動する機関の調整をおこなうことになってしまった」

ＭＲＵ（移動医務局）は Medical Relief Union の略称で、米軍政庁の許可を得やすいようネーミングを思案したものだった。ねらいは、泉助教授が記しているように、京城から釜山、博多（一部、仙崎）をつなぐ引き揚げ関係の総合医療体制を構築することにあった。基地医療班から移動医療班へ、あるいはその逆のリリーフ（継投）となる。面白がってのことだったか、米軍側は即ＯＫのサインだった。

ここらあたり、藤本英夫『泉靖一伝』は、友人だった田中正四助教授（衛生学教室）の二十年十月十一日付日記を「泉は――」という書き出しで次のように紹介している。

山本良健

「移動医務局というものをいつの間にかでっちあげて忙しそうにはりきっている。組織を作ったり、それをひねくり回したり、修正することに彼はこよなく生き甲斐を感ずるらしい。そしてうまく事が運んだといっては祝杯をあげ、うまくいかないとやけ酒をくむ」

一方、『戦後史への序章』は「横溝ら学生グループの自発的な活動からはじまった避難民救済運動が、いまや米軍政庁の公認による組織として実体を持つに至った」と、学生の働きもまた、大いに評価しているところだ。

そして――。

「二十一年二月二日に、博多に引揚げた京城日本人世話会の医療関係者が中心になって在外同胞援護会救療部を結成し、同時に博多診療所を設けたとき、朝鮮における医療陣の本拠は、京城から博多に移り、博多―釜山―京城―三八度線を貫く一筋の医療組織が確立された。この医療陣により、引揚者はどれほど救われたことか」(『朝鮮終戦の記録』)

聖福病院の記録から

前項の冒頭で記した、日本から京城まで「逆潜入」して家族と親類の救出を果たした元海防艦乗り、波多江興輔少尉のことだが、気がかりだった父親も、一年後の昭和二十二年五月、北朝鮮の刑務所から釈放されて引き揚げてきた。これで一安心ではあったが、不衛生な刑務所でうつされた皮膚病（カイセン）の症状がひどく、衰弱し切っていた。

そこで、「引揚者の病院」と聞いた福岡・聖福寺の在外同胞援護会救療部博多診療所に連れていった。ここで親子二人は、それぞれ、思いがけない人に再会している。診療所で事務を預かっていたのは少尉の京城時代の小学校担任、岡本克己先生（京城師範出）だったし、父親もまた、泉靖一助教授とは京城大学職員時代の顔見知りだった。

住職の英断で境内に病院と孤児収容所がつくられた聖福寺
（福岡市で）

そんな具合で父は安心して治療を受けられるし、少尉の方は「人手が足りない、手伝って くれ」という岡本先生に請われるまま、診療所職員となって働くようになっている。人の世の出会いの面白さだ。少尉は、その後十一年間、この博多診療所が歩む道を共に過ごすことになる。

この博多診療所の発足当初のメンバーをみると、医療部長・今村豊、庶務課長・田中正四、会計課長・泉靖一と、すでに紹介済みの京城大関係者の名前が出てくる。前二者は医者だから分かるとしても、文化人類学の泉助教授が会計課長とは面妖なハナシ。ご当人も「混乱のなかにあったとしても、私が会計課長になったのだからおかしなものである」と書いている。それ以上の説明はないが、その後の経過からみて単にソロバンをはじく会計係ではなく、診療所全体の経営面を担当する部署だったようだ。話は前後するが、この博多診療所発足のいきさつについて、『遥かな山やま』によれば——、

「医療組織は、朝鮮のことを考えただけでも、もう一年ぐらいは確保しなければならない。そのためには、どうしても金銭の援助が必要であったが、われわれの財布の底にはなにも残っていなかった」「私は決心して昭和二十年の十二月に博多に引き揚げ、できたばかりの財団法人在外同胞援護会と話し合いをはじめ、京城の（救済病院）診療所と移動医務局をそっくり引き受けてくれるよう申し入れた。話は一～二週間ほどでかたづいた」「（こうして）経済的に行き詰っていた京城の組織が蘇ると同時に、私たちの全組織を在外同胞援護会救療部として再組織することになったのである」

それにしてもこの会計課長さん、診療所勤務になっても京城時代からの行動力は健在だった。机の前に座ることを嫌い、なにかと走り回っている。

毎日まいにち、ふ頭で上陸してくる病人をかついだり、孤児の手を引いたり、栄養失調児のための収容所や不法妊産婦の保養所の建設に大童だった。診療所のある聖福寺周辺は駅の近くにあったことから、闇市に囲まれていた。ケンカや盗難は日常茶飯事だったが、人ごみのなかには不思議な活気があった。

「私は、雑踏のなかで、山も学問も忘れて、どろどろになって働いた」

年譜を見れば、当時三十一歳。企画力といい、行動力といい、他の追随を許さぬものがあったことが分かる。なによりも腰が軽いのが共感できるところだ。

一方、職員に対する待遇はどうだったのだろう。事務担当となった波多江職員は、そうした台所事情に詳しい。

「在外同胞援護会の資金援助があったとはいえ、診療はほとんど無料でしたから、当然のように経営は赤字続き。もともと低い給与のアップはなく、残業手当などあろうはずはない」

「そこで資金稼ぎのため、進駐軍雇用の日本人労働者の健康診断、米軍人相手の女性たちの性病検診も引き受けました」「窮余の一策として甘味料のズルチンをつくって売り出したところ、甘味不足の時代とあって大当たり。賞与の足しにしたこともありました」

食糧難のひどい時代だった。診療所の食堂には楕円形の大きなテーブルがあり、職員たちが交替で食事をとっていたが、長イスの反対の端に座っていた人が立ち上がったとたん、シーソーのようにイスがはねあがった。こちらにいた人は尻餅をついたが、手にしていた丼のスイトンの汁を「一滴もこぼさなかった」。そんな涙がこぼれるようなハナシも残っている。

しかし、と、波多江職員は力説するのである。

「職員たちは貧窮に耐え、ただただ人道上、医学上の使命感から、一切の私心、私生活まで犠牲にして、昼夜の別なく、団結して医療援護に当たっていました」「職種の異なる多くの人たちが、幹部の強い使命感と指導力のもとで、不平ひとつ言わず、見事なばかりに足並みをそろえていました」（手記、『千早病院25年史』所載）

医師はじめ職員のほとんどが引揚者という特別な事情が背景にあったにせよ、たいへんな心意気といわねばならない。

引揚孤児と女性職員（「聖福寮の子どもたち」から）

ところで、診療所が置かれた聖福寺は、わが国臨済宗開祖の栄西禅師が創建した日本最古の禅寺として知られる名刹。広い境内がある。終戦後、日赤博多臨時救護所（緒方龍所長、政治家緒方竹虎の実弟）が置かれていた。これには当時の住職、龍淵戒応師の英断があったと伝えられる。

そんな関係で、当初、ここの表門には在外同胞援護会救療部博多診療所と日赤博多臨時救護所の二枚看板が出ていた（波多江職員の記憶）。やがて両者が合同合併して聖福病院として正式な病院組織（緒方院長）になるのだが、そのさい、緒方が引き連れていた日赤チームからも有能な人材が加わることになっている。旗揚げを知って満州や朝鮮で医学を学んだ人たちも続々と参加してきた。

一連の避難民救護活動の発端をつくった京城大医学部学生グループも、引き揚げ後、九州大学医学部などに転入学が認められ、本格的に医者への道を歩みはじめていた。だが、まだ休講が多いことから「聖福寺内に盤踞」している。紹介済みのリーダーだった横溝公明（ラグビー部）、それに岩永知勝（水泳部）もいた。法文学部在学中、学徒出陣で海軍航空隊に入った竹田延（九大法学部に転学）という猛者も復員してきて一党に加わっていた。

『ある戦後史の序章』によれば、ここでまた泉靖一会計課長がアイデアを出した。これら聖福寺内でとぐろをまいている医者のタマゴの学生たちを「シップドクター（船医）」に仕立てて引揚船に乗船させ、救護させるのだ。ＭＲＵ（移動医務局）の海上版である。ほんとうのところは正規の医者を乗船させたかったのだが、医者不足でそこまで手が回らないという裏事情があった（のち医師団も乗船）。船内の救護活動は日本赤十字の担当だった。このため、学生でも船医として乗船すれば日赤から手当てが出る。わるくない収入だ。病院としても「外部資金導入」となる。で、多少の危険はあるだろうが、行ってこい、ということになる。ここらへんも、泉会計課長さん、抜け目がなかった。

以下、同書所載の学生船医回想記をいくつか（一部手直しした）――。

「朝鮮人送還の船に乗って釜山に渡った。船内で女性が産気づいた。お産の処置は学んでいなかったが、船医を名乗っている以上、知らぬ顔はできない。駆けつけてみると、女性はすでにモンペの中に赤ん坊を産み落としていた」「釜山港で上陸して引揚患者の乗船介護を命ぜられていたが、保安隊の検問が厳しい。バレたらたいへんだ。折よく腹痛を訴える者が出た。そこで（本人には気の毒だったが）急ぎの手術を要する盲腸炎と診断。自分もタンカをかついで上陸、病院に運び込んだあと、MRU釜山診療所に飛び込んだ」

奥村モト子

元海軍航空隊の竹田延も志願して乗船している。「医学のことはまるで知らない自分としては、決して気持ちのよいものではなかった」。持ち前の度胸を決め込んで釜山に上陸。帰りの船内では介護しながら、イカ釣りをして「笑顔を忘れた同胞」に振る舞っている。

日赤第五救護班博多引揚援護局勤務、奥村モト子（82）＝写真＝は、二十一年冬、船内救護の看護婦として引揚船「信濃丸」（！）に乗り、大連港に行っている。

「救護スタッフは看護婦二人、船医二人の計四人でした。ところが、その医者というのが、二人ともまだ医学生。ほんと、こんなことで大丈夫かな、と」

　もっともこの奥村看護婦、そんなことでビビるような女の子ではなかった。十九歳で従軍看護婦として激戦地フィリピンへ行き、「地獄を見た」一人だった。飢えとの戦いとなったルソン島中部の山中で「アブラムシ、オタマジャクシ、バッタ」を口にしながら、腸チフスや赤痢はじめ、あらゆる急性伝染病で苦しむ傷病兵たちの看護に当たった。ここで同僚の多くも失った。だから、いざとなれば、医学生船医の手を借りなくてもやり遂げてみせる。そんな自信と覚悟があった。京城日赤看護婦養成所卒。

　だが、その自信がぐらつくことがあった。船上で引揚者から聞くソ連兵の乱暴狼藉ぶりには聞きしに勝るものがあったからだ。その結果、妊娠した人もいるというのだから、いつの世も弱者が犠牲になる戦争のむごたらしさ、女の身の哀しさを思っている。

惨たり不法妊産婦

在外同胞救護会救療部の発足事情については、前項で泉靖一の文によって紹介した通りだが、そこには「栄養失調孤児のための収容所や不法妊産婦の保養所の建設に大童であった」という記述がみられた。どういうことなのか。栄養失調孤児収容所建設の件はそれなりに見当がつくとしても、一方の不法妊産婦とは——。

博多引揚援護局史は書いている。

「二十一年三月中旬、引揚者の大部分は北鮮よりの脱出者であったが、殊に婦女子が多く、その悲惨な姿は見る者をして目を覆はしめた。これらの婦人の中には、終戦後、憐れむべき環境の中で余儀なく汚辱せられ、性病にかかり、或は妊娠した者があるにもかかはらず、何等の対策施設も考慮せられなかった」「在外同胞援護会救療部は博多港を出港する船舶に対し船医を送り、輸送間の救療に任じておったが、以上の情況を注視し、船医の意見を徴して、早急にこれら患者のために病院を設立すべきであるとの意見を博多引揚援護局に具申し、両

故国上陸も間近。歓喜の声をあげるシベリアからの復員兵（舞鶴地方引揚援護局史より）

者の協力を得て之を開設するに決した」

「依って援護局は、福岡県より筑紫郡二日市町にある旧愛国婦人会県支部武蔵温泉保養所を借用し、在外同胞援護会は診療に要する器械衛生材料を提供し、且つ所要の医師・従業員を配置して、三月二十五日、之が開所（二日市保養所）の運びとなった」

不法妊産婦とはソ連兵や満人、朝鮮人によって無法にも犯され、身ごもった婦人のことだったのだ。「船医の意見を徴して」とあるが、その意見は船上で見聞きしたものに基づくものだったに相違ない。乗船してくる若い女性の多くが丸坊主となり、ススや泥で顔を汚し男姿に身をやつしているのが、すべてを物語っていた。さらには、いくつかの引揚船で不法妊産婦による身投げ事件が起きていた。それも、夢にまで見た母国帰還を目前にしての自殺が際立った。明日は上陸という異常な感情の高揚のなかで、心ならずも犯され身ごもった己の身を恥じ、あるいは腹の子の扱いに悩み、思い余ってのことであったか。

救療部が直接関係する痛ましい事件として『ある戦後史の序章』に次のような記述がみられる。泉とその友人田中正四（京城大医学部衛生学教室）にかかわる出来事だった。

「それは、田中の京城女子師範講師時代（衛生学担当）の教え子の女性が、北朝鮮において数度の暴行を受け、両親とともにようやく脱出してきたものの、不法に妊娠させられていることが分かり、聖福病院に密かに相談に来た事件が発端だった」「二人（泉と田中）は相談をして、思い切って堕胎手術を受けさせたのであったが、手術は失敗に終わり、彼女は死亡した。この事件がきっかけとなって、二人はその対策に奔走を始めたのである」

当時、堕胎手術（人工妊娠中絶）は違法行為だった。「二人は相談をして」「思い切って」と記されているのは、このことを意味する。富国強兵の国策のもと、「産めよ増やせよ」の時代の中で国家的犯罪行為として重罪（最高七年の懲役刑）に問われていたのだった。（それから二年半後の二十三年九月、優生保護法施行により合法化された。『泉靖一伝』には、泉は二日市保養所開設に先立って「政府に特例法を働きかけ」ていた、とある）

さて、不法妊産婦のための施設はできた。問題は、いかにして不法妊産婦をこの施設に収容するかだった。団体行動で引き揚げてくる被害女性に対して「周囲に知られないよう、しかも漏れなく」これを知ってもらうのはたいへんな作業となっている。

呼びかけは三段構えで行なわれた。まず、乗船地診療所（たとえば釜山）で「できるだけ多くの婦人」に対し、性病・不法妊娠の有無をチェックした。次いで船上では船医が全婦人にパンフレットを配布した。「身体の異変がある方は船医に申し出て下さい」という趣旨のことが書かれてあった。帰国直後の婦人用としては「外地にある時に受けた痛手で悩んでいる方は二日市保養所に来て下さい。十分な施設をもって治療いたします」と、本人が読めば分かるような文言の新聞広告を数回にわたって掲載した。（『博多引揚援護局史』）

その結果、収容患者総数は三百八十人に達した。うち不法妊娠二百十三、正常妊娠八十七、性病三十五、その他四十五。中絶手術が行なわれた不法妊産婦の場合、妊娠月数八ヵ月が二十三人、七ヵ月が二十七人もいた。また正常妊娠で中絶となったのは、過労と栄養障害で母体に危険が認められたケースで過半数を占めた。

治療に当たった医療スタッフは、いずれも京城大医学部産婦人科出の橋爪将所長（のち広島記念病院産婦人科医長）と秦禎三医員（開業）の医師陣。それに京城大病院の看護婦（助産婦を含む）十人だった。秦医員は手記「引揚げ医療の思い出」の中で、とくに当時、刑法に触れるおそれがあった中絶（堕胎）手術に関して次のように述べている。（引揚げ港博多を考える会『戦後五十年　引揚げを憶う』所載）

「重症疾患のない人の人工流産は堕胎罪で処罰されましたが、私共は緊急避難という理由で処置したわけです。今にして思えば『勇気があったものだ』と感じますが、当時の私共は罪の意識は全くなく、当然の義務を果たしているものと信じ、なんの抵抗も感ずることなく、連日連夜、夢中で診療しておりました」「人工流産には当時は未だ現在のような優秀な短時間用の麻酔用の注射薬もなく、無麻酔か鎮痛剤の使用で行いました～妊娠三カ月までの手術は割合簡単で短時間で済みますが、四カ月以上は手技が難しくて二日以上を要することもあります。診療記録は全部廃棄されたようですが、人工流産の件数は四、五百件に上り、性病を含む婦人科疾患の患者数も同数くらいあったと思います」「たしか二十一年秋ごろに高松宮殿下（当時の引揚援護局総裁と聞いておりました）が保養所を慰問され、『御苦労さん、頼みますよ』と声を掛けられたことをはっきりと記憶しております。これで私共の行為が国の暗黙の了解を得られたものと確信した次第です」

たしかに『高松宮日記第八巻』（中央公論社）には二十一年四月十七日の日付で「二日市ノ保養所ニテハ二週間位ノ間ニ約二十人ノ不法妊娠ノ手術ヲシタ由」との記述がみられる。

こうした中絶手術は山口・仙崎、佐世保でも行なわれている。いずれも在外同胞救療部の支所が置かれていた港だった。手元の資料をそのまま引用してみると――、「たどり着いた佐世保港で～お腹の大きい人は集められ、主人が一緒でない人は、皆否応なく掻爬されました」(『孫たちへの証言⑨』)。「仙崎港へ帰った。上陸すると、女性には検診表が手渡された。これで性病にかかっていないか、妊娠していないか調べるようにと。港では救護所で何人もの人が中絶手術を受けていた」(同)「(仙崎港における)検診結果は驚くべきものだった」「治療が必要な人は山口国立病院に入院させた。帰郷してからの治療を望む人、また十五歳以上五十歳未満の女性には国立病院無料治療券を渡した」(萩原晋太郎『さらば仙崎引揚港』マルジュ社)

舞鶴港の場合、「相談に応じたが～婦人として発表し難いものであることから、係員の努力にもかかわらず大きな成果を見ることがなかった」とし、舞鶴地方引揚援護局史は「昭和二十一年コロ島引揚婦人相談結果」でまとめた次のような数字を記すだけに止まっている。「相談実施婦女子数三千三十一。うち妊娠十三、性病四十一、疾病二千九百七十七」

一連の中絶手術の模様については、二日市保養所にいた村石正子看護婦(81)＝写真＝の回想が胸をうつ。「朝鮮生まれの朝鮮育ち」。父親が朝鮮鉄道で働いていた。元山公立高等女学校卒。京城日赤看護婦養成所を経て日赤京城病院に勤務中、終戦。その後、京城大医学部グループの救護活動に派遣されていた。

「保養所には温泉が出る大きな風呂があり、まず患者を休養させ、気持ちを落ち着かせてから手術にかかった。妊娠七カ月というのも幾例かあったが、麻酔なしの手術に、みな頑張って声も出さず耐えていた。赤ん坊の泣き声を聞かせな、と言われていた。聞くと母性本能に目覚める。で、声をあげないよう手早く始末した。その赤ん坊が廊下のバケツの中で息を吹き返し、泣き声をあげることもあった」「産婦がうめき声をあげている。見ると、赤ん坊の頭が出かけている。これもメスで処置した。赤毛の女の子だった」

「職員が桜の木の下に穴を掘り、バケツにたまった胎児を埋めていた」「忘れられないのは、十七歳の女子師範学生が『悔しい、悔しい』と言いながら息を引き取ったことだった」「現地で素人女性の防波堤となって身を挺した女性がいたが、末期症状に近い梅毒の三期にかかっていて、それはひどいものだった。みな戦争の犠牲者だったし、なんとかしてあげたいという気持ちが強かった」「そのうち高松宮が視察に来られて『しっかり』とのお言葉があった。これで、私たちは非合法なことをやっているのでないという思いになった」

村石正子

この二日市保養所は二十二年秋、その歴史的な役割を終え、医療スタッフの多くは新設の広島記念病院（広島市）に移っていった。聖福病院は場所を移して千早病院（西岡利之院長、福岡市東区千早）と浜の町病院（中央区舞鶴）となり、市民病院として発展していった。一方、栄養失調児収容所は「聖福寮」と看板替え、孤児以外にも母子家庭の子どもたちも収容して託児所聖福子供寮（専任者・石賀信子、内山和子、笠原田鶴、山崎邦栄・那歌姉妹）となった。その後、「いづみ保育園」と改称。福岡市でも優良保育園として知られていたが、四十年三月、惜しまれながら閉園となった。長く聖福寮の寮長として親しまれた山本良健（あの三十八度線まで行った熱血医師）は、かつての聖福病院近くで開業。その後も寮の行く末にかかわった。また在福十一年となった波多江興輔事務長はここまで見届けて退職した。のち北海道東北開発公庫理事。最大の功労者だった泉靖一は在外同胞援護会救療部本部の救療部長として東京での仕事が多くなり、やがて本来の民族学研究の方に比重を置くようになった。二十四年三月、援護会依願退職。同会は退職金がわりに都内にあった社宅一軒を贈り、その労を謝している。当時三十四歳。以降、民族学研究で大きな功績をあげることになる。なお、聖福子供寮が「いづみ保育園」と改称されたことに関して、『ある戦後史の序章』には、功労者泉靖一の名前と賛美歌「いづみのほとり」にちなんだものだった、とある。

苦いカルテ

天児　都

ところで、一連の不法妊産婦問題を取材しているうち、それまで接してきた京城大グループのほかにも別の組織が見え隠れするのに気づいた。だが、なかなか接点がつかめない。時として取材メモの中にまぎれ込み、たびたび資料整理を混乱させる。

それは福岡市にある九州大学医学部グループの動きだった。この九大と京城大の両者は、なんと、同じ福岡の地を中心としながら、それぞれ別個の立場で不法妊産婦問題に対応していたのだった。満州から朝鮮、朝鮮から博多という一連の流れのなかで、京城大医療グループのことしか念頭になかった当方としては（恥ずかしながら）伏兵に出会ったような感すら受けた。それにしても、なぜ、そんな事態が生まれたのであろうか。

キーワードは例の「堕胎罪」であった。

ここらあたり、九大医学部産婦人科出身の天児《あまこ》都《くに》（71）＝写真、旧姓麻生＝がまとめた小論文「引揚者の中の強姦妊婦及び性病感染者の保護について」（九大医学部産婦人科学教室同窓会誌第四十号）が詳しい。平成十年（一九九八年）一月発行。

　話は少しわき道に入るが、天児都の父徹男は九大産婦人科卒。軍医として長らく中国大陸、ラバウル戦線にあった。元陸軍大尉。著書『上海から上海へ』収録の「戦場女人考」「花柳病ノ積極的予防法」は、いわゆる慰安婦問題を考えるとき、現在なお、貴重な資料である。次女都もまた長年、産婦人科医として活躍。「戦争と性」問題に関する発言も多い。

　さて、その天児論文のことである。先輩に当たる岩崎正医師（当時、九大産婦人科医局長、元愛媛県医師会副会長）のレポート「国が命じた妊娠中絶」を中心に、あらためて資料を洗い直し、当時の九大産婦人科医局員の苦悩の様子が手際よくまとめられている。

――終戦から二週間も経たない昭和二十年八月末のこと、厚生省（当時）から九大産婦人科教室に緊急の「召集命令」が届いた。急ぎ上京し、会議に出席して帰ってきた高木守男助教授の報告はびっくりさせられる内容だった。

「戦争終結に伴い、朝鮮、満洲、中国からの引揚者の大多数が、新潟、舞鶴、および博多港に到着する。引揚女性の中にはソ連兵や現地住民に暴行され、性病にかかったり、妊娠した者がかなりの数にのぼるとおもわれる」「疲弊している国民の間にかかる悪病がまん延すれば一大事。また異民族の血に汚された子の出産による家庭の崩壊を考えれば、これら女性の入国は厳重にチェックする必要がある」「そこで引揚女性は、老若を問わず、性病および妊娠の検診を行い、性病患者は隔離治療、妊婦も隔離して極秘裡に中絶すべし」

教室では数次にわたる会議を重ねた末、「いろいろ問題点はある」が受け入れざるを得ないという結論に達している。なんどか記したように、当時、理由なき中絶は御法度だった。したがって、このときの厚生省指示は非合法であり、国の機関が国の方針に逆らうものだった。九大医局員たちが面食らったのも無理はなかった。

この超法規的措置に踏み切った政府部内の動きは詳らかでない。ただ、既述のように京城大グループの泉靖一が中絶に関する緊急避難的な「特例法」制定を政府に訴えたさい、時の厚生大臣芦田均は許可方針だったが、法務大臣岩田宙道が首を縦に振らなかったというハナシは巷間伝わっていた。

さて、九大グループは、二十一年春（京城大グループとほぼ同時期）、厚生省直轄の博多引揚援護局開設とともに行動を起こしている。福岡と中原（佐賀県）の両国立療養所が手術の場だった。福岡療養所（のち国立療養所福岡東病院）には博多港引揚患者、中原療養所（国立療養所東佐賀病院）には佐世保港からの患者が収容された。天児論文には、ここで中絶手術に当たった九大医師たちによる「厚生省の暗黙の了解」「国からの要請」「政府命令」といった言葉が、たびたび述べられているところだ。

前項で登場してもらった日赤第五救護班、奥村モト子看護婦はこの九大グループに入っていたとおもわれる。手記「戦後の引揚援護局で目にした数々の悲劇」で書いている。

「引揚者の中から婦女子だけを別室に誘導し、ソ連兵から暴行を受け妊娠していないかの調査をするのだが、お互いにこれほど辛く悲しく重苦しいやりとりはなかった。真実を話そうとしないのは当然なことであり、表情で察しがつくこともあり、いきなり泣き崩れる人もあって、慰めの言葉もなかったが、『戦争の犠牲者なのだから少しも恥じることはない。堕胎を受けて身軽になり再出発しましょう』と励ますほかなかった」「彼女たちを別の療養所へ送っていったとき、ずらりと並んだ手術台を見て目を覆いたくなった。当時、優生保護法なる法律はなかったから堕胎は殺人罪であったにもかかわらず、英断をもって多くの女性を救って下さった関係者の方々には、頭の下がる思いでいっぱいである」

天児論文から判断すれば、九大グループによる福岡、中原療養所、それに京城大グループの二日市療養所との三ヵ所を合わせ、少なく見積もっても総計約八百人に対する中絶手術が行なわれたものとみられる。このほか、前項で紹介したように、佐世保、仙崎、舞鶴でもこの種の処置が行なわれた形跡が濃厚なのだが、それ以外の港の分も含め、いまだ全体像を描くに足る資料は見当たらない。先の岩崎レポートには、厚生省の「密命」は引揚港所在地の大学産婦人科教室に一斉に出された。そして、「カルテ等診療記録等は一切その証拠は残してはならないという（厚生省からの）厳命があった」とも記されている。

こうした九大の動きは京城大の資料には出てこない。一方、のちの九大側資料に「（京城大グループの）二日市療養所については当時全く知らなかった」というのがあるほどで、相互に連絡はなかった。（ただし、孤児収容施設の聖福寮には九大医学部小児科から小児科医師「数名」が派遣されていたとの資料がある）。

両者は全く別個に存在し、それぞれの立場で機能していたのだった。共に厚生省博多引揚援護局と密接に連携を取りながら動いていたはず。だが、当の援護局には相互の橋渡し役を買って出て情報交換や業務効率化を図ったりしたような形跡はない。援護局史は次のように簡潔に記しているだけである。

「引揚婦女子の性病又は不法妊娠をなしたる者の相談に応じ、且つこれが医学的検査を行い、患者は直ちに二日市保養所及び国立福岡療養所に送院した」

ここには国立福岡療養所で中絶手術に当たっていた九大グループの「九」の文字も出てこない。で、余計なことを書くようだが、わたし（筆者）の取材上の戸惑いも、ここらへんに起因するようだ。一連の流れから京城大の活動に焦点を当てていた者としては「国立福岡療養所にも（九大ではなく）京城大医療陣が出かけていたのか」と、つい思ってしまったのだ。これでは資料整理でつじつまが合わなかったのも当たり前である。

両大医療グループによる活動は一年後の二十二年四月に終了したが、その後も九大側は一貫して沈黙を守り続けた。国家公務員として守秘義務があるというのだろうか。天児論文は「例の生体解剖事件の後遺症もあるのでは……」という高木助教授の言を紹介している。戦争末期の二十年五月から六月にかけ、撃墜され捕虜となった米軍Ｂ29搭乗員八人を九大医学部外科グループが解剖学教室で生体解剖した事件である。終戦直後から連合軍司令部ＧＨＱの追及は厳しかった。医学部関係者で逮捕者が相次いでいた。不法妊産婦に対する処置はこの時期と重なる。まして中絶手術は「不本意ながらの仕事」であった。九大の重い沈黙は、軍や政府（厚生省）の押しつけ命令は、もうこりごり。思い出すのもイヤ、というところでもあったのだろうか。

胎児をやさしく抱く水子地蔵
（福岡県筑紫野市で）

岩崎レポートが発表されて初めて九大医療グループのことが明らかになったのは、それから四十年以上も経過した六十二年（一九八七年）のことだった。同年八月十日号「日経メディカル」に掲載された。そのころ、すでに京城大医療グループの働きは五十二年（一九七七年）、地元福岡のＲＫＢ毎日・上坪隆ディレクターによるテレビ番組「引揚港博多湾」「引揚港水子のうた」によって一般の注目を集めていた。上坪には『水子の譜――引揚げ孤児と犯された女たちの記録』（五十四年刊）という優れた著作もある。

これまでたびたび引用してきた『ある戦後史の序章』（五十五年刊）は京城大医学部産婦人科の関係者自身によって編集されたものでもあった。この点、遅れ馳せとはいえ、せっかくの九大・岩崎レポートだったのだが、発表直後、毎日新聞（加藤暁子記者）が報じたくらいで、ふたたび九大の活動は「忘却のかなたに押しやられ」てしまった。

繰り返すが、天児論文はこの岩崎レポートにあらためて日の光を当てたものだった。

こんなハナシもあるのだ。

「ある医師は後年、郷里で開業して、地元の医師会長になっていた。ところが、ある綜合雑誌の随筆欄に検診の秘話が紹介され、この医師が実名で出たために地元で物議をかもした。現職の医師会長が、国から命令されたとはいえ非合法な堕胎に手を染めていたのは問題だと批判されて、医師会長を辞職せざるを得なくなったというのである」（武田繁太郎『沈黙の四十年』昭和六十年、中央公論社）

毎年５月、水子地蔵の前で水子供養が行なわれている
（福岡県筑紫野市で）

　以上、九大側の経過をいささか長く述べたが、「女性を助けるため進んで手術をした」京城大医療グループに対し、「苦いカルテ」に関係した九大医療グループの長きにわたる苦悩、苦渋を思うとき、とても簡単に済ますわけにはいかなかった。もし、あのときの厚生省による「密命」がなかったら、堕胎罪をタテに、九大医学部は博多港に引き揚げてきた大勢の不法妊産婦を放置したままにしておいたのか。地獄を体験した彼女たちを「見殺し」にしたのであろうか。そんな深刻な問題にも突き当たるのである。

　天児論文は一人の医師からの手紙を紹介している。「入院時はしょんぼりした沈んだ顔の彼女たちでしたが、退院時は軽い身になったおかげで、帰って行く時は一変して明るく晴々とした気持ちで医師に御礼を述べていました。今でも夫々の郷里に帰って行った彼女たちの姿が目に浮かびます」

ＪＲ博多駅から鹿児島本線下り普通列車に乗って約二十分、筑紫野市の二日市駅に着く。駅から徒歩で十分のところに済生会二日市病院がある。二日市保養所の跡地に建つ病院棟の一角に、病院側が建立した地蔵堂がある。あの中絶手術により摘出された胎児（水子）をやさしく抱く「水子地蔵」が安置されている。もうひとつ、「仁」と太く彫り込まれた石碑がある。京城大医療グループの献身的な働きを知り、感激した元福岡県立修猷館高校の児島敬三教師が五十六年（一九八一年）、自費を投じてつくった。「堕胎罪覚悟で行なったその人道的行為は後世に伝えられるべき」といった趣旨の碑文が読み取れる。

毎年五月半ば、ここで水子供養が行なわれている。済生会二日市病院（水田耕一名誉院長）、特別養護老人ホームむさし苑関係者、「引揚げ港博多を考える集い」（堀田広治世話人）のメンバーが集まる。森下昭子（元京城女子師範学校生徒、波多江興輔元海軍少尉の妹）、村石正子（元二日市保養所看護婦）の顔も見える。

緑深く、風さわやか――。

あとがきにかえて

ソ満国境が戦闘状態になった当時、満州、北緯三十八度線以北の朝鮮半島、樺太、千島列島には、軍人を含めて二百五十万人以上の日本人がいたとされる。このうち、概数で戦闘間の死者は六万五千人、停戦後の死者十八万人。合計二十四万五千人に達した。うちシベリア抑留（ほとんどが軍人）における犠牲者はおよそ六万。

悲運のうちに倒れていった方々には申し上げるべき言葉もない。引き揚げ、復員できた者とて、大部分が「紙一重の差」で命を拾った人たちだった。戦前、戦中における立場から一転して、飢餓、極寒、疲労、伝染病、殺人、暴行、強姦、略奪、重労働、屈辱、孤独、絶望——が襲った。その組み合わせは無限に近く、とてもいくつかのパターンでまとめきれるものでない。ここらあたり、満州（先の周辺地を含む）、シベリアの地をめぐっては、いまなお、語り継がれるべき「二百万の物語」が残されているといわれる由縁である。

本書はその一部をすくい上げて記したということになるのだが、これまで取り上げられてこなかった出来事を主な取材対象とした。あの「戦争」に無関心な層が増えているといわれるなか、多くの人に読んでもらいたかったことがあったし、また優れて今日的問題を内蔵しているものがあったことによる。

以下、「小話」も交え、付け加えたいことをいくつか――。

第一章「笠戸丸がゆく」では、平成十九年（二〇〇七年）六月二十日付朝日新聞に「移民船笠戸丸に光を」という見出しで次のような記事が出た。

「ブラジル移民のシンボル『笠戸丸』に再び光を当て永遠に語り継ごう――。来年の移民100周年を前に、第1回移民船だった笠戸丸のイカリなどを海中から引き揚げようという構想が始まっている。実現には様々な困難が予想されるが、発案した移住者たちは『日系社会が一つになれる壮大な夢だ』と胸をふくらませている」

沈没地点がロシア領海内であるため、ブラジル駐在のロシア大使などに協力を求め、イカリやカジ、船鐘などの引き揚げを試みたいとしている。もし成功すれば「出港した神戸港とブラジルに両舷のイカリをそれぞれ保存し、移民の象徴としたい」とある。

同船に関する最新書も平成十九年二月に発刊された。『笠戸丸から見た日本』（海文堂出版）。筆者・宇佐美昇三氏は元NHK教育局番組ディレクター。長い歳月をかけ、四百ページにおよぶ大作を完成させた。原稿締め切り期限の関係から本書では十分に紹介できなかったが、取材法や追跡調査法、資料分析のあり方など、これからの研究者（分野を問わず）にとって大いに参考になる本ともなっている。

第二章「満州航空の翼」の「百七師団いずこに」では、日本軍がソ連軍の軍旗を奪取した戦闘の模様を記したが、停戦後、大きな問題となっている。「軍旗を奪われたソ連兵たちが帰隊できず、怒り狂っている。心当たりがある者は申し出よ」。そんな奇天烈な師団回報が各部隊に出されたということだ。軍旗は一人の軍曹が風呂敷代わり（！）に使っていた——。そのウラミも重なってかどうか。同師団将兵に対するその後の扱いが過酷を極めたことは既述の通りである。（小原福重「戦線と銃後を結ぶ」平成十九年一月刊から）

第三章「国境守備隊の最後」では、相馬亮策「私の昭和史」と題する小冊子を手にすることができた。元満蒙開拓青少年義勇隊員。陸軍一等兵。機関銃中隊射手。あのムーリン戦線で戦った。左手と尻に重傷を負って倒れたさい、薄れる意識のなか、頭の上で交された問答を聞いている。「助からん、楽に死なせてやれ」「相馬はもう戦死しています」。以降、ソ連軍に追われ、ただ一人の逃避行となっている。

「千古以来の人跡未踏の密林」に迷い込んだ。負傷した左脇から手先にかけ、大量のウジがわき、身体中から腐臭を発した。やっと密林を抜け出て友軍に遭遇したさい、「そんな状況でよく生きていたな」と、しみじみ言われている。重傷の身でなにひとつ口にすることなく、十日間におよぶ孤独の彷徨だった。その後のシベリア抑留では、もう恐れるものはなかった。捨て身で生き延びた。

相馬一等兵は記している。「戦争は人類最大の悪である」

第四章「磨刀石の戦い」に関しては、平成十五年（二〇〇三年）十月、靖国神社で行なわれた第十八回石頭会全国大会を取材する機会を得た。戦後、約六十年。お互いの息災を喜び合う輪の中で、仲間の消息を尋ねる声もあちこちで聞かれた。

「長らく療養中だったが、とうとうダメだったよ」「息を引き取る間際、うわごとで『帰りたい』と何度も言ったそうだ」「あの悲惨だったシベリア抑留のことがいつまでも頭から離れなかったんだなあ」「――」

第五章「避難列車の悲劇」では、菅原幸助元憲兵伍長による中国残留日本人孤児支援活動のことを紹介したが、その後、大きな動きがあった。国を相手に損害賠償を求める裁判を起こしていた残留孤児らが、平成十九年（二〇〇七年）七月、国の「支援拡充策」案に合意したことだ。秋の臨時国会で立法化される見通しといわれる。

「訴訟原告団が給付金の支給など国の新たな支援策を受け入れた。大きな区切りだが、これで終わりにしてはならない。今後も生活相談などの継続的な支援が必要である」（同年七月十日付東京新聞）

長い闘いだった。菅原元伍長は一人の女性孤児からの手紙を思い出している。「私は日本には帰りません。日本は私を捨てた国、中国は私を育てた国ですから」。まだまだやるべきこと、残された問題は多いのである。

第六章「長期刑の不条理」で収集した資料の中に、こんなロシア人社会の「一口話」が記録されていた。（松尾武雄『シベリアの鉄鎖』図書刊行会発行から）

独裁者スターリンが一人でボート遊びをして、ボートの転覆で湖に投げ出された。すんでのところを老漁師に救われたスターリンが言った。
「お礼をしたい。望むものがあったらなんでも叶えてやるぞ」「欲しいものはありませんが、ひとつだけ、お願げえが……」「なんじゃ、早く申せ」「アナタさまを助けたことを、どうか、誰にも内緒にしておくんなせえまし」

第七章「水子地蔵の秘密」で記した「九大生体解剖事件」については十分に紹介できなかったが、新聞切り抜きを整理中、当時の関係者の「発言」があるのに気づいた。平成十七年（二〇〇五年）十二月三十日付朝日新聞読者欄「私の視点」から――。
「事件は大戦末期、九州大学医学部解剖学実習室で～決行された」「私は新入りしたばかりの医学生として解剖教授の雑用係をしていた」「犠牲になったのは（九州中部地方の上空で体当たり攻撃により撃墜された）B29爆撃機パイロットら8人」

当時、日本の都会各地はB29の爆撃によって次々と焦土と化し、民間に相当数の死傷者が出ていた。このため、B29に対する「国民の敵意には激烈、異常なもの」があった。軍は「無差別爆撃した国際法違反の戦時特別重要犯人だから適当に処置せよ」という。予想される本土決戦ともなれば、さらに膨大な数にのぼる被害が出ることは確実。この本土決戦に対処すべき緊急医療のあり方が当時の緊急課題でもあった。「輸血の保存はなく、生理的食塩水も欠乏している」「海水を調整して代用血液にならないか」

かくて「苦渋の選択」に迫られたということになるのだが、「発言」は次のように続けている。「今、この事件の是非を論じてもむなしい。残虐非道とのみ断ずるのは余りに短絡的ではないか」「いかなる『正義』といわれる戦争も～しょせん、悲惨と愚劣しか残らず、悪循環に陥ると確信している」

以下、余話として――

「ソ連は自分が占領した北朝鮮からは工業設備を運び出さず、満州に対してはこのような強奪を行なった～中国共産党はどうせ勝利し得ないだろうから、満州の工業設備を（当時の中国政府である）国民党政府とアメリカに渡すよりは、自分で持ち去ったほうが得策だと判断したのである」（徐焔『一九四五年満州進軍』）

そして一九四六年（昭和二十一年）五月、ソ連軍の大半が満州全土から撤退している。

「本国に入国するとき、高級将校を除いて、下級士官と兵士全員が服を脱ぎ丸裸で、性病と携帯品の二項目の検査を受けたそうだ。性病が検出された者は収容され、集中治療を受けた。軍隊が支給した以外の物品を携帯した場合は、全て没収された」（同）

*

本書をまとめるにあたっては多くの方面のお世話になった。とくに次の方々や機関からは貴重な情報提供を受け、あるいは資料を見せていただいた。

宇佐美昇三（笠戸丸関係）、森下康平（同）、木下文夫（同）、下里猛（満州航空）、林利雄（第百七師団）、小原福重（同）、相馬亮策（開拓団）、後藤守（国境守備隊）、海野米次（同）、洞口十四雄（同）、故今西寿雄家（同）、大嶋功（石頭会）、牧岡準二（同）、榎本彰平《えのもとしょうへい》（同）、菅原幸助（避難列車）、赤嶺新平（同）、原時重（同）、南部吉正（陸軍中野学校）、坂間雅（シベリア抑留）、天児都（水子地蔵）、森下昭子（同）、波多江興輔（同）、横溝公明（同）、靖国偕行文庫（全般）――順不同・敬称略

編集にあたっては光人社・坂梨誠司氏からの適切な助言があった。
巻末の参考文献と合わせ、厚く御礼申し上げます。

平成十九年（二〇〇七年）盛夏

土井全二郎

主要参考文献＊防衛庁戦史室・戦史叢書「関東軍①②」「北東方面陸軍作戦②」「満洲方面陸軍航空作戦」「支那事変陸軍作戦」朝雲新聞社（本文中、「公刊戦史」とあるのは、この戦史叢書を指す）＊平和祈念事業特別基金「平和の礎――シベリア強制抑留者が語り継ぐ労苦・各巻」＊「孫たちへの証言・各巻」新風書房＊朝日新聞テーマ談話室「戦争（上・下）」朝日ソノラマ＊朝日新聞テーマ談話室「日本人の戦争」平凡社＊読売新聞社編「昭和史の天皇⑤⑥」読売新聞社＊かごしま文庫編集部編「私の戦争体験（上・下）」春苑堂出版＊若槻泰雄「シベリア捕虜収容所（上・下）」サイマル出版会＊「朔北の道草――ソ連長期抑留の記録（正・続）」朔北会＊L・マリノフスキー・石黒寛訳「関東軍壊滅す」徳間書店＊V・カルポフ・長瀬了治訳「スターリンの捕虜たち」北海道新聞社＊S・クズネツォフ・岡田安彦訳「シベリアの日本人捕虜たち」集英社＊D・ヴォルコゴーノフ・生田真司訳「勝利と敗北（上・下）」朝日新聞社＊W・ニンモ・加藤隆訳「検証――シベリア抑留」時事通信社＊徐焰・朱建栄訳「一九四五年　満州進軍」三五館＊泉可畏翁編集責任「満ソ殉難記」満ソ殉難者慰霊顕彰会＊井芹勝喜編集責任「終戦時の満ソ秘話」熊本県軍人恩友会＊清水威久「ソ連と日露戦争」原書房＊鹿島平和研究所編「日本外交史・第二十一巻」鹿島研究所出版会＊斉藤六郎「シベリアの挽歌」終戦史料館出版部＊前野茂「ソ連獄窓十一年①～④」講談社学術文庫＊草地貞吾「その日、関東軍は」宮川書房＊松村知勝「関東軍参謀副長の手記」芙蓉書房＊中山隆志「関東軍」講談社＊御田重宝「シベリア抑留」講談社文庫＊西原征夫「全記録ハルビン特務機関」毎日新聞社＊伊藤桂一「兵隊たちの陸軍史」番町書房＊半藤一利「ソ連が満洲に侵攻した夏」文春文庫＊岡本信男編「日魯漁業経営史・第一巻」水産社＊海上保安庁総務部編「海上保安庁30年史」海上保安会＊西木正明「オホーツク諜報船」角川書店＊本田良一「密漁の海で」凱風社＊飯野海運社史「飯野60年の歩み」＊山田廸生「船に見る日本人移民史」中公新書＊宇佐美昇三「笠戸丸から見た日本」海文堂出版＊三島正道「カムチャッカ物語」東京図書出版会＊下里猛「満洲航空最後の機長」並木書房＊「満洲航空史話（正・続）」編集委員会＊太田久雄「第百七師団史」大盛堂書店出版部＊林利雄「時痕」近代文芸社＊青森県アルシャン戦友会「アルシャン駐屯部隊戦後五十年の回想」＊すみれ会報3・5・10各号（第百七師団戦友会報）＊比企久男「大空のシルクロード」芙蓉書房＊松井忠雄「内蒙三国志」原書房＊後藤脩博「シベリア幽囚記」日本学協会＊柳田昌男「ムーリン河」ミネルヴァ書房＊「学鷲の記録――積乱雲」特操二期生会＊草葉笙子「歌の回顧録」柘植書房新社＊「遠謀――第百二十四師団司令部史」＊平田文市編「虎頭要塞の戦記」全国虎頭会事務局＊第十五国境守備隊「虎頭附近戦闘状況報告書」『歴史と人物』昭和61年冬号＊「英霊眠る虎頭を訪ねて」全国虎頭会事務局＊「鎮魂　虎頭の丘に記念碑ぞ建つ」全国虎頭会、日中友好虎頭親善会＊佐山二郎「日本の大砲」光人社NF文庫＊洞口十四雄「『ひとつ星』の戦記」＊飯塚功夫「野戦重砲兵第二十連隊史」＊海野米次「語りつぐ戦争」＊伊藤桂一「新・秘めたる戦記第2巻」光人社＊「楨幹」石頭会事務局＊「続・楨幹」東京学習出版社＊南雅也「われは銃火にまだ死なず」泰流社＊南雅也「肉弾学徒兵戦記」鱒書房＊永友敏「シベリア抑留凍土の果てに」鉱脈社＊金丸利孝「南十字星の煌く下に」海鳥社＊金井英一郎「白骨山河」文芸社＊伊藤登志夫「白きアンガラ河」思想の科学社＊蘭星興安会「私達の興安回想」＊神奈川新聞社編集局編「満州楽土に消ゆ」神奈川新聞社＊大嶋宏生「コルチン平原を血に染めて」葦書房＊草柳大蔵「実録満鉄調査部（上・下）」朝日文庫＊土井全二郎「兵士の沈黙」「生き残った兵士の証言」光人社＊太田正「満州に残留を命ず」草思社＊鏡清蔵「シベリア抑留八年」＊山本泉一「シベリアの凍土」＊兼子善信「流人のうた」＊高杉一郎「極光のかげに」（岩波文庫）「征きて還りし兵の記憶」岩波書店＊鈴木敏夫「関東軍特殊部隊」光人社＊鈴木敏夫「風速0作戦」図書出版社＊坂間文子「雪原にひとり囚われて」講談社＊原清実「極限の満州に生きる」文芸社＊厚生省援護局「引揚げと援護三十年の歩み」（株）ぎょうせい＊武田幸男「朝鮮史」山川出版社＊京城帝国大学創立五十周年記念誌「紺碧遥かに」＊泉靖一「遥かな山やま」新潮社＊藤本英夫「泉靖一伝」平凡社＊木村秀明編著「ある戦後史の序章」西日本図書館コンサルタント協会＊森田芳夫「朝鮮終戦の記録」厳南堂書店＊「舞鶴地方引揚援護局史」＊「長門市史・歴史編」＊「福岡史・第五巻」＊「千早病院25年史」＊「博多引揚援護局史」＊上坪隆「水子の譜」徳間書店＊引揚げ港・博多を考える会「戦後50年　引揚げを憶う（正・続）」＊いしがのぶこ（文）、むらせかずえ（絵）「聖福寮の子どもたち」石風社＊本書中紹介の文献も含め、発売・発行元の明示のないものは非売品あるいは自費出版物

単行本　平成十九年九月　光人社刊

NF文庫

ソ満国境１９４５
二〇一八年八月二十一日 第一刷発行
著 者 土井全二郎
発行者 皆川豪志
発行所 株式会社 潮書房光人新社
〒100-8077 東京都千代田区大手町一-七-二
電話／〇三-六二八一-九八九一㈹
印刷・製本 凸版印刷株式会社
定価はカバーに表示してあります
乱丁・落丁のものはお取りかえ致します。本文は中性紙を使用

ISBN978-4-7698-3083-2 C0195
http://www.kojinsha.co.jp

NF文庫

刊行のことば

第二次世界大戦の戦火が熄《や》んで五〇年——その間、小社は夥しい数の戦争の記録を渉猟し、発掘し、常に公正なる立場を貫いて書誌とし、大方の絶讃を博して今日に及ぶが、その源は、散華された世代への熱き思い入れであり、同時に、その記録を誌して平和の礎とし、後世に伝えんとするにある。

小社の出版物は、戦記、伝記、文学、エッセイ、写真集、その他、すでに一、〇〇〇点を越え、加えて戦後五〇年になんなんとするを契機として、「光人社NF（ノンフィクション）文庫」を創刊して、読者諸賢の熱烈要望におこたえする次第である。人生のバイブルとして、心弱きときの活性の糧《かて》として、散華の世代からの感動の肉声に、あなたもぜひ、耳を傾けて下さい。